2016 中国散文诗年选

王幅明　陈惠琼　编选

SPM
南方出版传媒
花城出版社
中国·广州

图书在版编目（CIP）数据

2016中国散文诗年选 / 王幅明，陈惠琼编选. -- 广州：花城出版社，2017.1（2020.6重印）
（花城年选系列）
ISBN 978-7-5360-8224-3

Ⅰ. ①2… Ⅱ. ①王… ②陈… Ⅲ. ①散文诗—诗集—中国—当代 Ⅳ. ①I227

中国版本图书馆CIP数据核字（2016）第297495号

丛书篆刻：朱　涛
封 面 图：蔺　图

出 版 人：肖延兵
责任编辑：李珊珊　蔡　安　欧阳蘅
技术编辑：薛伟民　凌春梅
封面设计：庄海萌

书　名	2016 中国散文诗年选 2016 ZHONGGUO SANWENSHI NIANXUAN
出版发行	花城出版社 （广州市环市东路水荫路 11 号）
经　销	全国新华书店
印　刷	河北远涛彩色印刷有限公司
开　本	787 毫米×1092 毫米　16 开
印　张	20.5
字　数	330,000 字
版　次	2017 年 1 月第 1 版　2020 年 6 月第 2 次印刷
定　价	39.00 元

如发现印装质量问题，请直接与印刷厂联系调换。
购书热线：020－37604658　37602954
花城出版社网站：http://www.fcph.com.cn

编 委 会

目录 contents

辑三　起伏的音阶

辑四　网风的馨香

散文诗的境界

——代序

陈惠琼

　　思想的光辉和对现实生活的意义，是散文诗的境界。拈出"境界"二字，为探知，离开了景物和感情之"真"，是不遑谈论境界问题的，慧眼识出有境界的景，才能由此而创作出有境界的散文诗，形成情景交融的散文诗艺术风貌。

　　恰恰说明散文诗作者的思想发展对创作起着作用。发展不断地深化，不断地开拓新的境界。可以成为系列，散文诗亦可以与其他文体一样，在散文诗中展现清澈洞明的境界。作者人格与作品格调的结合，以境界为上，有境界自成高格，"秀句""名句"，不仅表现在文采神妙上，更体现在对"高格"的表述。才能呈现出蓬勃的散文诗文体活力，发挥出自己给读者留下大气蓬勃的文字以及散文诗的水平。情感表达的艺术是处于不断变化之中的，而主要在于情感的真实与厚度上，真实与厚度乃是根源于散文诗作者的胸襟和学养等方面，写出大千世界的无限丰富性。

　　散文诗的"大家之作"，是有境界的"典范之作"。散文诗的写作前景是极其广阔光明的，会看见其作品的赏读性。

　　读今年年选的散文诗篇章，印象深刻，有的散文诗篇，寥寥几百字，写得妙极了！许多优秀散文诗中，凸现散文诗的精品。细细品读，无论怎么读，读其散文诗而知其人，知其人而悉其事，延伸散文诗的阔界。

　　著名作家黄亚洲《欢迎拍打和平的翅膀，降落杭州》的散文诗题目，充满浪漫主义情调，充满对祖国的激情，像一支交响乐可以感受到它的旋律。"拍打"是对一种实际动作的描摹，因声抒情，具有感人力量。"翅膀"的构想，黄亚洲就是建立在描摹物象具有鲜明生动的物态特征这点上，这些都真实而生动地反映了黄亚洲对出生地和祖国的热爱，"翅膀""和平"贯穿于散文诗的始终，成就了杭州的独特性，思想意义的深广性。"拍打""翅膀"都是以动词带出境界，两处的句眼是全篇或全句的"神光所聚"，使散文诗的激情如一叠叠直泻而下，发挥出有震撼性的冲击力量。"轻轻"契合结尾的语境，"城市的最真实的表情"，此处把情的元素强化出来。黄亚洲的慧眼，"真景物"与"真感情"由此而创作出有境界的散文诗。

《哈密漫笔》显示了王猛仁裸露心灵的无穷魔力，一个板块的整体感。具有理念之深刻的概括力量的哲学记录，并不着意于个别事物的形和神，而是浑然于那种整体的、综合的感觉中，"一个人，犹如一个盛开不败的民族，在伊吾，却拥有无可比拟的力量"。《伊吾的力量》中，"孤独的援疆者，一滴泪，一身汗，从大漠中浮上来"。《援疆之歌》中"不让纤霏，濡湿柔柔潺潺的心事"。王猛仁对自然风光描写，万千物种在《哈密漫笔》里多层次、滋生、繁衍、更新。穿插王猛仁深邃而超脱的感受和玄想，《哈密漫笔》大背景里，《巴里坤湖》"没有羁绊的马，没有失蹄的羊，这是一个天空爽朗而灿烂的午后，是谁，偷走了马与羊的隐秘？"看似不求回答的设问中，自然风光的情调里，每一瞬间，都在发生万次的新陈代谢。都在这笔下的自然界大舞台上演替。《子夜撞落的风声》中的"寂静使山谷拉开花朵似的布幔，心的波涛顿时腾起期待的峰峦，似乎谁也不存在，黑夜俨然一位君王，以审视者的面目莅临人间"。细读体味行文舒卷自如，但"遥遥幻化着你的种种形象"。结尾一句却升华了波澜壮阔，美妙的天籁的境界。《回王陵的记忆》中，"在去坎儿井的途中，我发现了野生的黑枸杞和沉积的盐碱地，一片连着一片"，作品之境界不耐细思而自然呈现出来，王猛仁写了真景物，而情感则内蕴于胸中。

可以看出，《大自然的张力》是亚楠颇具探索性的力作。亚楠把丰富的想象力与深沉的哲思融为一体，例如：《道法自然》里面的"万物循着自己的轨道运行""路的尽头也是起始"。《源》，描述了亚楠对大自然的一些心理活动和流露对祖国问题的关注的思想感情，凸显了作品的思想境界高度。尤其是，散文诗人宽广的视域，它是亚楠一篇对大自然含有某种哲理的内心活动，表达了亚楠对大自然的理解、感叹，"幻觉开始拔节，夜幕中，噼啪有声"，透过字里行间，仿佛感觉到，亚楠的心在怦怦跳动！如："只看见神性的大地回到从前"，倾诉出不忘初心。从散文诗里看到，"生命高举着头颅"，语句的精炼，驾驭语言的能力，使这组散文诗具有鲜明的个性色彩。显然，《大自然的张力》这组散文诗所达到的艺术水准是作者对自我的超越，颇有根据，例如："让心在喧嚣中归于澄澈""用自己的方式慰藉灵魂""生命即使碎裂也要化为星辰"，轻快的笔触，惟其怀着期待，可见一斑，也在当代散文诗创作中具有开拓性与独具风采的审美穿透力。

　　80后先锋散文诗人严正的散文诗《尾音》，给人的第一感觉就是如果你喜欢它，在阅读上你就需要一点耐心和一定的想象，甚至要在多种不同物象与意象中找寻更为恰当的关联性，在语言的蛛丝马迹中洞察一分对生命力量的坚守和对人性的剖析，如"大伙都聚集在人行道上，没有任何动静，仿佛静静等待奇迹的发生。楼上是一个背负满身债务的人，除此之外，楼上一无所有。"语义的动乱可以让人产生焦虑，比如"很多脚步在地上，大地难以解除，我站在十二枚圆月下，感觉到世界就在我的里程，就像我的静脉。"正常的语义研判发生了技术障碍，所有的释义都应该也只可能在内心进行。散文诗《尾音》如果在画家眼里，可能更像一幅拼贴画。在拼贴画中，把不相似的东西粘在一起进而形成一种新的现实，当破碎超出了简单的平面型破裂，就会更容易形成时间、空间、对象、进程之间一种旖旎的对数关系。每一行都有弦外之音，见浑成和隐约，增人遐想。

　　成春描绘的是一个生动的"雨"中世界，《清明雨》中"清明雨是亡灵流的血。"在暴风雨中受到威胁和摧残的亡灵，无情的暴风雨却刮向了他们，在暴风雨中不同境况的描写，能"点燃爱与恨之欲火的，是清明雨。能泯灭生与死之界线的，是清明雨。"而读者会被雨打湿了心，想象力继续发展，全文的情绪达到高潮，成春的心全显露了出来。"炮竹如闪，撕裂的是昨天的赤橙黄绿。纸钱成灰，烧尽的是逝者的功过是非。"以细致入微的观察和淋漓的笔触，"清明雨是永不绽开的神秘的花骨朵。"就不难理解成春的《清明雨》中"清明雨是天公垂的泪。"深刻、有层次的内涵，体现成春在雨，特定《清明雨》处境里的感悟，依托大自然可感的景象，奇妙构思之中，充分发挥自己的艺术感染力，成春借助特定环境里特殊的思想感受，追求真理，渴望之心的鲜明，实际表现成春作品的大家风范，感受到社会、人生、人性的敏感和意义，读者读着往往在雨中读出一团火，读着，心中澎湃起来。

　　栾承舟的散文诗《胶莱河偏东一隅》，思路开阔，构思和写法新颖、深刻。他将抒情场景置放在一个特定的地域来抒发理性的思考，新鲜，生动，简捷。"霜降"之后，"岁月隐隐地渗着血"，这种由树叶渐渐红透而生发的想象是美的；还有城市乡村，灯火是干净的，还有晚稻飘香、正在举行的乡村婚礼，还有长风横吹，犬吠以及鹅鸭，一切都是安详而宁静的，有序的。胶莱河的背后，同样立着的是一个与此景宛然一体的观物者栾承舟。接着，笔锋陡转，风雷渐起，针尖刺入了诗之感觉："……偷捕的幼鱼伶仃，惨不忍睹；还有绝户网，不动声色之中，扼住海的咽喉，绝望的死"，在完成了时空由平原推进到大海的同时，也提升了散文诗的思想高度。这种心的战栗，是冷峻的，准确的，入木三分的。有着"玄妙的散文诗味"。

（2016 年 10 月）

辑一　大地的璀璨

北京，风中杜鹃和
春天的寻觅……

北京，没有疲惫的时辰

这是一个没有雾霾的早安，北京！我在向你致敬，北京！新年伊始的这个日子，是如此平和，从容而洁净。卸却了昨夜喧哗后的疲惫，北京的早晨在最早的那辆公交车上醒来，沿着长安街路边的风景快步前行。北京，又红火起来了。北京，走在万人空巷的清晨里，喊醒了满城风，满城雨，满城的杨树与柳树，满城被夜色沉醉过后的满城人的心。北京，噙住两汪热泪，噙住黎明的白鸽呼啸而起的哨音，在新年第一片落地无声的光景里，依旧奋发着全身的力气，不舍分秒，不想懈怠，心忌旧怨与旧痛。北京，一座永恒的童话之城。北京，没有疲惫的时辰。北京，只有全速地行进，行进……

风中掠过啼血的杜鹃

你以神的眸光，荡出十里春风。风中掠过啼血的杜鹃，一个啼血的春天。那停驻万物钟情的光影和更多林中飞红的美艳，因有雨的呼吸，还原了大地的祝祷，重新点燃蔚蓝色的恬静。那是刻进花朵的春声，时间写在笑脸上的箴言：青春永驻。春天永驻。生命的欢乐永驻。滑过云端叩访长天的雨啊，轻歌曼舞低语着。要打开所有危崖上播种的花信，那些千年待放的命运。把世上最明亮的光之影，都托付与掠过风中啼血的杜鹃。我们别无奢求，也不想松手。已然的拥有与珍爱，都在这春风十里的季节温暖人间……（题一组影照）

（选自《散文诗人》2016 年第 45 期）

书 院 秋 声

王剑冰

一

我的记忆在涨水，我曾经来过道口镇。那个时候我还很小，我天真地寻找着那个道口。一定是有一个道口的，它在摆渡着来往，引导着方向。

可是我没有找到。

现在，我依然在道口徜徉。有个声音告诉我，欧阳书院就是道口的标志。我看到一扇门无声地开启，一股清风灌了满怀，我的怀里立时温热起来，心里在荡舟。

我曾经找过的那个历史的道口，就芳香四溢地站在四通八达的地方。

二

滑州，你是作为一个音符在那里发着骨感的声响吗？你的卫国的月光里，飘着许穆夫人的裙裾，一曲未经化妆的绝唱，在时光深深的庭院里舞蹈。

那个在乎山水之间的人找到这里的时候，"星月皎洁，明河在天"，一缕秋风正在流浪。他记住了那个朴素的路碑，正如多少年后我们循着那个路碑，毫无偏差地找到你。

三

我试着像欧阳修一样在秋声里沙哑地歌唱，真的，我真的在那种歌唱里越过了灵魂的高峡，在一片清澈而亲切的水上飞奔。

水的四周是辽阔的北中原，中原一派玄黄。一个个经过无数次痛苦和愉悦而繁衍的村庄，把这玄黄连缀起来，就如汉赋、唐诗、宋词的连缀一样，将广袤和丰收连缀起来。一个人从广袤和丰收里站直弯着的腰身，甩出一串汗水，那汗水变成了飒飒秋风。

带着秋香的风吹过大地，大地上一片繁忙。欧阳修来的那天，是否也是这样的景象？我去过欧阳修的家乡，正是"白水芦花吹稻香"的季节。

四

一群学子的声音水一样缠绻在风中，我听到了你们的歌唱，不，不唯是我，我身后那个摇摇晃晃的醉翁也听到了你们的歌唱，他激动得抖动着胡须，陷入了沉沉的回忆，似乎感怀那两次人生短暂的行程，感怀历史的理解和千年中滑州人的感情。欧阳公，六一居士，你始终让心居住在孩童中吗？你的生命里，重叠着那个儿童的节日，我们叫起来是那么亲切。

声音就这么缠绻地流着，我在这流水里偷偷地泡着自己的泪光。我回头看欧阳公，欧阳公的眼睛里映着清澈的天空。

五

欧阳书院已成卫河边的风景，我在这风景的夜晚久久不能成眠。

秋风拂过大地，我随风扶摇而上，看一个人怎样地对天惆怅，惆怅中又带有着怎样的调侃与放浪。你一定流过泪，没有泪水的男人是不真实的，只是我没有看见。故乡沙溪旁，满头白发的芦花摇出的风，一直吹过卫水，抖乱你的衣衫。

"草木无情，有时飘零。"人生不可能长驻春天，那就在秋天里扎下根，把春天重新孕育。绵州、夷陵、扬州、滁州、滑州，欧阳公，你把坦荡和豪情种植在这些山水的深刻部位，让它们长出思想和灵魂，长出文字和墨香，没有人知道你的痛苦，亦如不知道你的快乐。你看，童子都睡了，你露出了宽怀的笑意。

深秋的风重复着重复着，一直重复到现在。

其实我不该想起这些，我应该想起醉翁亭的快意，想起蝶恋花的清香。我还想起你的直率，你的不屈，你的无愧。就让我这样的多想一些吧，想得多了，我就离你越来越近了。

不，我一点都不怀疑你的意志，你只是借助秋风放飞一下自己的思绪，就如你放飞吹落的一根胡须。"人为动物，惟物之灵，百忧感其心，万事劳其形。"诌佞的草在你的跟前，早拂之而色变，《秋声赋》后不知去向。

滑州，让我搬运些秋声走吧，我要把它扎成生命的篱笆。

六

在欧阳中学，我看见那些不老的风，在雨中丝丝落地，长出又一茬嫩苗。风雨之间，千岁欧阳依然"子夜读书"。

欧阳书院，请允许我作为你的一位晚来的学子，让我再坐在那方舢板样的小桌前，用我满腹的激情诵出："初淅沥以萧飒，忽奔腾而砰湃……"

（选自《山东文学》2016 年第 1 期）

欢迎拍打和平的翅膀，降落杭州（外一章）

黄亚洲

你们开始拍打起翅膀，你们让我听见了寻求和平的声音。

你们终于发现一分难得的美丽，位于东经 120 度、北纬 30 度交叉处；你们，世界大国的元首们、总统们，相信自己是世界领航者的。

能看透一切航线的黑眼睛、蓝眼睛、黄眼睛们——终于，你们看见了杭州！

看见了中国南宋朝代的首都，这座渴望和平比渴望一切都迫切的城市！

终于发现，一座连骨髓都是由和平构成的城市，一个被称作天堂的人间仙境——她拥有一个动人的湖泊，以中国最美丽的女人西施命名；还有一位会写诗的名叫苏东坡的市长，特意用西子湖的淤泥，堆起了一个被称作三潭印月的岛屿，而此刻，专门提供给拍打和平的翅膀徐徐降落。

我知道，现在，这些翅膀已经成为元首们与总统们寻找中国寻找杭州的专机，十九对翅膀在寻找这个中国最美丽的所在，而作为一个土生土长的杭州人，我想同时看见：友谊、爱情、宽容、理解、大度、和平！——我知道十九对翅膀降落的时候，这些词汇，也会同步走出机舱，并且会挥起右手，如同春天摇动花瓣。

因为在我所居住的城市，最美丽的事物显而易见——她们滚动在曲院风荷抖颤的莲叶里，站立在钱塘江壮观的潮头上，闪烁在大运河细密的波纹间；甚至，她们就是一片春江花月夜，被中国东汉时期的严子陵，静静地垂钓着。

因此，以和平的名义，我们杭州人，欢迎一切拍打和平的翅膀降落，就如同欢迎春风降落、霞光降落、彩虹降落；而我更愿意相信，喜欢在三潭印月上空，收拢翅膀的所有元首们、总统们，携带着的，都是一颗亮如明月的善良的心。

由于你们，所有的经纬线，现在，都已经编织成了一只五彩缤纷的花篮；花篮的把手，就是杭州！

由于钱塘自古繁华，这个城市的三秋桂子十里荷花，足够你们采摘！

再告诉你们，我们这个城市，自古是吴文化与越文化的交界，因此，我们，早就习惯了不同文化之间的对话与交融。

再告诉你们，我们这个城市，一向是中国南方与北方的交界，也因此，我们，早就学会了将不同的气候特征，演化成每年的风调雨顺。

所以，对 G20 的欢迎，我们是由衷的。你们也一样，你们发现了一个城市的美丽，尤其是她的底气——当一对对翅膀出现在西子湖上空，努力拍打和平的时候，你们会看见，所有的杭州人，都举起了热烈的双手，拍打最真挚的感情，于是桂花——这一杭州市花的馨香，弥漫了整个天空！

对于这样的一种遥相呼应，我想轻轻告诉你们，这就是——世界上一个最渴望和平的城市的最真实的表情！

国父事迹陈列馆照片：看见孙中山作画

我要在今天赞叹孙中山绘画的天赋，虽说他画的这个太阳可能动用了圆规，或是一只没有缺口的茶杯盖；画太阳那十二道光芒，可能用了直尺，或是一本书的硬皮书脊。

但他，画得精准。他很明白，太阳的运行就在于精准。

而且他以同样的精心描绘了光芒身后的黑暗。他画黑暗的时候令铅笔摇动猛烈，叫乌云越积越浓，以让携带十二道光芒的太阳最终从纸面上骤然站起，几乎直接就跳上了党旗。

再后，直接，跃上了天际。

显然，他与这轮太阳有一项共同的理想，那就是不能再让乌云与一个国家合成一体。

一团乌云的四边，不能是一个国家的国境线。

十二道光线，也可以理解为一面齿轮的利牙。国家必须剥离黑暗。

这样剧烈的运动，工艺精准必是前提。因此，他为分娩中的太阳明确写下这样的尺寸："日体十分，光芒长四分半，圆阔半分。"

孙中山确实是看重工艺的精准的。他的每一道光芒的锐角，都刺中了黑暗的神经，以使黑暗与中国同时抽搐起来，黎明在其间挣扎。

我不能不在今天赞颂孙中山绘画的果决与明快。我能在黑白对比中感觉一位政治艺术家的愤怒与喜悦，尽管他打造的锐角，至今还在苦苦磨牙；他愤怒描绘的黑暗，至今，还有可观的残余弥漫于山河，以鸦群与灰霾的形态。

（选自"黄亚洲公众微信"2016 年，《散文诗人》2016 年 45 期）

通往拉萨的路（外二章）

王宗仁

格尔木路口的路通向远方，远方是六月飘雪的天空，天空下是拉萨城，拉萨的阳光最丰盈。

路通到可可西里被截去了一半，那儿正修一条世界上最高的铁路。牧人赶着牦牛从工地上慌张地走过，藏羚羊仰起头安静地张望。

唐古拉生长着新的脊梁。

路上有一个姑娘，她像所有的姑娘一样正经受着爱情的折磨。但她不像所有的老人那样去磕长头祈祷，却只是站在山坡向远方瞭望。

远方不是拉萨，那个人在拉萨以南更远的地方。她真想在那男人身上挖个坑把自己埋了。

道路每天都在往前赶着，何处是终点？

路边新栽的一排树已经快枯了，有两棵树正抱头痛哭。我想，保护好每一棵树的安全，是每个人全力以赴的责任。

我打算沿着通往拉萨的路，上一趟喜马拉雅山。我知道那是个海拔最高的地方，那里不仅存放着拉萨的档案，也冷藏着整个青藏高原的百年史记。

精彩的村庄

前有草原
背靠雪山

一条清亮的小河从街心穿过
村庄成了雪水河一处精彩的身段

被山收藏
被水传颂
看看公路上那些轮印吧——
北通敦煌，南上拉萨
西接新疆，东去西宁
村里外出打工人把小村的名声
带到四面八方

昨日的炊烟中留着今天的灰烬
明年的好日子也会有今年的故事
夜灯下
老阿妈摇起织氆氇的古老纺车
缠着她对在外乡打工儿女的长长思念
远处
夜行火车的汽笛把牧村还有纺车抬上了星空

枣木手杖

格尔木郊外。
河畔的沙土里埋着一截树桩。它已经代表不了一棵树了。
枯树尸。

它也许是一棵枣树。很早很早的年代，有人把它戳进沙地。戈壁风很快就把它吹死了。
它就这样独自在格尔木郊外酸着。
身躯空了，头依然仰着。

一位老人在树桩下拣起一块石头，他说这是酸枣树生下的蛋。石头能开花。
还有另外一位老人，是他在 50 年前，把带着嫩芽的手杖插在格尔木河畔。他说，有一天我离开这个世界了，它会替我发言。

这位老人就是慕生忠将军①。

正是他用这根手杖撑起了四千里青藏公路。

酸枣树独自在格尔木郊外酸着。它让人们思考、体味已经不存在的那个年代。

我来到格尔木，要寻找两棵树。

我希望在那棵已经不是树的树旁再长出一棵树来。因为我不愿只看到一棵树，第二棵树最好是老人的儿子或孙子栽种。

（选自《后勤文艺》2016 年第 6 期）

敬畏太阳（外一章）

西中扬

传说，人在投胎这世界的来路上，都是黑暗的，这个我真的不知道。但我知道，人的一声呱呱坠地，便投入太阳温暖的怀抱。

太阳的怀抱，无限巨大，又无比温暖。在她的怀抱里，

有稚嫩小草、参天大树，蹁跹粉蝶，翱翔雄鹰；

有连绵起伏的山峦，奔腾不息的河流；

有人类耕作的土地，物种汇聚的森林；

有高如珠穆朗玛峰的雄伟，低似太平洋水底的深邃；

有浩瀚无垠的沙漠，喧哗不夜的闹市……

从我诞生那一刻开始，在她涵盖一切的苍穹之下，就暖融融地摇晃着我儿时的童车；热烘烘地摆放着我倚窗的学生课桌；火辣辣地炙烤着我劳动的土地；红彤彤地照射着我初恋的公园长凳……

---

① 慕生忠将军系修筑青藏公路的总指挥，人称"青藏公路之父"。

我和每片树叶，每滴露珠，每座高山，每条细流，每朵云彩，每张羽翼，都融为这世界一个整体，被太阳无私包容着和精心呵护着，同万事万物享受着万道金光、热力四射的太阳的福祉，从小到老，从生到死。

信吗？人生无论伟大还是渺小，都不过是太阳光芒的一缕闪动！

感受温暖

我们每天一睁开眼，便看到了您：太阳！

您是那么温暖，那么亲切，那么叫人兴奋，令人心旷神怡。

真的，当看到了您，我们：

每一个细胞，都感受到您的倾注；

每根血管都感受到您的推力；

每个肺腑都因您而欢快歌唱；

每条神经都像被拨动的琴弦。

连眼耳口鼻皆因您而明亮，而通透，而灵光，而传神。

更不要说四肢了，它们因您而舒展和振奋，活泼和坚强。

当此之时，哪怕伸个懒腰，打个哈欠，也是您温暖笼罩的惬意。

至于笑声，更是您热力四射感染的结果。

啊，太阳，万物之母，万象之灵，万代之光，万类之魂，如果没有您，人类乃至地球，何止是坠入万丈深渊！

我每每站在您的面前，总是在想，在这世界上，我们最该珍惜的是什么？最该感谢的是什么？最该贪婪拥有的是什么？反之，最不该忽视、最不该挥霍和浪费的又是什么？

面朝太阳，我们有什么理由，不感戴这大自然的无私恩赐啊！

（选自《散文诗人》2016 年总 45 期）

大自然的张力

亚　楠

道法自然

万物循着自己的轨道运行。天地间，唯有道隐于虚无之中……这是我看一幅画所忽然想到的。苍凉大地上，那些曲直毁誉，阴晴圆缺，黑暗与光亮，皆是自然本色。而空阔可以成为光源，只要道成为一种准则。

而规律是经年佳酿。循着芬芳，我们可以看见前世，也可以参悟来生——当然，这幅画曾经就这么告诉我。所以，我看见大地上每一个生命都在期待，它们在岩石上，在丛林中，在险象环生的迷宫里，用内心抵御洪荒。

就这样，和谐诞生于风暴之后，黑是白的捍卫者，狂啸过后必是寂静……抑或有将缘于空，路的尽头也是起始。你们瞧，呦呦鹿鸣之外，一群大雁正在遁入虚空。

源

一

这高贵的头颅，亿万年淬火，让缓慢上升的意念绽放。哦，大理石的花朵，如此隐秘，仿佛大地的语言，在神话里穿行，如我通透的肌肤闪烁。

而每一朵花都是真实的。她们盛开在午夜，用空灵的头颅向世界言说。

旋转的光波切割记忆，动与静之间，虎啸山林。啊，是谁在大地深处放歌？那些音符彻夜飞翔，沿着我的思绪，拉近世界的距离。

幻觉开始拔节，夜幕中，噼啪有声。这神祇的庇佑，仿佛一盏灯，长明于生命之巅。没有风，一切都将重新开始……

二

复杂都来自简单。坚硬与柔软，明朗与幽暗，瞬间之思隐于无限时空。听啊，生命诞生的那一刻，静默是唯一的语言。

我曾把想象当作星辰，在亘古荒原，用一只手温暖另一只手。而绿色在荒漠中崛起，在岩石之上，用自己的方式慰藉灵魂。

那个黄昏，生命裂变于瞬间。深不可测的时空，把遥远推入谷底。此刻，我行走在画布中，眼前杳渺一片。哦，命运之神复活，这个秘密只有我知道。

而那一刻，没有人说话，只看见神性的大地回到从前。

三

黄褐色的岩壁上，人类已经醒来。啊，那一抹亮色，是水的精魂，还是天光乍现？如此静谧啊，仿佛一种修行，让心在喧嚣中归于澄澈。

可我分明看见，梦幻般的水域，地火在奔突。看呀，它们守望千年，只为那一个热烈的吻，生命即使碎裂也要化为星辰。

而神秘变得愈加稠密。啊，回归本真吧，回归生命的源头，就会看见大爱无疆。

没有永恒，没有谁可以淹没花朵。此刻，生命高举着头颅，在这众神的领地，我知道，所有的话都是多余的……

（选自《散文诗》2016年第9期）

放飞油菜花的梦 (外一章)

海 梦

四月，是花的季节，爱的季节，梦的季节。

油菜花，你也有梦。你的梦用青春美丽世界，让祖国山河变成一片金色的海洋。春风一吹，菜花飘香，香满千家万户，香透少男少女的情怀，香遍所有人的心灵，呼唤萌动的爱情。

你的梦，还不止于此。你要献了青春献生命，奉献到底。在生命的春天里，你把自己的美丽献给了生活，到了晚年，你把全部的心血献给了人类。最后，连自己的灵魂也奉献给祖国的肥沃的疆土。

（选自《散文诗世界》2016 年第 4 期）

最美的风景

达古冰山，你有多高？

4860 米，多少人望而却步。

人生有几次登高？爱情的巅峰在哪里？一对八十四岁的情侣，登上你最高的峰顶，挑战自我，见证了生命的奇迹。

六十年相依为命，翻越过人生一个又一个高地，爱情的高度，无法用尺来衡量。人生太美，爱情太奇。

达古冰山的风，那么甜，雪那么美。而人的心，比风更甜，生命比雪更美。站在最冷的高峰，心中充满了温暖。

今天，达古冰山是世界上最美的风景。一对久经风霜雨雪的夫妇，你用赞歌撑起生命的高度，为人类自豪。

山高人为峰。2016 年 9 月 23 日是个值得纪念的日子，勇气，意志，毅力和精神，抒写一曲生命的赞歌，在茫茫雪野，悠悠回荡。

金钱算什么？

精神才是永不消失的财富！

（选自《散文诗世界》2016 年第 10 期）

托翁墓园（外一章）

王幅明

头顶飞雪，来到托翁的墓园。

一个棺椁形状的土丘。没有十字架，没有墓碑，更无墓志。土丘被白雪覆盖，上面摆放着鲜花。

土丘旁边的大树，由少年托尔斯泰和哥哥栽种。他相信了一个古老的传说，亲手植树之地，会有幸福降临。他嘱咐家人，死后埋骨于此。

为了享受自由和坚持独立，竟然在82岁的高龄离家出走，令世人惊愕。

那些肃穆挺立的树木，像一个个忠诚的卫士。飞舞的雪花，可是上帝送来？

微风轻拂，万籁俱寂。伟人气息，无处不在。

来此凭吊的人们，无不感到震撼。

这是世间最美的坟墓——奥地利作家茨威格曾在此驻足，说出此言。

从此，再没有比他更好的表述。

童话中的阁楼

坐落在美丽的莫斯科河畔，与克里姆林宫隔河相望。

远远看去，像一幢俄罗斯童话中的阁楼。

美术爱好者，来到莫斯科而不到此一饱眼福，会后悔终生。

几个世纪来顶级大师的杰作，在这里陈列。革命者的意外归来，惊恐的伊凡雷帝杀子，基督现身人间，高贵的无名女郎，近卫军临刑的早晨，大河边永恒的安息，奇丽的第聂伯河之夜，惟妙惟肖的伟人肖像……

站在既熟悉又陌生的杰作前，心灵被一次次冲刷。

富商收藏家特列季亚科夫，倾尽毕生精力和财力，建立一座珍藏本民族杰作的美术馆。他在生前立下文件，把自己以及已故兄弟的价值连城的收藏，一并捐献给政府，向全体莫斯科人开放。

而今，受益者来自世界各地。

走出童话中的阁楼，不由回首。面对那尊留着长须的绅士雕像，低头，致敬。

（选自《蓝鲨》2016 年第 2 期）

祖母的皮箱

韩嘉川

1

那只铁皮包角的牛皮箱在两条铁轨旁，标注着一段时光。

那个夏天依然很热，热得高音喇叭与青杨树一起吱吱响。

绿皮火车在远方喘息，知了的颤音撕碎了季节，砂纸一样打磨着心房的神经锐角。

那个夏天的红旗从城市的街道，沿着铁路，直插到田间地头。

坐在那只铁皮包角的牛皮箱上，没有布拉吉连衣裙的祖母，等待喘息的火车匍匐着到来。

而那一节节绿色的列车窗口，背信的情侣一样，没有如期出现在广阔天地的站台上。

那个夏天热得吱吱响。人们聚在大街上辩论一些比瓜菜代更重要的问题，甚至比草根、树皮和观音土都大的事体。

事体之外的祖母，用草绳扎起小辫，还有青葱与豆蔻，直到初识山塬与河流，而那时人们怀揣着洪水猛兽，大汗淋漓地到处行走。

没有布拉吉的祖母，穿着草色的衣裳，卷着袖子，坐在铁皮包角的牛皮箱上，引颈向铁轨伸出远方。

2

荒野牦牛的一声长吼，干缩在铁皮包角牛皮箱的皱褶里，与层层蛛网一起，在房角结构着往昔。

经纬织梭密密编织的晨昏，积压在遗忘的库房。

老歌飘在城市花园的上空时，倒塌的厂房瓦砾，还残留着压锭的回响。

天空在流浪，迷离的阳光穿过房屋与街道，曲折地搭在床角，如一件旧衣衫，隐喻某件事物的背景曲调。

《原谅我》是一部电影海报的字样，情侣们的脚步，密集地踏过水门汀的石阶，落雪的黄昏扑打着眼际线，鸽哨擦过一扇扇窗子，地铁畅通了，今夜在何处落脚。

铁皮包角的牛皮箱在房角，上面结满了一层层蛛网。

3

天井与老虎灶也还将苔藓作为人间烟火的外延，而雨季走过的往日风范，随着戒指与高高鞋跟的失落，预示着生活还将回到陈旧年华的边缘。

老门洞外面，湿漉漉的脚踝踩着乡间的蛙鸣、喘息和欲望，看高速列车风驰电掣地驶过，遗落的只有铁皮包角的牛皮箱，在两条铁轨旁，上面坐着困兽一样迷惘的祖母。

挟着皮箱走过一遭的祖母，仿如到生活的某处出了一趟差。随着车窗的掠过，往事终究还是走远；而困惑、忧郁与忧愁的面孔依然在身后，难以用橡皮擦掉。

地铁畅通了。《原谅我》的电影海报还在身后做背景面板，长久的注视中，没有眼泪。

街道，汽车，广告橱窗还有响起的手机铃声，还有微信和视频。在街角可以找到小马、草帽、磨盘、麦秸垛状的线偶，还有粗粝的桌子和板凳，还有村子里倒塌的泥墙和蒿草掩匿的狗吠，一杯绿茶便可以重新虚构青春的场景。

却没有铁皮包角的皮箱。

即便一杯绿茶可以虚拟所有的往事，但没有橡皮可以擦掉皮箱里装载的蛙鸣、喘息和欲望，它们始终搁置在房角的蛛网里；即便拆迁的巨轮辗过历史的废墟，它们还在那里，装载在铁皮包角的牛皮箱里，与层层蛛网一起。

（选自《山东文学》2016 年 8 月）

青花瓷（节选）

爱斐儿

五

若用青花瓷杯盛酒，

一滴即是满月。

两滴你会醉得比月色还深。

这意蕴最是令人心神安娴，斟满了，就是云水与诗歌，就是忧伤和幸福同时相逢了知己。

在青花瓷里，所谓的辽阔就是这个样子吧：

心中装着白云，而月光是蓝色的、酒香是蓝色的、河流是蓝色的、炊烟是蓝色的、飞舞的蝴蝶是蓝色的，而手捧青花醉于窗下的人，对醉人的酒说："把我也染蓝吧。"

七

我无法假装看不到你曾燃烧过。

也无法假装看不到你一步步后退，退回到涅槃、火、爱情、泣血、歌声，看你从所有的往事里，一步步退回到陶土。

至此，你已回到了家园，回到了大地的中心，回到了美的起点。

若要找到你，就要你留下的道路、清澈的线索，其实，每一个与美有关的路标都指向你。

就像你留下的满目的蓝，填满我们的生活，那么宁静、那么美，就像白云轻叩蓝天，就像阳光敲响花骨朵。

十

你的宁静如此美。

再往前就是钟磬和梵音。

如果茉莉或普洱携来馨香和红晕，如果她们和一杯绿茶低眉于观音，代替诗句挡住了所有的市井之声，再狂的风，也无法吹到她们。

此时，谁若举杯，谁就拥有了丝绸、墨痕、远山、云影，谁就能从一场雨中走出来，回到芬芳的往昔。

青花如此蓝，就像一种爱比湖水深了一千层，却与隔山隔水的陶瓷倾心于更深沉的相遇。

他们是清风岸边凝固的波澜，会对静卧水底的人儿说：且一饮而尽吧，这一杯是东逝之水，另一杯是浮云苍犬。

（选自《诗歌风赏》2016 年第 1 卷"中国当代女诗人爱情诗汇"）

大漠沉世之香（组章选三）

语　伞

一

深吸。你我互为镜像。

我到来之前你是你我是我，我到来之后你是你我也是你。成群的云朵似骏马驰骋。风声吹醒山外事。雨水，说来就来。

那比思想更快洞穿我的是你的香气。青烟一缕，已化掉我们彼此的缠绕。然后，南国在我眼中漫游，有人用瓜果读史，有人用繁花练剑，有人沉默，穿梭在身体之外，回望一场一场的雨水，世事恍惚啊：那草木盛世也曾从我们经过……

我和你。其实我们已经简化成我。其实，一脚踏入被子植物门，披上桃金娘目的外衣，与石榴、菱角等成为姊妹，我就不再醉心于生存的秘密。

光影缓慢地叙述，镜头拉长，没有什么可以阻止少女怀春。

二

不说伤口，只说荡漾。

荡漾。水的波纹。往昔次第展开。时间从手指取出浪花、雾霭和山色空蒙，我在一株新芽中隐藏我，我在一棵老树中隐藏我，我在一块自负而又无法命名的木头上，寻找故乡——

无需空中航线、火车轨道、高速公路这些成熟的词语来识别童年，我只要一条幽秘的小径，有一些叶子，有一些枝丫，可以上山，可以过桥，可以回到想象，无中生有。

找到的沉默，它们的生趣是感染细菌的游戏。

找到的死亡，它们最后的呼吸止于血和泪的恣意绽放。

我在命中迁徙。护送我抵达的都是受难的天使。我的到来就是坐忘前生，用缥缈的身影散发更多缥缈的身影，到纷纭的世相中来，还你一个今世的遇见。

三

另外的你出现了，我只是我的模仿者。

我沉睡的木质天空和木质大地，从内心分泌出的树脂在时光荏苒中活出了曙色。我的太阳把我的城门打开，你一步一景，请我入室、上腕、攀脖，让我静坐、沸腾、燃烧。

缘于我被纪念，像秘密的情话不被知晓，需要表达和抒情，我用烟雾将自己笼罩，等待那些清晰、浪漫而密集的瞬间，从你的鼻翼升起——

解构一个博古架优雅的姿势。

解构一只青瓷茶杯釉彩的神情。

解构一位女子手腕高悬下命里注定的掌纹。

解构一位先生的嗓音高低与香气浓度的比例。

解构隐身术、蜕变、羽化和涅槃。

解构捕梦者、抽象和具象、虚无和空。

（选自《文艺报》2016 年 3 月 21 日）

书店街（外一章）

陈惠琼

所有的期盼排成两边的书店，书店街，一条河流真实与虚构的两岸。

前方左右上方露骨的字闪烁店名，适合自己的店名，而在脑子里溢出。这间书店似心窗为我来敞开……

阳光折射下的灯火，斜向我编选的《2015中国散文诗年选》悄然堆放在书中，即时朗照我的灵魂，即觉阳光的灯盏崇高而慈爱……

顿悟书店街是汴京的"颜如玉"。

每间书店都延续着惬意的故事情节。

书店的大小，书的别类泊着各自的歌吟，字里行间的跋涉，都与自我和汴京河床相望。

每一朵细小的雨花，像各色的菊花绽放梦幻的大宋。

书的河流完全覆盖书店街，街上耸起石的雕像，我们从雕塑的躯体穿过，老人和小孩的石书与我手中的书相互煨热。

一本石书是所有书而呈现同一种芬芳，正是正午。

徜徉在一块石牌，概括了书店街的美轮美奂，历史的闪耀，古建筑长街显得毫无夸张的恒久。

透过尘封的书店街岁月和烟雨，一条全国唯一以书店命名的街的永恒。

纷繁的菊花瓣变换满街的思绪，如阳光的血液在我的皮肤下奔流。

自给自足的我，在这里亦有了清代飞越恒固的变幻世界观，让神圣的书店街在脑子搭架。带我们挣脱狭隘的个体意识飞越时空营就更美的世界之书窗的梦。

多么想再看多一眼，整条古城历史文化名街，南北书店街苍茫的阁楼，精巧别致，仍会涅槃出一片飞翔的彩虹。

千手观音

数你有千只手，多敏慧啊！俨然是一棵大杏树的神奇，高耸挺直伫立，吸引来观想者的步履。

千手的柔情，有形无形的微妙，悠然进入另外一种境界。凭借千手，携灵魂遨游，接灵感入怀。

漫洒宋都的清辉。

手的方向昭示世界的眼睛，让开封的菊花像杏树预示意蕴——去追求都市之大明。

凝重生动的千手迷蒙，铺开汴西湖，杏花如雨……

唯此我亦凝神屏息。

偶尔看见湖边喜悦的人，身上流溢菊花娇艳的甘美。

就有汴西湖重建人类梦想的实现幻觉，就会想到汴西湖的生命，不会轻易透支未来……

千手圣洁的灵气和所有的无限……

当晚的杯盏和眼前的浮云不再是关注的对象，汴西湖静谧中有心愿的展现，以鲜活的知觉，勃生奇迹。

千手的拂晓，朝朝暮暮……

点亮缕缕清香。幡然醒悟的心灵亦给自己的空间，冥想的盘恒。

我从河南返回广州的高铁途中，感知飘然而至的千手，撩起眼窗外的璀璨，不是尘世之外幻想之汴京。心中蓦地跃起来，想起那天没有忽略的情景。

（选自《青岛文学》2016 年第 12 期）

哈密漫笔

王猛仁

伊吾的力量

千里戈壁，孤独的援疆者，一滴泪，一身汗，从大漠中浮上来，在身后的烈阳下集结，风干，敷在大地发烧的额。

信守，染亮黝黑的眸白，蜷伏了一生的梦想与力量，破茧而出，灼热空旷贫瘠的荒漠。

在白天，或者黑夜里燃烧，勇敢地鼓动起耀眼的征帆。

前方，是人们寻求绿色的方向。

他们像一匹匹脱缰的马，奔驰在无声的大地上，以一种独特的目光，注视着前方。风中，姿容飘逸；雨中，身影潇洒。

他们种下绿色的树苗，织就浓荫层层；他们种下洁白的瓜子，香甜整个世界。令人仰止的丰碑，镌刻下他们的不朽。

一双双粗劲的双手，高举理想的火炬，像战场的勇士，深信坚执的信念，义无反顾地向前，向前。

而无边的戈壁滩在坚定的信念里渐渐消弭，成为果园、粮仓、绿洲和羊群。

在浑身汗滴的旅途中，他们一路逶迤行进，在一批又一批的西行队伍中战胜苦难，战胜孤独。

一个人，犹如一个盛开不败的民族，在伊吾，却拥有无可比拟的力量。

援疆之歌

夕阳隐去。马蹄声隐去。

扔下黄昏寂寞如水的苍凉，古驿道，像停止了搏斗的血管，昏然欲睡。

西部，是一盏不灭的灯。

黄昏里，抚慰着我疲惫的眼睛。

茫茫戈壁，在缈缈雾罩里，幻化成一粒红豆，晶亮晶亮，浑圆浑圆。

似阔大的天地间，醒着的一颗心。

不让纤霭，濡湿柔柔潺潺的心事。

我们，要把日月烧得通红通红，要在这里，挺拔起人生的高度。

愿将三年的短暂时光当火燃烧，愿把空旷荒凉的黑埋入尘埃，只留爱的回声，给远方。

思念与奉献，同时昂扬起来。

生命中的硬度，在于行走的方向与重量，与说辞无关，与传说无关。

托起生命中所有的凝重，脊背躬成天山南北的形象，用对伊吾和人民的爱，标出人生的层次与辽远。

这支队伍气吞山河，每个节拍皆能开山、掘矿、铺路，点燃一把熊熊的烈火，融化冬天里的冰雪。

自然中走出一种真理：援疆人的存在，系着民族的团结、百姓的宁静与幸福。

在大漠腹地，人生就是一场奋斗。任日曝，风袭，雪压。

为了不让梦中的理想落空，让有限的生命载着延绵不绝的梦想，在天地间自由地飘荡，带着中原周口人的心声，随着汩汩而来的天山雪水，悄悄漫过心灵的河床。

巴里坤湖

你是一幅水墨，站在午后的风里，把一片蓝天，嵌入心中，摇响夕阳下的艳影。

从天山北麓的怀抱里一点一点融化，一滴一滴飘落在群山环绕的水草间，最终成为一泓秋水，一座神湖。

幽远，灵动，静谧，绝美。

瀚海荒漠的孤寂，跋涉过。

雨打峭壁的激越，倾听过。

万里无云的草原，浪游过。

我，能否在波光中摇摆，在睡熟的花蕊里伫立？

天山深处点燃生命壮丽的诗行，巴里坤草原酿造了甘甜的乳，滋润得花枝招展，蜂蝶飞舞，牛羊欢腾。

端坐湖的中央，来往的风，微微地吹着我的心绪，一层一层地云朵漫过来，水鸟撩拨着白蝶，不知不觉中，草绿了，花艳了，还有淡淡的余香，窃窃地拽着游人奔跑。

闭上眼睛，能听到湖的声音。

没有羁绊的马，没有失蹄的羊，这是一个天空爽朗而灿烂的午后，是谁，偷走了马与羊的隐秘？

太阳每天都是新的。

从你的脊背上升起，又从你的脊背上落下。

那一刻，在西域大地上，我看见四周满眼的烟云在翻滚，五颜六色的花草在歌唱。

这些伸手可触的天然胜景，想必都是属于诗人心灵的星星与花朵。

我一直站在毡房前傻看。

眼睛穿过成叠成叠的雪山，虔诚地聆听灵魂与大自然的对话。

巴——里——坤——湖，

绽——放——如——火。

子夜撞落的风声

走进你浅红色的黄昏，足音悬挂在山脚下椭圆形的石壁时，成排的绿化树用镂空的情丝，在玉化的台阶上，展开诗歌般的想象。

黑暗消失。旋落的叹息消失。

寂静使山谷拉开花朵似的布幔，心的波涛顿时腾起期待的峰峦，似乎谁也不存在，黑夜俨然一位君王，以审视者的面目莅临人间。

相遇不再是擦肩而过。

回忆是永不褪色的鸿篇巨制。

此刻，只因银河太亮，我看不清沙石中行走的骆驼，心之呓语，颤抖中，急匆匆驶向目光之轨。

继而，把纯真与灵感，漆成寥落的戈壁，留下俯拾皆定的古迹和不绝于耳的传奇。

等待，已被西部的风声签署，唯有鹰的意志可带你飞越万里荒原。

报晓的钟声，再度敲响黎明的光环，千年不枯的胡杨林，已被霞光渐渐刺痛。

独自面对漠风的日子，不啸叫不吟唱不诉说。

那道时红时蓝的先民遗风，穿过厚厚的岁月，不分昼夜地吹来。

遥遥幻化着你的种种形象。

回王陵的记忆

在空无一人的戈壁滩上，捡起一把骆驼草，仰看浮云，恨不得把蓝天撕碎，让风神缔造又一座"城堡"。

这里有许多暗暗惊奇的东西，地球上所有的色彩都会在这里得以概览。

弯下腰，让满是黄褐色的身影，照亮断壁中如梦的飞天。

自然界的巧夺天工，雕琢出一座座"宫殿"，在这辽远的色泽中，交织神秘，辉映壮丽。

在去坎儿井的途中，我发现了野生的黑枸杞和沉积的盐碱地，一片连着一片，像午后燃烧的云，沉寂无声，没有悲吟和哀叹。

今来的旅人，在一片孤独中，领略仍未褪色的篝火。

为数不多的老榆树，舞动着身姿，渲染箫声中隐去的浪烟。

茫茫大漠，贪婪地睡着，没有哪只飞鸟，或是，满是锈斑的身影，可以叫出它们的名字。

无边无际的荒漠已经生存下来。

我从疲惫的鼾声中，听到了刺透时光的风声。

耳边，再次响起回王陵的晚钟……

（选自《周口晚报》2016 年 8 月 31 日）

一朵云带路（外一章）

堆 雪

一朵云带我上路。我追随它留给大地的唇印。

一朵云带我去甘南，把我的血压和心跳带到甘南的高处和低处，明处和暗处。

高处和明处是雪山，低处和暗处是溪水。

风吹草低。中间大片大片的绿，是我垂涎三尺的玛曲草原。

一群羊带我消逝于草甸深处。一簇花让我和石头误入歧途。一头牦牛，把我驮到银光闪闪的雪山下。一只牧羊犬，摇着尾巴，引我去见毡房旁刺绣的卓玛……

我该如何说出内心的愉悦？更多惊艳，让云朵去描述。

我还得感谢天空那一只鹰，感谢它波澜不惊的翅膀，一路上美的引领。

我更要感谢风情万种的碌曲，盛满美酒的银碗等待月亮和星星升起，款待骑马而来的客人。

天，已无法表达蓝。水，已无法表达远。山，已无法表达高。草，已无法表达绿。寺，已无法表达静。

一朵云带我到甘南。我怕我会爱上，那个云朵一样走远的人。

午后禅定寺

阳光埋葬我的前半生，露出的后半生，便是午后的禅定寺。

就像我曾沉沦于一朵花里，但这朵花最终又将我从深渊救赎。

在卓尼，一座寺让我突然之间失语，面对万里晴空和无尽大地长跪。

一缕缭绕的香火里，那些曾经被我踩于脚下和遗弃身后的事物，瞬间端坐我的头顶。

我知道，我该赤足一步一字来到这里，像甘南草原沉默的石头，用血迹，向连绵的雪山叩拜、匍匐。

远离尘埃。我是空气中呼吸吐纳的木鱼。梵音袅袅，经文荡漾。穿过肋骨的风，翻晒我被泪水濡湿的清晨。

走过市井繁华，回头再看午后的古寺，阳光遮去的部分，转过风雨交加的经筒。一生，我将忠实于心，把世间磨难隐忍。

我将走遍千山万水，采百花之血，用尘世的五颜六色，勾勒你唯一的虚静。

我用双手合十的方式，打开朝向世俗的山门。

廊柱之间，光影变幻无穷。

一朵云落地生根，安顿下，我动荡不安的一生。

（选自《星星·散文诗》2016 年第 7 期）

踩着心灵的节拍（外一章）
——题旅美艺术大师李洪涛先生同名油画

姚　园

当思绪的指尖盈满了绿色的风云，游走似乎是不可避免的一次起锚。
不为昨夜一袭梦续集，只为今日醒来的一滴晶莹，在时光之上的饱满。

只是我要如何款步，才是先于渴望的抵达？
只是我要如何让一句话无力涂改最初的蓝图？

左右摆动不是因为在浪潮里。
一个人定力的根基也不是取决于脚下那片土壤的松或紧。

谁没有在夜色被内心那瓣倏然的荒凉冷到脚趾的一刻？

谁没有在雨中才恍然生命的雷雨才是突如其来的霹雳？

当这些成为静思的一朵景致，不是岁月让我低下了屈服的头颅，而是我已在另一座山冈，踩着心灵的节拍，起舞、悠然。

深秋的西雅图

深秋了，西雅图的雨也不期而归。大街小巷，从枝头那一片片覆云的红，到一地流离失所的红。这个世界好像除了雨的诉说，就是红的别离了。

别离是一首永不老去的歌，随时可能将日子目送成一朵颜色的千秋。

那可是一束不艳丽、不争宠，却让人在远远想起之时莫名地任泪水往脸上爬？

那可是能卸掉经年在尘世风雨中为自己裹上的一层层防御？

此刻，夜还在夜的怀抱里微醺，我却醒了。独拥一盏灯的余温，独享一杯柠檬水的那涩那酸后的甜。

我目不转睛地望着窗外，遥远星辰的繁星，照亮的不过是它们自己的归途。

树上的叶子抑或能扛得住一个夜的黑，却抵御不了一缕风。

天越来越亮了，比天还亮的是那善美、宽阔的心灵。

雨、雨、雨，不知何时是绝期的雨还在大地的怀抱里起舞，从某种角度而言，它湿透的不是叶子的正面或反面，而是一颗怀忧的心。

谁可以做到遇波澜不起纹丝呢？

谁可以让那嫣红，成为岁月的一阕日常？

（选自《散文诗世界》2016 年第 10 期）

六十岁，走阿里（外二章）

张宇航

六十岁，走阿里，是我人生又一壮举。

六十岁，一甲子。历尽春花秋月，看惯世态炎凉，艰苦舒适都曾经有过，酸甜苦辣已不是话题。成功蹉跎如过眼云烟，恩怨友谊似浮云流水；多少风光辉煌渐行渐远，多少热血激荡回归沉实。其实可以不再挑战风险，躲在一隅安度时日，我却义无反顾地选择了走阿里，这条充满艰辛的西行之路。如同八年前带领送医送药爱心团队进墨脱，那样惊心动魄，那样罔顾生死。

六十岁，半辈子。青葱年代风华正茂，走向社会参加工作从十七岁开始。四十三年工龄、四十一年党龄、三十九年"官龄"，整二十年的"厅级"。从政、从文、从善，半辈子没白过，为国家奉献了青春年华，也得到过褒扬与荣誉，是非成败都变作记忆。业余笔耕不辍，文学园中流连忘返，加入中国作协、出过八本散文随笔集。又在十八年前发起草原爱心助学活动，联系热心人，资助民族地区四千多贫困学子……一路走来，也算人生有点精彩，回眸不觉心虚。

六十岁，似弹指。人生不觉一挥间，转眼已度半辈子。本从田野来，还回田野去，康庄大道走得多，山间小路莫忘记，该给自己重规划，马放南山种秋菊。

六十岁，走阿里，是要让后半辈子从阿里算起。在平均海拔4500米的高原上，瞻仰神山亲近圣湖，经受缺氧折磨烈日煎熬，洗濯灵魂纯洁自己。在蓝天白云、苍茫山野中，把心胸抒放得更加宽广，把思维调整得更加理智。保持六十岁的年纪、五十岁的身体，四十岁的心态、三十岁的激情，二十岁的憧憬、十岁的梦想，人生岂不仍然青春靓丽？

放下前半辈子做过的事，才能把后半辈子的事拿起。阿里，是我人生旅途一个路碑，登攀不止的一块高地！

壮哉冈底斯

自从踏入青藏高原，我就幻想，我应当成为这高原中一座不起眼的山：岩石是筋骨，黄土是肌肉；河曲是血脉，冰川是发际。阳光赋予它包容，酷寒赋予它厚重；孤独赋予它冷静，缺氧赋予它坚毅。如今踏上冈底斯山，心中更有此意！

仁者乐山，是因为山的凝重、山的沉稳，本从山中来，终回山中息，与山共度能增加人生的厚实。

山有深刻内涵，绝不仅是泥石简单堆积。容忍内敛，是山的品格，自然界无物可以代替。在它腹部开矿、钻洞，在它头上动土、采石，一切痛苦都默默忍受，像父亲沉实无语，永远把脊梁挺起。奉献不争，是山的情操，江河湖水全在它怀里孕育。它养树、造云，融冰、汇泉，涓涓清水自血脉中流出，滋润万物，却从不索取，像母亲挤尽血乳，只留下慈爱蕴藏心底。我景仰山的性格，学习山的情操，像山一样做人做事。

冈底斯，在我见过的山中最有内涵、最为大气。它不秀美、却浑厚，不郁葱、却多彩；高不过喜马拉雅、长不敌昆仑龙脉，险不过横断山结、名不比秦岭泰岳，却依然顶天立地。刚烈而藏晖，粗犷而坚毅，是一个壮美成熟的汉子。

壮哉冈底斯！我与你相见恨晚，六十年寻觅显于今日。酌噶尔藏布之水，汲狮泉河之甘露，在你肩背暂作别离，再度走南闯北、过好下半辈子。然后，把身躯留给人间，让灵魂回归你的怀抱，做冈底斯的一座小山，永远相随、相伴于你。

远眺喜马拉雅

远远地，我们在札达土林国家地质公园眺望喜马拉雅，这地球上最高山脉。即使远在天边，也犹如近在眼前，清晰可见它的冰川、它的云霞。

每当走近喜马拉雅，心潮就汹涌，激情就迸发。多少年对它的向往，源自才旦卓玛那高亢歌声：喜马拉雅山哟，再高也有顶哦；雅鲁藏布江哎，再长也有源啊……小时候的梦，就是想亲眼端详它的雄伟、它的挺拔。

第一次眺望喜马拉雅，是在西藏林芝，那雅鲁藏布与尼洋河的江河汇合处，还有色季拉山口映入眼帘的南迦巴瓦。这著名的山脉从克什米尔南迦帕尔巴特峰起步，延绵至南迦巴瓦，在蓝天下矗立起一道2450公里的屏障，西也南迦，东也南迦。它由古地中海洋底，跃升为最高山脉，成就了地质板块造山运动的最高境界。拥有的 10 余座海拔 8000 米以上高峰，令它傲视群雄、无可匹敌、扬名天下。可惜机缘未至，不能亲入其境，感受它的辉煌、它的伟大。

真的走进喜马拉雅，是带爱心团队送医送药到墨脱，那个几乎与世隔绝的高原孤岛。一路沿着雅鲁藏布，跨越数不清的险境，怀着对戍边军民的爱心行进，纵然前方有万千滚石和旱蚂蟥，也没惧怕。心里装满喜马拉雅的神韵：年轻、险峻、生机盎然，还在年复一年地长高长大。眼中全是壮丽山川的美景：冰川的纯洁、森林的苍劲、岩石的刚烈……还有朴实无华的"乌姬""哥达"（门巴语：女孩、男孩）。只觉得东喜马拉雅深处，也有我们的故乡我们的家。

今天又在阿里人间天堂眺望喜马拉雅，目光含了泪水、含了牵挂。祖国大好河山的南面屏障，依然守护着天堂安宁、人民幸福，那山里的同胞默默戍边卫疆，如今他们过得是好、是差？

墨脱回来，我写了《牵挂喜马拉雅》。阿里归去，我要写《眺望喜马拉雅》。下半辈子，我还找机会再进喜马拉雅，看看墨脱，看看樟木，看看珠穆朗玛……

（选自张宇航著散文诗集《六十岁，走阿里》，2016 年，作家出版社出版）

仰望与告别

宓 月

达古冰山

喜欢一座冰山，不需要理由。

哪怕只有终年冰雪、砾石和荒芜，哪怕空气稀薄，令人窒息。

衡量一座山的高度，不仅仅是海拔，还有温度、心跳和感觉。

在岁月这把利刃前，英雄伟人也得交出所有的豪迈。

达古冰山，亿万年矗立在这里，只与高天、星辰、流云、神鹰做伴。

半个世纪前，一支衣衫单薄的队伍，靠着辣椒汤和信念，翻过了这座雪山。他们的壮举，给达古冰山罩上了一层勇敢的光辉。

我渴望抵达那样的高度。不必借助缆车，用双足去一步步登临。

我渴望向上的每一步，都是对自己的重新审视，对一座山的重新认知。

因俗事羁绊，我匆匆而来，又匆匆而去。我只能在返程的路上仰望你——达古冰山。

从峡谷沟涧，到渐次斑斓的山腰，再越过黝黑的矮峰，达古冰山闪烁在天幕下，仿佛触手可及。

我轻易地就将你圈进了手机，成为相片的背景。

但站在达古冰山前的我，并不感到自豪和欣喜。

有些过程可以省略，但爱的路途，没有捷径。

倘若没有在山脚下的那片彩林中迷路，没有经历触摸你时的心跳加剧、呼吸急促，我怎敢妄言，我爱过这样一座冰山！

倘若我没有体味过被无边的孤寂包围，世界只剩下寒冷和荒凉，我怎敢说，我读懂了这样一座冰山！

在我的前方，路还在曲曲弯弯向远方延伸。

我希望，在路的尽头，在无限风光过后，有一座高矗的冰山，将时间冰冻，将世事封存。

路过奶子沟

我来时，秋天正在换装，我未能一睹层林尽染的盛装模样。

人们说，再过半个月，色彩的交响和庆典就开幕了。那时，观赏雪山彩林的人，将会挤破这条宁静的沟谷。

我来得不是时候，却意外地独享了这寂静的时刻。

峡谷里的公路，仿佛上天甩下的一条飘带，将我的思绪引向了悠远。

耳畔，清流潺潺。白雪皑皑的神山，在抬头仰望的瞬间乍现。

一掠而过的飞鸟、兽迹，猎猎飘扬的五彩经幡，飘过山腰的云朵……仿佛都在说，有无数条野径，通往神的居所。

路旁，美人似的松萝、红柳，那些叫不出名字的婆娑树影，故人似的迎向我，又迅速从我的身边退远。似曾相识的仿佛，让我来不及喜悦，总觉得一定错失了什么。

也许，我应该停驻，和它们一起，看自己的影子与它们重叠，不分彼此……

可我还得赶路。再多的喜欢和不舍，也只能匆匆掠过。我能安慰自己的是，每一次峰回路转后还有更大的惊喜。

偶遇的美妙，终究是短暂的一瞬。即使下一次，在同样的时刻经过这里，也不可能再有相同的境遇。

一次路过就是一次告别。

红原上的牦牛群

牦牛群突然出现在公路上，挤断了我们的前路。

它们像黑旋风，从车窗外经过，锐利的尖角彰显着凛然不可侵犯的尊严。

齐鸣的喇叭，咔嚓的快门，惊奇的叫喊，都无济于事。

它们不会停足，不会让道。

它们只听从远方青草的召唤，只向着牧人鞭指的方向。

这片高原草甸，是它们的家，它们的领地。想到哪儿，想怎么行走，是它们的自由。

在它们眼里，没有高低贵贱，我们都是陌生人，都不及一片肥沃的草场、一汪清冽的甘泉。

当它们慢慢地离开公路，越过沟涧，掠过山坡，它们强劲有力的蹄声仍回响在我的耳畔。

在这片高原上，只有贲张的血液和桀骜的野性，才能奏出一曲浩荡的牧歌。

（选自《散文诗世界》2016 年第 10 期）

沙漠上空的月光

吕海沐

一

在夕阳无言的注视中，一望无际的沙漠，把我孤零零的足迹，留给我的跋涉；驼铃已随风远去了——啊，谁的辉煌悬挂在天幕上？

二

也许今夜只有月光，只有月光等待在长亭外的柳梢，月光下的青草连着沙漠，没有人别离，没有人畅饮，远行的人没有归来，也没有人等待着今夜的重逢——直至那丁香花开满了果园。我相信，今年丁香花必定会开出朦胧之美……

三

终于，我的脚印，在沙漠中渐渐流失，我用心弹奏着我的向往，在那飘瑟着黄叶的枝头，有枯萎的雷声坠落，而那等待我归来的人，已打着伞走进了迷人的三月，三月有一片丁香的雨幕……

四

总是放不下那一片金黄色的风景，那一种热烈的美丽，那种生命的淡定：呵，那种原色的美，怎能叫我放下，不去寻找，不去放逐自己的心灵？

让我隐没在河的波涛里，让我永远流逝在沙漠的辉煌之中，化作一杯老酒般哦。

五

但偏偏是这一杯酒，让我深深怀念着沙漠那一片的月色，那月色盛满了酒杯，而怀中却覆盖着动人的沙的流韵，一声风叫出那图画般的美丽的暮色，如海的岸边，停泊着那只名叫残阳的船，我的月光，登上这暮的日子穿过黑暗，驶向黎明的笑声……

六

我的脚下，总有走不完的路，如海的荒原，而我的额头，风雨辽远而深沉，天涯落日，山峰重叠的肩上，有月光沉重的脚步声……走着走着，我们终于走进了一个人的沙漠，走过那沉甸甸的时光，当天催萌生绿色的时候，我的脚步要停顿那里。

啊，时间的脚步，为什么那般匆忙？

七

啊，那就是我的春天吗？那就是我停靠多年的驿站吗？那露出碧绿的微黄的池塘里，一团团粉红自由地融洽着从天空掉下来的雨滴，这么妙龄的稚嫩，如梦如幻的烟水，缥缥缈缈的暮色，姗姗走来。

八

原来，这湖只是一弯月牙，在沙丘之后，仍是沙丘，浩瀚的沙漠无边无涯，月光呀，你怎么总是经年不修的娥眉，而围绕你的，怎么总是那沙的暴风和沙的长云？

二月未走，而三月却已盛妆登场，那片瓦上只为风雨骤然的脚步，匆忙的告别，没有谁能够挽留雨后骄阳的美丽的姿客，而月亮却取而代之了，四月也老了，啊，如此转瞬即逝的辉煌，如此漫无目的的取代，只有湖畔的野花年年泛白，只有湖中的小鸟，收它淡淡的忧伤，向着无月之夜，诉说着夜的情思。

（选自《散文诗人》2016 年第 45 期）

烟花不是花

宋晓杰

一

是寂寞，和不寂寞……

二

等夜！等黑色垂下幕布，干枯的枝丫缀满霓虹。

定向爆破，还原生殖与裂变，几何意义上的群星闪耀。

——是谁，居于闪电的中心？

欢呼着谁的夭亡？

三

——用剑者死于剑！

暴动。出离。大逆不道。不顺从的人生。

在清凉的夜晚，终于，苏醒。

愤怒。奔赴。攻击。陷阱。极端。颠覆。

凯旋与丧钟同鸣，颂歌与悲剧共生——借破碎而完整，因齑粉而成全。

粉身碎骨——原谅它吧，在这个即将沉睡的世界里，独醒。

搭乘欲望号飞船，它看见蔚蓝、浩瀚、空，也看到意志、愿景、灯塔、蝴蝶的光斑、宽宥的笑容。

……不曾发生。

四

信函诚恳，来自天国，它是孤独星球中的独语者。星辰太冷，宇宙太空，只有它穿着细碎花袄，是小妖，也有可能是小丑，是初始的反叛、尘世温暖的邀约。

不必翻墙、上房，不必攀树、藏进窑洞，纵横的木梯生硬，参差的瓦片生冷。高度造就了仰望，崇拜历来危险。但宿命的光辉，招引——跟它走吧！

在村外的空隙之地，荒野的尽头，一群疯孩子奔跑，喊叫，喊叫，奔跑……上气不接下气，在抛物线的顶点，稍微愣一下神，再坐上惯性的滑梯，一路俯冲……

四野沉静，蛙鸣惊心，野菊花改变不了清苦的命运。稻田、白杨、水渠、颓圮的断墙，高压线的秘密地图……我们看不清彼此的脸，却把口袋里的碎花纸屑，用力按一按，从未如此满足。

自那天起，不再害怕走夜路，不再害怕童年的尾巴让天狗吃掉，不再害怕井绳、蛇、导火索。

不知是谁起了头儿，撒野的孩子们高声唱起古老的歌谣："两只老虎跑得快，跑得快……"总有两三个音儿，一点也不整齐，上下蹿跳。

五

蝌蚪游弋、鸟雀蜂拥。

一个新的战栗，不饰面具……

他陷在逆光的沙发里，薄纱的窗口使夜空的景色有几分朦胧、虚幻。他自制了晴空、王国、后花园，又造了颗颗繁星。

"一个人要隐藏多少秘密，才可以巧妙地度过一生？"

他陷在沙发里纹丝不动。五颜六色的烟花是魔术师吗，他一会儿惨绿，一会儿紫红，一会儿漆黑一团，死死铆住密不透风的夜，如暗物质紧紧抱着隐衷：一个泥塑瞬间成形。

据说，上帝赋予人类七种品质：虔信、正直、公平、善良、慈悲、真实、和睦。是否还应该加上：不念旧恶。

唯有风声呜咽，拖拽着影子，在大街上横冲直撞。

六

《旧约·约伯记》上说：人生在世必遇患难，如同火星之腾。

那么，绽放无需理由。它洞若观火，它铺陈废墟。天使的面孔，魔鬼的性格。以身试火，试刀锋。平衡而对立。

四四方方的盒子，排排端坐，面容安详。人间最后的圣境。

微缩的烟火。集体无意识，失声。又在某一时刻，壮怀激烈，以死相抵，白骨相见。

不见不散。

我看过燃烧的熔炉，熊熊大火，噼啪有声。那是新鲜血肉的呼喊，还是灵魂欢腾着飞升？不管是石雕，还是实木；不管是松鹤延年，还是威仪宫廷，收容的只是烟花的灰烬，与尘土无异的精神图腾。

它静静地泊着，不系之舟的光阴已远——它的锚深深嵌在沙里、肉里，从此信奉沉默是金——永远被怀念的一组黑体字，被速度与流年，稳稳固定。

七

没有谁配得上黑夜。

但分明有人穿过隧洞，坐上尖叫的列车，头顶寒星……

——璀璨，是错的一面。打破僵局，不要屋顶，也是错的一面。

执迷。尖锐。冲锋与脱缰，在寻找同盟。

天空降下旋舞的天鹅绒，而翅膀，依然在不停地扇动。

八

夜晚降临了，已无恐惧可言。

月清如水，流星飞驰。没有疼痛。云朵缓缓穿行，浮游如洁尘的雪莲。

——亲爱的，我要改改我的倔脾气，不说想念，也不暗自啜泣。在深山老林，慢慢修行，按照我们愿望的样子，假装我们都会重生。

……取下壁炉旁的火柴盒，我轻轻轻轻地抽出一根，仿佛卦象中的上上签。在枝形吊灯下，它是闪电、燧石、跳跃的火种、橘黄的蜂蜜，代替你，有话要说。

好吧，不再苦苦追问：可能的结果……不再追问：当世界还小的时候……

（选自《星星·散文诗》2016年第1期，《诗选刊》转载2016年第4期）

坐上美国的船，巡视中国的南海

王成钊

有一个梦，萦绕最南的海疆

曾经，我前行的脚步，沿着祖国版图的红线，将赤子的情怀，延伸到一个又一个边防重地。

东边，登上长白山拥抱天池，横穿乌苏里江追寻祖辈的足迹。

北方，乘着快艇激扬额尔齐纳河的浪花，在满洲里的国门下吟诗。

西面，在霍尔果斯口岸寻访林则徐、左宗棠，在红旗拉甫山口，远眺成吉思汗西征的铁骑。

西南，驱车穿过磨憨口岸拜亲访友，在瑞丽界河，与本是同胞的兄弟说起了汉语……

曾经，我抚摸过一个又一个界碑，在心中镌刻下"神圣"两字的含义。我叩响了一段又一段先辈戍边守疆的历史，确认了文明古国在当今世界的位置。

上下五千年，横亘十万里！

就连隔海相望的钓鱼岛，我也坐上邮轮巡视过，还率全家四代，踏上了琉球的土地……

唯有，祖国最南最南的一条红线，守护着的一座座主权碑，我还没有触摸过。多少次。在飞机上俯瞰，将积蓄多年的情愫，洒向机翼下的岛礁。多少次，将一个郑重的承诺，投向辽阔的疆域。

呵呵！今天，我坐上了美国的皇家加勒比邮轮，巡视中国的南海。

有一种巧合，冥冥里将会邂逅。

有一种必然，昭昭中早有暗示！

我心翱翔，巡视梦中的海域

巨轮，载着一座城堡，满载这片海域的主人，在汹涌无垠的海浪里游弋。

一路劈波斩浪，撩开烈日下升腾的雾纱。

一路在时空深处滑行，沿着祖先的航迹。

似乎天下的波浪都涌过来了，集中列队，欢迎一个东方大国的子民前来巡视。

前头，郑和的船队正在领航。千帆竞发，旌旗猎猎，浩浩荡荡，所向无敌。西巡海疆的航路，已经走了六百多年。

回眸的瞬间，《诗经·汉江》"于疆于理，至于南海"一句，忽然在耳畔响起。

倥偬间，似看见，秦汉开疆拓土的大军，从黄土高原，呼啸而至，盘踞琼崖，军威南移。西汉的伏波将军马援南征交趾，龙的图腾，早已从陆地飞越到蓝海。我还看见，西汉的地理学家杨孚，踏波蹈浪，将西沙、南沙群岛，刻进《异物志》。

这还是公元前一世纪的事啊！屈指一数，我今天的航路，早已绵延了二十个世纪！

站在船头，我凭栏远望。今天南巡，是否可与北归的东晋高僧法显的船队巧遇？穿行南海的航线，早已定位在中国人发明的罗盘上，光耀了世界航海史。

乘着呼呼的海风，我穿越回唐朝。一个强盛而又睿智的年代，将南海诸岛正式纳入版图。一本《旧唐书·地理志》，成了南海就是祖宗海的证据！

入夜，我又来到船头，仰望银河星汉，也学一下元朝的天文学家郭守敬，上观天象，下察地理，细度经纬，确定了泱泱中华的疆域。

夜深时分，船如摇篮，我枕着涛声入梦。像在母亲的怀里，摇曳着自豪，荡起了甜蜜……

第四天，朝霞漫天，船过曾母暗沙。我终于到了祖国的最南端。虽然仅是眺望，但已拥进怀里。

一次邮轮上的壮行，我终于兑现了对自己的承诺，将祖国完整的版图，全部装进心里。

放飞豪情，航行在祖宗海深处

我又一次挺立船头，饱览苍茫的海天，透迤一股豪气。

像一个骄傲的将军，伟岸着挺拔的脊梁，开始巡视"千里黄沙""万里石塘"，巡视二百五十万平方公里的疆域！

浩瀚的波涛，正在起伏郑和宝船下西洋的航迹。

粼粼闪烁的波光，正在闪映戍边将士的英姿。

忽闻船上的广播响起，船舷左边前方，就是永兴岛。海浪簇拥着的绿韵，守护着高高飘扬的五星红旗。

又见船舷右方，一座又一座红旗飘扬的钻井平台，屹立魁伟，巍峨天宇，引来海鸥翱翔，掠鸟翩跹。

极目远眺，似可分辨，哪是太平岛、中业岛、马欢岛……哪是美济礁、仁爱礁、华阳礁……一座座岛礁，如大海隆起的脊骨，又像神龟驮着的山峰，岿然矗立在艳阳下，任凭风浪起。

前方，出现了渔船浩大的方阵，灯笼高挂，国旗招展，洋洋喜气。不知他们来自三亚、谭门，还是来自儋州白马井、万宁港北……休渔期的守望鼓满风帆，开足马力，正在耕耘世代闯荡的渔场，正在捕捞沉甸甸的希冀。

人们纷纷涌上船头，涌出船舷甲板，呐喊着，欢呼着，向海疆的守护者和开发者致意……

我始终站立船头，在骄阳下晒得黧黑，屹立成守岛的战士。

任凭海风吹落滚烫的泪滴，我用双手指点苍茫，开始给外孙讲述解放军守卫海疆的故事……

致敬！深蓝中的一抹鲜红

海天一色，这是蓝色的世界。

天是澄蓝，海是深蓝。偶尔掠过一群群海鸥，一路随邮轮飞翔。

不知小精灵来自哪里？尽管极目搜寻，也不见岛礁的影子。

深蓝的海面，一定很柔软，因为上面起伏着我的浩叹，融汇了我的情感。

遥远的地平线冉冉浮现的白云，被蓝天、蓝海映衬着，浮起了夺目的白岚。

蓝、白二色，就构成了一幅极简主义的画卷。简洁、壮美，就像祖先开疆拓土的历史，一片坦然。

忽然，远处的海面，出现了不同的颜色。借助望远镜，看见了，有的黛黑，有的浅绿，有点鹅黄，有点湛蓝……

我突然醒悟，那是南海的岛礁啊！如珠链，环绕在南海的胸前，闪耀着璀璨的斑斓。

那是华夏十三亿子民守望的原点啊！散落在时空深处，亘古，而又年轻，几经潮涨潮落，依样茁壮拔节，矗立永恒。

我发现，有一座石礁浮出海面，闪着一点红。

近了，近了！那是一面五星红旗，在高脚屋顶上空，高高飘扬！

在冷色调的寥廓中，突然出现的一抹暖色，飞舞在阳光下，分外鲜艳，分外耀眼。

游客们涌上船头，分享视觉的盛宴，一边欢呼，一边向国旗行注目礼。

我用照相机拍下的画面，一半是海水，一半是火焰。一半是自豪，一半是庄严。

那是万里海疆的一座地标，历经惊涛骇浪，依样岿然！

（选自《散文诗世界》2016 年第 10 期）

父亲走了

杨志学

父亲，您怎么这样不经我们同意就走了？您的几个儿女哪个允许了？难道您是父亲，就可以这样不讲民主，对儿女行使专断的权力吗？

大儿子同意您走了吗？他根本不同意！他和您分居两地，还想陪您多走一些地方、多看一些美景呢。随着年龄的增长，他是越来越理解您了。不料，您却让他"长兄为父"，像把刀子扎在了他的心上。您看他那愧疚的样子，难道是因为挑不起您突然撂下的担子吗？

二儿子同意您走了吗？他完全不同意！他是唯一留在您身边的儿子，几乎可以天天见到您，以至于不大懂得珍惜。当他醒悟到该要反哺之时，却竟然没有了机会。您是在家里猝然倒下的，老二的心能好受吗？尽管您是在凌晨出事的，当时他还在梦里，但是，他会因此而减轻自责吗？

三儿子同意您走了吗？他绝对不同意！三个儿子中，数他远走高飞：北大毕业后，又去美国留学，一直读到博士后，留在美国工作。您梦见最多的人应该是老三吧？您为了不耽误家乡的事，几次放弃去美国探亲，而让母亲一人孤身前往。三儿子为了实现您和他一起畅游异国他乡的梦，已经为您准备好了休闲服、旅游鞋和拐杖，没想到您却提前走了，把深深的遗憾留给了老三。

女儿同意您走了吗？她坚决不同意！她是您唯一的女儿，就住在离您不远的小城。您帮女儿建好了楼房和院落，而她也为您腾出了一间独立的卧室，等您哪一天走不动了，在她身边安居。您却绝情地招呼都不打，急急忙忙地离开您疼爱了几十年的女儿，让她长时间悔恨自责、以泪洗面。她说：父亲啊，您不是答应我明天就来我这里住吗？您为什么就不给我这个孝敬的机会呢？

父亲，您怎么这样不经我们同意就走了？在您之前，母亲就已辞别人间，让我们的家变得残缺；现在，您又和我们永别，我们原来意义上的家就这样破碎了、远去了……您曾经答应我们儿女，年三十，我们一大家子还要在一起吃一次团圆饭呢；您还开玩笑地说，要抱着母亲的照片，和我们照一张全家福。这些再平常不过的愿望，如今却都像梦一样飘远了。

父亲，您怎么这样不经我们同意就走了？家乡的父老乡亲说，您有一颗出家人那样善良的心，您的生活习惯也是一辈子吃素、不杀生。乡亲们说，您定是修成正果，被佛带走了，所以走得那样安详。父亲，您是没有痛苦地走了，却把无尽的思念之痛留给了子女。

父亲，您怎么这样不经我们同意就走了？我们不想惊动您的安眠，我们只是想要这样问一问，以求得心里的安慰。我们仿佛看见，您在天堂里微笑着，看着您的儿女。

您怎么这样不经我们同意就走了呢，我们慈爱的老—父—亲？！

（选自《黄山日报》2016 年 6 月 22 日）

绷　带（选章）

黄金明

八

记忆像波浪在脑海里崩溃。你想起他，像海啸摧毁椰林和小木屋。你们像失去肉体的贝壳，被巨浪推上遗忘的沙滩。时间的遗迹：叶片上的啮痕。毛毛虫在叶片上爬过的唾液和印痕。隔着灰褐色的茧子虫豸梦见了飞翔。天空无限高远而辽阔。小蜜蜂眷恋油菜地上低矮的、透明的空间。而你渴望拥有他尚未踏上的旅程。晨风吹拂，蝴蝶在花香中瘫痪，它像一本打开的书，翅翼上写着文字。它在无穷尽的修改中探测了宇宙的黑洞。

十一

叶片翻卷，树木涌起细小的浪花。树林酿造寂静的酒。你像醉舟在尘世漂流。你从流动的悬崖返回，从命运的沼泽地撤离。你像一只受惊的兔子，到处都遇到猛兽。平原上的杨树和麦苗像谣曲在起伏。哦，树林像一只旧钟表，那棵被伐取的大橡树，像时针被拔掉。林中的小水潭：既没有出口，也丧失了源泉。一个水潭的萎缩，像伤口在慢慢愈合。时间的水，仍在荡漾，但眼看就要枯竭。一个树林在不断地被砍伐，就像一座房屋不断地被取走檀梁和圆柱，就像怒狮在铁笼中计算着一个个被取走的日子。

十二

他的头脑分布着两种观念的树林，他的身体流淌着两条相反的河流。他的内心有两只果实：像两颗头颅在互相咬噬。伤痕也是源泉。在下游，大江横流，一片白茫茫。在上游，他静坐于幽暗之林，像刚从动物园逃出来的野兽舔着伤口。细碎的野花和草叶，欢快的泉水和鸟鸣，像大自然的绷带，将受伤的他和他想念的人紧紧包裹。

（选自《散文诗人》2016 年总第 45 期）

珠江之夜（组章）

罗铭恩

珠江，作为广州天然的东西中轴线，贯穿了传统和现代的城郭，连接着珠三角的腹地和南海，融合了岭南文化和海洋文化的风采。这里，我们只采撷珠江里的几朵浪花……

江景如梦

夜色中，珠江睡了，大桥却醒着，醒在珠江的梦乡中。

星空下，长堤睡了，灯光却醒着，醒在长堤的怀抱里。

夜晚，诱人的江风，把一阵阵清凉送入人们的怀抱；轻风伸出多情的手，推开了每一扇临江的门窗；少男少女们站在窗户旁，放飞心中的渴望。

不见了，污水残堤的阴影；消失了，树稀灯暗的江岸。江滨道路不再是从前那样狭窄，两岸灯盏不再是从前那样零落，城市上空不再是从前那样灰蒙蒙。

奔腾的生命之江，因夜色的降临而恢复平静。江与岸、水与天是那么协调、安详。羊城的丰硕和美丽，在夜色中释放出无法抗拒的诱惑。

滔滔的江水奔流而来，又奔流而去，羊城是她漫漫征途的一个驿站。她把多少母亲的期待从异乡带到这里，又把多少寻梦者的盼望从远方引领到这里，还把多少羊城秘笈传送到未知的角落。

一个个难忘的夜晚，一次次真情的流露，一回回流水的歌唱。起伏的江水，雕刻成生命的弧线；坦荡的长堤，延伸着壮丽的里程。

珠江之夜呀，你是南国中一个最亮丽的梦想。

岁月如烟

在浓重的夜色中，历史的烟云仿佛又在珠江的潮头中翻卷。

奔腾不息的珠江，以自己一往无前的气概哺育着众多仁人志士，以自己源源不断的琼浆玉液浇灌着文明的土壤。

珠江南岸的邓世昌故居，在涛声的轻抚下已悄悄隐没在夜色中了。当年北洋水师抗击日寇的海战虽然不在这里打响，但邓世昌的英雄气概却在这里弥漫。

珠江北岸的天字码头，卷动着中国近代史上汹涌的潮头。林则徐从这里登船启程，开启了虎门销烟的豪迈一幕。

一代伟人孙中山曾在岸边的大元帅府前，面对珠水指点江山。那艘永丰舰停泊在岸边，等待伟人的登临。他让三民主义的理想奔流在珠江的浪潮中。

广州起义的枪声震撼着旧世界的堡垒，起义者的脚步踏碎了珠江畔的黑夜，漫漫长堤回响着公社战士的呐喊。啊，这洪亮的呐喊声，是那样令珠水云山难以忘怀。

"国立中山大学"的牌坊在江南岸耸立，鲁迅、郭沫若等大师曾在这里讲学，从校园里走出了大批蜚声四海的名人学者。

啊，奔腾的珠江，浩浩乾坤挡不住你的步履，漠漠苍穹盖不住你的声浪，在一个世纪的穿越中，你终于圆了恢弘的梦想。

我忽然明白了，珠江的举世瞩目，不仅因为她是众多杰出人物的摇篮，还因为她的潮流中奔腾着民主、改革、奋进的力量。

情侣如水

一对对情侣倚靠着江畔的护栏，悄悄倾诉心中的隐情，夜色掩盖着他们含羞的神情。

他们显得那么年轻，那么亲密，俊俏的脸庞像江水般清纯。

他们的脚下，流淌着百合般纯洁的青春，流淌着美好的花季年华，流淌着如诗如画般的情思。他们不知道什么叫惆怅，不会叹息流年似水般的无奈，上几代恋人那种迷茫的心境早已在今天的夜色中远云了。

路灯下的情侣，一边眺望江中的船只，一边说着悄悄话。美丽的少女不仅引人注目，更引起江风的青睐。江风吹拂着她的衣衫，她的长发，还有她年青的胸脯。

她听见了江上红船传来的乐曲声，这乐声曾唤醒她少女恬静的梦境，掀动了她少女含羞的恋情。于是，爱情之花在珠江的夜色中悄悄绽开了。

但愿奔流的江水能使情侣们懂得日夜兼程的艰辛，起伏的浪花会使他们的思维变得活跃，明媚的月色会使他们的情路不会迷失。让月光和爱、理解和宽容注入自己的心怀，让热情和清醒取代冷漠和浮躁。

在热恋中品味江水，破解爱情的密码，是人生的一大乐趣。要知道，爱情是一次长途的跋涉，热恋是一条有急有缓的江流。

在奔腾的江水和纷繁的人生之间，在熟悉的今天和未知的明天之间，既要珍惜爱情的每一天，更要珍惜生命的每一刻。

（选自《奔流》2016 年第 4 期）

荷兰印象之凡·高（外一章）

莫鸣小猪

题记：我在一幅画里听向日葵的声音，它们在微风中数着双拍子小声地唱着歌。

一、向日葵

1

它们：婴孩般的脸，抽象而郁郁寡欢。

饱满的圆形，直径大于等于十二厘米。

以一朵花为赋形，依靠冰冷的钉子装饰在阿尔小镇的房间。

纯净澄明的铬黄，缠绕着太阳的金属丝。

在粗糙程度不同的画布上，和各种深度的蓝底子上空气般悬浮。

尘埃似的发着神圣的静态光芒——不可复制的灿烂的金黄色。

2

强烈的个性，形而上的追求。

一双涂满了颜料的手自一个男人的身体伸出。

——时间说：他是上帝的弃民，他的嘴里透着疯言疯语。

旋转的画笔，单纯的色彩，他眼睛里注满了橙子在秋天的金黄。

——仿佛直线的画框，哥特式教堂里，彩绘的玻璃构件。

或是 8 月的阳光镀上天堂的庄重颜色。

3

一封写给弟弟提奥的信里：12 和 14。

它们，以数字构图夏日短暂的《向日葵》。

它们，诠释过深奥的流体力学现象。

世界把原始的疯癫直接传染了人类的画师：花朵，金黄，魔幻般的色彩。

它们，挣脱地心的吸力。

它们，凡·高扭曲的面部轮廓。

它们，恐惧畏缩的眼神和颤抖的手中的画笔。

4

阳光过后，天空成了枯叶蝶的墓园。

向日葵在寻找仰视的力量。

挣扎的线条，无序而疯狂的色块。

画布？他伤口的绷带？他死后的白床单？

他疼痛的白！他生来的孤独！

高更离去后，他健全的一只耳朵窃听着人类的非议或惊叹。

大量的幻觉涌来：而艺术的天空它说它四肢健全，它有一双完整漂亮的耳朵。

我们说：它一直都是聋的！

二、星　夜

1

凡·高的痛，是椭圆形的。

我把它虚构出来：

星夜下，罕见的安宁。有别离的小径在高更的脚下延伸。

歪曲的长线伙同破碎的短线——

骚动的天空：火焰、云层、旋涡。

宁静的小镇：

窗格里透出烛光，我听到鼾声一片。

2

它们，搅动一些朴素的词汇：金黄，种子和月光。

它们，开始了共谋：困惑，解脱和缠绕。

它们，在结构上的相互对应。

它们，意识上的相互制衡。

夸张变形和高度的吞噬。

视域转化成浓厚的、有力的颜料浆。

3

柏树挣脱地心巨大的吸力，刺伤了天空的眼睛。

月亮从月食中突围而出，星星是它松脂般的眼泪。

想象：前景的小镇在一片森林的尽头。

小磨坊和尖顶的小教堂，猫儿在它的头顶绕着手臂唱圣经。

磷火鬼魅般跳起了幽蓝的舞。

4

它们：合欢花纯白的安宁。

它们：金银花迷糊的语调。

它们：树叶变幻万千的鬼脸。

——蚂蚁和甲虫混合组成的朝圣的队伍。

它们：微风中变黄的杧果的树林。

——斑斓的虫鸣和鸟叫。

它们：无法复制的灿烂的金黄色的梦。

——渐次老去的花朵的脸庞。

5

异己的坟墓长出非议的毒蘑菇，像各色腐烂的小豆子撒落一地。

奔跑的小鹿，它的头上戴着晚凋的花环，上面涂抹夕阳的色彩。

晚安，12、14、15朵的向日葵。

晚安，凡·高和提奥。

晚安，躲在手帕里仍然醒着的他的一只耳朵。

（附：普遍认为，在1888年12月23日夜晚，凡·高在精神错乱状态下用剃刀割下自己的一只耳朵，差点失血过多而死。但有最新研究称，文森特·凡·高的耳朵其实是在一次争吵中被保罗·高更用剑割掉的，凡·高编造谎言大概是为了保护这位画家。）

又见春天之窗外

一

窗外：雨转晴。

一只鸟啄食果实里青涩的春天。

窗外：一阵风吹皱了流水的脸。

花朵泅过河的对岸。

窗外：一只风筝从半空坠落。

有人欢笑，有人静默。

二

窗外：菜叶和蜗牛。

窗外：河流和远山。

歌声落入水里，被昨夜的雨带到一朵花漂泊的下游。

大牛和小牛撕扯着田埂上的绿草。

纠结一团的，是胃里的反刍。

是心和肺。

三

田基黄或卑贱的艾草堕入凡尘。

每一阵微风，它都会簌簌战栗。

窗外：篱笆、小屋、简陋的烟囱。

窗外：植物缓缓抖出叶子、露珠和瓢虫。

窗外：滔滔春水，空无一物。

那些被风摘去花瓣的毛桃在风中自由地唱。

窗外：又是一个春天，明亮而温暖。

四

窗外：一只鸟飞过的时候。

鸭子正重叠在它美丽的倒影之上。

窗外：上了年纪的柿子树。

它青筋暴露，摇摇欲坠，它捧出虚空的鸟巢。

远处，一只鸟叫着异性的名字——

树林里一小片回声：亲爱！

五

窗外：缤纷的光线像流萤。

窗外：铁轨，子弹头设计的和谐号。

窗外：间或出现的绿皮火车。

黑色的货柜，煤堆和廉价的燃料。

我想象：遥远的城市，郊外，或更远。

天桥底下，民工棚，霉变的天色。

小火柴发出温暖而又潮湿的叹息。

六

窗外：村庄面容安详。

一些素昧平生的词语敞开。

两岸的燕子合算着：还有一指宽的寒暄。

那些曾经在冬天里食不果腹的民工。

他们的流亡，可以追溯到哇哇降生的一声痛哭。

如同蒲公英它瘦弱的小灵魂，抓不住一撮浮土。

七

城市或者乡村，在春天里犯困。

某个时段，我会泪水涟涟。

想起一朵落花它背负的整个春天。

窗外：盛开的苦楝。

它发紫的小脸蹦出凌乱的心跳。

窗外：花团锦簇。

像火柴抱紧了自己的头。

——冷暖交织

（选自《散文诗人》2016 年总第 45 期）

也许轻，也许重（外一章）

曹　雷

不要说花瓣飘落的弧线很美，当一个灵魂从十八层高楼的窗口起飞，躯壳和地面撞击出的红，也能让空气突然凝固并久久紧张。

一根针掉进黑暗的声音很轻很轻，当无数锋芒环成圆挂上屋顶，很重很重的阳光就生成了。夜的衣裳撕破后，脱颖而出的，也就是思想。

掷出的刀子，快不过蝙蝠的逃亡，沿着风声中不同的轨迹碰到一起，结局常常不是你的预料，偶然和必然是殊途，也是跨越生和死的桥梁。

变形和污染堆积在身边，一条穿城的河流，水面上是袅袅不散的忧伤，鸟的影子呢？它驮着童年和故乡的名字走了。风吹着，是怀念也是绝唱。

预设的圈套

落进一个预设的圈套，是因为颈项伸得太长。有多少踮起脚尖的欲望，碰到过悬在顶上的诱饵？有多少暗自爬行的线路，断肢残骸，铺出了一地凄凉。

这种经历，伤口是消不了的炎症，缺的是特效药方。都知道了那只躲藏在身后的黄雀，却还要去仿效捕蝉的螳螂。

迈出一个美丽的陷阱，拿什么来医疗周身的创伤？凝固在味觉里的苦涩，从此找不到根治的糖。从水边拎回打湿的鞋子，洗尽淤泥，在脚下是不是还穿得稳稳当当？

这种日子，隐痛是抹不去的痕迹，缺的是干净的阳光。

（选自《散文诗世界》2016 年第 4 期）

含　笑（外一章）

蔡丽双（中国香港）

含笑开花十里香。故乡的民谣，隆升了含笑的身价。

含笑郁郁花香，是从你的梨窝荡漾出来的，还是从你的心田洋溢出来的？我故乡的挚友！

无论形与神，你都酷似含笑。你永远含着微笑，笑得美丽，笑得纯真，就像一朵含苞待放的娇俏。你的心灵弥漫芬芳，你的心情长拥快乐。你就是一朵高雅的含笑。

你，岁月如歌，人生如花。

翻开记忆的诗卷，一朵被季节的钥匙启开之花，欲开将开，状若含笑。这就是你吗？

有许多往事，在我的心底，沉凝成缕缕馨香，绽放成朵朵含笑。

许多值得眷恋的思念，汩汩滔滔，从毫端流出，汇成诗河词川。这是我以真诚审视真诚、以淳朴显微淳朴之后，撷取的菁华，默默掬给故乡一朵永远的含笑。

锄　头

锄头，一茬茬，一岁岁，从五千年的文明史中走来，锄去杂草，锄去荆榛，锄去荒蛮，锄出一块块沃土良田，锄出一季季丰稔岁月。

锄头，蘸着淋漓汗水，在胼胝中磨得锃亮。

锄头苦苦追寻的目标，苦苦搜觅的皈依，苦苦抵达的归宿，始终如一。这是不屈不挠、不懈不弃的真谛所在。

尽管机器会替代锄头，让耕者从原始的、粗拙的、笨重的劳动中解脱出来，而锄头的精神始终没有终点，会沿着农业史的轨迹，走进熔炉，成为农业机器的肌骨。或者，走进博物馆，让脚步闪耀历史的光芒。

锄头的情愫如海，在澎湃涨潮，必将淹溺庸俗和鄙陋。锄头在时代的车轮声中，酣然微笑。一种青出于蓝而大胜于蓝的敦厚心思，在莽莽乾坤中精彩，在滚滚红尘中啸吟。

（选自《香港文学报》2016年9月总140期）

高　与　快

饶　远

高　铁

切割了风的倒刺，挣脱了时间的挽留。

路尘无法追上轮子的闪电，连枕木也瞪大了眼睛，看不清忽闪远去的身影。

风速吹迷了路边的野花视力。像离弦的箭，只有惊叹追尾，远送飞去的美姿。

近山惊呼，一排"房子"从眼前飞奔得无影无踪。

一座座山，愕然睁眼，欢欣肚子里钻出一条条急驶的龙。

一架架桥，稳站粗腿，恭候来来往往崭新的"飞虎队"。

老机车躺在昔日的梦城休养，圆瞪老花眼，用嘶哑的喉音欢呼：

高铁，好样的！

高铁抿嘴笑笑，遍走神州大地，跑出国境，延伸到异国他乡！

心想：中国要走得快，也要把世界带上速跑的轨道！

地球速转

邮路短了，飞转的高铁车轮瞬间黏住了一串城市。

飞洋过海的飞机雄展银翼，让地球变小了。

手机祝愿，让远隔异国他乡的两颗心瞬息相见相亲。

曾经是那么遥远，是谁把相隔千山万水变作贴身眼前？是时针转速快了吗？

是高山大海在梦中折叠成了一个小沙盘吗？还是人类迅速进化，人人都有千里眼、顺风耳、长腿双翅。

我听见了地球的心跳加速，我看见了地球在运行轨道上飞轮闪过。

在时代快车上旅行，切莫被抛离车厢，掉在轨迹里呼救：等等我！

时间不批准你拖它的后腿。飞跃的时代，决不允许叫蜗牛拉着破车颠颠簸簸地把价值丢失。

（选自《散文诗人》2016 年总第 45 期）

在达古山顶上喝咖啡（外一章）

毛国聪

没有暧昧的灯光，没有窒息的小屋，没有喧嚣，没有匆忙，没有想象要发生的故事。

是一缕温暖，融化了亿万年的冰川。是一缕咖啡香，唤醒了亿万年的沉睡。

喝冰川融化的水，喝清洁的空气，喝缭绕不绝的悠远气息，把所有的心事喝进肚子里。

我是孤独的旁观者，远眺风起云涌，日升月落。

我是坐禅的白头翁，仿佛天地之间的峻岭，拥有了山的充实。

咖啡的香味袅娜成雾岚，成洁白的云朵，我是翱翔的神鹰。以蔚蓝的天幕作盖，以峥嵘的峰巅作檐，我要在时空中自由穿梭……

在达古冰山上，一定要喝一杯热咖啡。

你将喝出4860米的高度，喝出达古通今的境界。

达古冰山

在缆车里一进一出，我已一步登天。

尘嚣、经幡、原始森林、挺拔的云杉、高山杜鹃林、横陈的树干枝丫，积雪、砾石、洪荒，依次在身下掠过。

4860米的海拔，亿万年的旅程。

我看到了达古山的沧桑，我嗅到了远古的气息。

达古冰川，

为了显露原始初相，你融化了自己；

为了追逐草甸牛羊，你融化了自己；

为了离开寒冷，你融化了自己。

达古冰川，

融化了亿万年的孤独和凛冽，融化了亿万年的守候和风云变幻。

达古冰川，

融化成了晶莹的冰碛湖，达古山仰望星空的眼睛。

你不在乎离开天堂，你不在乎坠落山崖，你不在乎一路走低。

你要敞开心扉，融化在山泉溪流里，融化在茂盛的森林里，融化在灿烂的阳光里，融化在生生不息的生命里，融化在幽远而广袤的爱里……

比山更高的是冰雪，比冰雪更高的是温暖。

（选自《散文诗世界》2016 年第 10 期）

一个人的走路（外一章）

陈志泽

走，从思想的沼泽里拔出双腿，搅动空气阳光，目中无人无物。

大道抑或小路，前进抑或后退抑或弯弯绕……

霎时，身体内的世界，岩山与平野轮回，浪涛与柔波变幻，森林与草丛更替；游鱼唼喋着水草，明淹没了暗，热溶解着冷……

一个个沉睡的洞穴被唤醒，启开五彩缤纷的花朵。

僵硬干涩的石头灵动起来，制造柔韧。

万千条粗粗细细的江河恣意奔流。

纵横交错的沟渠轻盈舒展，荡漾出涟漪。

细微的汗珠融入脚下的大地，悄无声息。

透明的呼吸扶摇直上太空，浊气排向旷远。

简单而又不简单的重复是活力的累积，枯燥而又不枯燥的独行是慢生活的节拍。

一个人的走路，头脑晴空无云、明净广阔，筋骨辛劳而强健。

生命的跋涉，一曲爱的乐章……

空

空，只有周边的薄薄的围，没有任何内容。

敲之，却能发出洪亮的声音。自己也不愿意这么空，呼唤充实？或者生来就是为了发声？譬如磬，铿锵发出打击乐，譬如钵，发出诵读经文的赞叹。

更多的时候，连一丝声音都没有。

就这么摆着。

摆着，也就摆着，占个位置就是。空也就空了，要是空得干净。

偏偏还要有模有样显摆，闪烁光芒。

偏偏就积存尘埃，岁月的风雨也洗不去。

即使是为了发声，声音也已经暗哑。暗哑就暗哑，还总是一个声调。

这样发声下去，一直到终老、破碎？

如果是个容器，譬如一只碗，怎么就不能装点饭？如果是一个张开的口，也该吃点东西，不至于老是空着肚子。

可它就这么空着，空得让人装不进一句话……

（选自《诗潮》2016 年第 3 期）

肩膀上的春天（组章）

唐成茂

暗处的对峙不值一提

行色匆匆，我背着胆怯和贫穷，带着孤独和明亮，回家。

我喜欢摸着黑赶路。在卑微中，把干净的人生，带得更远一些。

我常常披着星星远足，那是从心灵深处，升起来的，一米阳光。

从此，我靠灵魂的闪烁，照亮前路；把温情，留给成群结队奔跑的孩子，留给全世界。

行色匆匆，我背着庞德和幻想赶路。

我是个行色匆匆的诗人，夜里也睁着，一双诗歌的眼睛。

睁开眼睛我就看到了，藏起来的东西。

对我而言，暗处的对峙，不值一提。

行色匆匆，我是个纯粹的过客，本不属于这座城市，也不索求名分。

我穿米黄色工衣，用品性将人生，裹得更紧一些。

这种布料硬挺的衣服，能够遮挡，流言和风雨。

人一旦有了身体上的挺直，人生又能弯曲到哪里去？

每一块石头都承载着国家的使命

面对山盟海誓，风雨中的石头，一言不发。

不是石头无情，是石头要让雨水，清洗干净，我们的誓言。

面对功名利禄，有的人惊喜地退去裙子，有的人用滔滔之水，浇灭友情。

只有石头，宠辱不惊，笑而不语。

爱情是不是需要石头的坚贞和坚持？
人是不是需要石头的清醒和清白？
爱与哀愁是不是都像美酒，喝了就会沉醉？
心扉打开是不是都像石头，无声胜有声？

身当矢石，隐忍就是命运，不语才是战斗。
无论人生是不是水滴石穿，石头肯定有自己的观点，石头肯定有喜怒哀乐。
石头的心跳，春天一定知道；石头的爱恨，老石匠一定清楚。

每一块石头都是天上的过客和流星，每一块石头都承载着国家的使命。
就是粉身碎骨，身首异处，对天下人的爱，也坚如磐石，有时还血脉贲张。

<h2 style="text-align:center">河水是一把锋利的软刀子</h2>

河水如刀，切出河岸的意念。
河岸掌握着流水的异动，能够切开，流水底部的恩仇。

河水如刀，是一把锋利的软刀子。
你行进在人生的刀面上，语言的飞流可以切除你的一生，抹掉你的一切，把你从洪峰之上，打回原形。

河水如刀。我是刀客，我的刀子：
不会切去，穿马褂披黄袍的二十四史；
不会切去，惊扰里尔克的玫瑰之梦；
不会切去，掩映东坡光芒的丹桂之花。

河流如刀，锋利而粗放，在人生的高地，一浪打过一浪。让你留下骨头血性块状的影子。
河流的血液，只有荆轲可以畅饮。
血色黄昏，打湿，一个朝代。

我抓住河水，抓住泪光，和泪光中闪闪发亮的刀子，如前朝游侠：黑衣、披风、飞檐走壁。

落日中，我踩着巨浪磨刀，披着边塞诗和柳永词磨刀。磨光月亮的血和泪痕。

在磨刀声中，与柔白的流水和悠长的命运，一脉相承，一同高歌或浅唱。

4. 我希望深圳河发大水

崭新的海水洗刷过很多年的孤苦，深圳河面上有沙鸥翔集彩云飘飞有人语之响。

深圳河的水和浪缠绵悱恻，全天下的爱情，飞流直下。

深圳河面上有些晃动，有些人有些事有些情一晃而过，有些结局你意想不到。

我只重视全局，不关心，幸福是不是来得，晚了一些。

深圳河面上也有过春天的逃亡，深圳河面上也有过时的雨加雪，也有过迟暮美人陈旧的艳丽，和叹息。

海鸥扯起七旋曲，和白银般的，风浪之美。

我希望深圳河发大水，把那些洋人的履历和霉臭洗一洗。
我希望深圳河对我的爱与关怀，来得更温柔一些。
我希望深圳河的水硬如骨头，把气节推高到浪花的顶部。
当恶俗奔流而来，不要逆来顺受，也不要顺水推舟。

我常常找深圳河的影子说话，找海水来回首。
我踏浪而来，身轻如燕，一溜烟就回眸了大河两岸，历史的悲鸣。
我是深圳河岸摩天大厦里的诗人，我之所以热爱深圳河，是因为，天命难违。

（选自《天津文学》2016 年第 7 期）

莲花朵朵开（组章）

萧　风

思想掠过我的心头，如同花儿开启了笑口。
——你听到它们欢快的笑声了么？

碑，是一种会说话的石头；
心，是一座有生命的巨碑。

荷叶上滚动的露珠儿，多像一双双会说话的眼睛呀。
——它们在说些什么呢？

鸟，是天空飞翔的灵魂。
失去自由飞翔的鸟，天空也就真的空了。

对鸟儿来讲，笼子的大小与自由无关。

根据牙齿的形状，便可判断动物的善恶。
——而人呢？

要想知道两只狗的友情如何，只需在它们中间丢一根骨头。

就精于交际的人讲，微笑常常是一副贴着谜语的面具。
——你能猜透面具下的谜底吗？

其实，对手才是你最好的教练。

你真正的本领，多半是从对手身上学来的。

流水一味埋怨卵石缺少棱角，却忘了是自己造就了它的圆滑。

惯于攀附高枝的藤，连骨头都是软的。

秘密，好比笼中的鸟儿。
保守秘密的最佳方法，就是关紧笼门；否则，一旦鸟儿飞出去，想让它再进来可就难了。

稻草人即使戴上皇冠，也成不了真正的国王。

走进沙漠时，心里一定要装着绿洲；
驻足绿洲时，别忘了前头还有沙漠。

雨走了，将彩虹留在初晴的天空；
你走了，把思念种在了我的心中。

与其靠金钱，把名字刻在石质的碑上；
不如靠德行，把名字刻在人们的心上。

回忆犹如考古，捡起的大多是一些破碎的陶片。
——正是这些陶片，使历史得以复活。

所谓弱者，就是那些手握剑刃与别人角斗的人。

梦中，听到一只老鼠在狮子面前夸口：
"瞧我，一胎能生一窝！"

钉子——
只因屈从压力，所以无力自拔。

礁石，是浪花的杰作；
历史，是时间的杰作。

笼中的鸟，最懂得什么是自由；
上钩的鱼，最明白什么叫诱惑。

在虎崽子看来，
既然老子是山中之王，那山里的一切都该是自己的。

当你跳出一个圈套时，最要紧的是——
不要再落入另一个圈套。

人人心中都有上帝，正如人人心中都有魔鬼一样。
——善恶的区别就在于：由谁来主宰你的心灵。

雾的谎言，总被阳光戳穿。

叶影如鱼。
无论怎么挣扎，也游不出月光撒下的网。

笼子，是鸟们的家；
家，是人们的笼子。
区别仅在于：是否掌握开门的钥匙。

良心，是一根无形的鞭子。
常于夜深人静时，拷问扭曲的灵魂。

笼中的鸟儿，请不必悲伤。
你瞧，那些把你关进笼子的人，不也生活在各式各样的笼中吗？

在生活的竞技场上，有的人并非凭过硬的功夫取胜，
——而是在别人脚下使了绊子。

雨花石——
一群开花的石头，正做着五彩缤纷的梦。

尊严，犹如人的脊骨。
一旦失去了，便再难挺直腰板走路。

凶猛的鲨鱼一旦搁浅岸滩，蚂蚁便能置它于死地。

麻雀看见雪地上的谷粒，兴冲冲地飞来。
可它没有发现，谷粒之上还有细绳牵动着的骗局。

乌贼很自信地夸口："你瞧，我能把整个大海染黑！"
——自信与自大，有时仅隔着一层一捅即破的纸。

喜剧和悲剧，是一墙之隔的邻居。
喜剧一不小心，便会误入悲剧的家门。

受到一次惊吓，便提防所有的人，这是鸟儿们的无奈；
受过一次伤害，便怀疑所有的人，这是某些人的悲哀。

梦中的玫瑰，往往开放在现实的荆棘丛中。

被缚的鹰，仍然是鹰。
绳索只能捆住它飞翔的自由，却无法捆住它自由飞翔的向往。

幻想，常常是一种超然的真实。
或者说，是真实的泥土上开放的一朵绚丽多彩的花儿。

从裤裆下看世界，世界便会是颠倒的。
——这不仅仅是孩子们的游戏！

妒忌，是一把双刃的尖刀。
在伤害别人的同时，也会时时刺痛自己的心。

"你真的爱花吗，摘花的人？"
"我真的爱呀。"
"呸！难道占有就是爱吗！？"

轻许的诺言，犹如顺手泼出去的水；
——说出来容易，想收回就难了。

听到狼嗥就腿肚子发抖的人，绝不会成为好猎手。

面对台阶，不要总想着怎么上去，
——还要考虑好：如何才能下来？

忧伤的泪不仅会模糊你的眼睛，而且会模糊你眼前的世界。

有时，我的心就像一只迷途的小鸟。
四处漂泊流浪，却不知如何找到回家的路。

偏见，很像一个怪圈：
不论你朝哪个方向走，都难以找到出路。

自负，好像挣断牵线的风筝；
自卑，犹如剪掉双翼的飞鸟。

当上钩的鱼因贪饵而悔恨时，我却发现：
颤动的水草下，还有鱼儿正为没吞食到诱饵而嫉恨呢。

苍蝇绕着花丛飞了两圈，然后郑重宣布：
"花，也是臭的。"

制服烈马的，其实不是牧马人挥舞的鞭子；
——而是勇气和耐力。

报复，是悲剧的种子。
如果把它播进仇恨的土壤里，它便会结出更多的悲剧。

我们的心，有时就像那笼中孤寂的鸟。
不同的是：那囚禁心的笼子，是我们亲手编制的。

路标，只是指示你能往哪里去；
该朝哪边走，还得靠你自己拿主意。

传记，是个体的历史；
历史，是群体的传记。

蜗牛的家，在背上；
游子的家，在梦里。

从狗尾巴的形状，便可大体猜出站在它面前的是谁。

听到有人夸赞马儿跑得快，蚂蚁愤愤不平：
"哼！它会上树吗？"

在恶狼眼里，猎人没一个好东西。
在瘸子脚下，世上没有平坦的路。

对鸟来讲，最大的悲哀不是剥夺它的生命；
而是折断它自由飞翔的翅膀。

独处时，灵魂就像一只美丽的蝴蝶。
她钻出肉体的茧壳，翩舞在思想的花丛中。

（选自《滇中文学》2016 年第 3 期）

一片水（组章）

李 需

一片水，我们可以把它称之湖或海。但这片水最本性的质地还是盐。水域白花花的，盐白花花的。

站在这片水畔，我常常会望见历史，还有传说、神话。

我常常会望见血将水染红，包括，爱和恨，苦难和福泽，一并与水荡漾。

白花花的盐啊，白花花的骨头啊！

那种苍茫，在思想的叹息里弥漫；

那种与众不同的高深，在我们的血液里滚动。

后来，我们会将这片水叫作盐池。并造一个神出来，筑一座庙出来，美其名曰：池神庙。

神看护的地方，才不会出跳梁小丑。

阳光明亮亮的。阳光翻晒着一望无际的明朗朗的盐。

风起于青萍。

大风吹兮。大风吹过我们纯粹的灵魂。

还是水

沙窝渡口裸露着。还是水。一个人站在水中央。没有什么可以成为这个人的一生，只有水。

水装满了泥沙和梦想。

水被你像婆姨一样紧紧地搂在怀中。

一个人，一辈子在水里淘生活，就够了；

一个人，一辈子在水里敲打一块尘世的石头，磨光它。或者，让它成为一轮半月的形状，就够了。

半圆形的月亮挂在河道的上空，如同一个人或窄窄的天空的伤口。

半圆形的月亮，被风吹着。吹啊吹，吹成了一条细细的线。

你还是站在水中央。可你，却望不见你的女人！

水，满世界都是水。

还是水，就够了！

雨或雨

雨，明亮雨的路。雨，明亮一个坐在屋檐下看雨的孩子的眼睛。

黄昏下，那个读雨的人。他读到了什么呢？

雨是一部无字的书。

爱雨者如是说：雨是鸟儿的灵魂。

爱雨者还如是说：雨照亮了每一位去天国者的归途。

后来，看雨的孩子，眼睛里装满了雨滴的星星。

闪闪烁烁的星星啊。

迷迷幻幻的星星啊。

读雨的人，在雨外。

他读不懂岁月深处的惆怅。

雨归于雨。

在水一方

在水一方，是有福的。伐檀、牧羊、稼穑、捕鱼。偶尔，还可寂静。

寂静地看太阳从河道升起，再从河道降落。寂静地想一个人、爱一个人。

节令正是秋分，风凉了一阵，又凉了一阵。

有福的人，会看到天空有大雁渐渐远去；

有福的人，会看到河的对岸，那位伊人。

在水一方，是有福的。度日、过生活、柴米油盐。偶尔，还可辽阔。

随波逐流，放任自流。或者，随性脱掉上衣，光着背膀，扯开嗓子——
喊山。

过去的都是好日子！

好日子在这头。好日子在那头。

在水一方，是有福的。做岸边的一棵草，就在河流拐弯的地方。

享受风，享受雨，享受一只瓢虫任性的爱。

有福人不用忙。

有福人忙里也会偷闲。

大地为床，山脉为枕。

所谓伊人，在水一方！

（选自《山西日报》2016年7月13日）

躺在地角喝酒的男人（外四章）

成　春

雄性的犁铧饱含秋果之欲，划破春天的处女膜，在疼痛与惬意中穿行。

用粗手大脚在大山中泼墨挥毫，沉重的铁犁轻而易举地协调着牛与人的步伐。深翻的新土，一浪一浪荡向春的深处。

春如酒，醇而不烈，却把他倔强的脊梁醉成弓。

酒葫芦里尽是煽动性的语言，有时也会似懂非懂地说着留一半清醒留一半醉。酒使日子喉酥唇软，几口水酒，几个山芋，便有一爿小酒馆。

群山已在春风中悄悄将鲜嫩的青春隆起，他仰卧着，橙黄而光华的酒葫芦，遮住了他视野里的天空。酒和夕阳的温暖同时注入他的血液，此刻被倒空的酒葫芦，已把头探进种子的梦想。

惝困的眼睑任凭夜幕徐徐而降，他血液里那盏被酒点燃的灯，照见金灿的茅屋和火炉塘前被祖传的无领无扣的阔大青衫轻裹的女人。

习惯了仰望日月之神，头枕清凉的石块，他又一次重复世袭的梦。

与主人同作同憩的牛儿，边觅食边散步在这崎岖的山地，它一脚沉一脚浮地学着主人酒后踏晓风残月的样子。

石门夜话

——石门是瑶寨古防卫设施之一。

狭窄的古道，野草萋萋。

今夜，风不唱，月不吟，你突兀的筋骨却铮铮作响。

与你血肉相连的人早已远去。

与你生死相依的人早已远去。

矛与盾的搏击声，早已安息在大山的酣眠中，即使是最弱小的生命，也会在你曾经威严的身上，恣意地舞蹈与歌唱。

今夜，拜谒的脚步征服万水千山，一种月下的轻盈穿越你千年的沉重。

当你被奉为生命的保护神，当你被视为山寨的平安门，你曾多么威武又多么悲壮。

你已孤独地度过了多少个良宵？远离燎天的烽火，歌唱黑夜的萤火虫，又岂能把你的生命照亮？你苍老的额头，青春的苔藓，洋溢着世事的新鲜。

时光之锈，在你身上斑驳，你突兀的忠诚却永远不会风化。今夜，万籁俱寂，山月的清辉注满你的双眼。我听到，你慷慨的悲歌透空而来，从烽火死亡的最后一刻。

你应该为自由歌唱啊，在如今不再尖啸的日子，不再守护他人，也不再被他人守护。

绛珠草

——悼林黛玉

柔弱的你为报灌溉之恩，落入红尘，却纤尘不染。

企盼在人间复活你的梦境，琼枝玉树相依。在没有眼泪的大观园，你天天以泪充饥。你执着地以一株草的轻柔面对风刀霜剑，走出那华丽的帷幔和肃穆的琼楼织成的雨区雪域，可你哪里知道，木石前盟本虚幻。

步步留心，时时在意，依旧深渊在前，绝壁在后，你飞翔的欲望，禁锢在嘉气瑞烟的大观园，你的美丽，孤独得如同旷野中的风景树。

锦衣纨绔，妖甘餍肥，你视而不见，诱惑你的，是那专门收藏青春和美丽的花冢。

世人赏花你葬花。

葬花词，一首悲怆得燃烧的旋律，令多少诗人墨干笔断。形容枯槁的花冢哟，掩埋了多少艳丽与生动，掩埋了多少裙裾蹁跹的爱情。林黛玉，花锄一把，你掘开的，是你自己走向炼狱的大门。

空枝血痕谁曾见，悲天悯人有几人。花冢属于你，花冢却又永远占有了你。

潇湘馆的潇潇泪雨与怡红院的红红烛光，咫尺天涯，隔成一个离恨天。当你洒尽最后一滴泪，怡红院里，正凤舞龙飞，姑苏城外，正渔舟唱晚。送你到生命尽头的，是大观园热闹的音乐，是潇湘馆冰冷的绢灰。

石头记里的细节，汹涌而无声，使人憔悴不堪，但你的每一滴泪，都足以使女人透亮。在不再葬花的日子里，我怀念一叶草柔韧似钢，超然若仙。看花冢，蓓蕾绽红，听灵河，九曲奔流。

雪莲花的欲望

雪莲花是一位不知道往自己身上喷法国香水的少女，她更不会在大庭广众搔首弄姿。

雪莲花生长在大自然的花园里，而不像城市花园里那些任凭园丁摆布的想赶潮流的花儿们。它们每天还要无条件地面对无数贼亮而贪婪的目光。

不怕寂寞，不怕高寒。在高山中，在悬崖上，在岩缝里，雪莲花英姿飒爽，独领风骚。她蓝色的梦，较其他生命更接近蓝天，更接近殡方湛蓝的大海。

雪莲花会把自己的爱情献给谁呢——除了那无畏严寒、不惧登攀的勇士？

清 明 雨

清明雨是亡灵流的血。

清明雨是天公垂的泪。

能点燃爱与恨之欲火的，是清明雨。

能泯灭生与死之界线的，是清明雨。

清明雨的路没有崎岖，没有蜿蜒，没有泥泞。它漫山遍野，涌起五千年之澎湃，叩响禁锢在三尺黄土之下的历史，洞穿所有的日子，同时对灿灿人世和冥冥地府言语。

多少在刀口枪口下不倒的人，却在柔弱的清明雨中倒下了，倒在对白骨的苦恋中，倒在对先祖的乞求中，倒在归途的歧义中。

炮竹如闪，撕裂的是昨天的赤橙黄绿。

纸钱成灰，烧尽的是逝者的功过是非。

恶者不再行恶，善者不再施善，生之所依，死之所皈，仍是这风雨雷电博杀的土地。

苍生如雨，陶然而来，悄然而去。清明雨是永不绽开的神秘的花骨朵。

（选自《魂灵之水》增订本，成都时代出版社，2016 年出版）

别杭州（外二章）

陈劲松

南国低垂的夜空，神秉持的火焰，

我将带走，潮湿的面孔与背影，

交给一座城。

向　　西

无关落日，向西，被鞭影驱赶的人群如蚁。

向西，怀抱着太阳的人也怀抱着焦渴浑浊的渭水、黄河。

向西，过开封、郑州、西安、宝鸡，在秦岭里，再温习一遍背过身去的故乡，草木垂首，秋风浩荡，那绕树三匝的鸟群，衔着离歌，是一个人内心悲凉的食粮。

天水、陇西、定西，向西，向西，过了兰州，凉风紧，故人稀。

向西，向西，每一厘米，于我，都是背井离乡。

磕长头的人

匍匐在山路，匍匐在湖边，转山，转水，转森林，转佛塔。

佛啊，在庙堂，在云端，在一滴水中，在一片树叶上，在尘埃里。

用六字真言，打扫内心。慢慢前行，一点点接近佛陀。用身体丈量冷雨、暴雪，丈量迢遥的前路。佛啊，都有着从容的脚步。

把身体一低再低，低到尘埃里去。

佛啊，就长着他们的模样：风尘仆仆，谦卑而沉默。

（选自《山东文学》2016年第2期）

禅心如雪（外一章）

夏　寒

静谧中，漂浮的诗句，打捞闪动的波光。

幽远的意向，站成暮秋。

淑女的心底，在花枝里坠落颤动的心跳。

固守，碎了一卷水墨的江南。

抽象的残枝败叶，点亮一束花影流泻的春秋。

暮鼓晨钟，在一朵桃花的心跳里轻叹。

淑女，盘起的长发悬空，思念丢失的一枚滚烫的动词

是《诗经》流出的古韵，浮荡的涟漪。

其实，这是禅心融化积雪的声音。

春意流韵

尘世，搜肠刮肚地找回三月。

远山，醒来的树木和鸟语，是陶渊明心灵里无尽的情绪。

春雨，延伸的意向浓浓，流淌的诗意在我的心里掀起涟漪。

远离喧嚣，寻梦的人走在田间，在一个应该四处张望的季节停住脚步：

寻绿了思想的山坡，复活了一个梦想。

原来，长久的找寻，除了绿色，就是白和绿相间的天地。

岁月碾压远处的惊鸿。红色，只是一个标点。

春天，淡淡的暗香从瑶台飘过；春梦，在流淌的诗句里婉约。

空无一人的沉静在梦中盛开。

遐想，在春天苏醒：白色的闪电剪开这静悄悄的尘世之外。

雨泻下，不知何时唤醒了种子的欢歌笑语，我看见无数的诞生，盛开在梦幻里。

春色的细语四处弥漫，渗入时光的细节，到月明风清处独坐在琴声的悠扬里，春的灵动，在绿色中赶路，跳动春潮，是涧边绿草挽留细雨落花的情节。

油画家的画笔，一滴墨滴进我的想象，成为我想象之外的田间地块。

青草微微晃动，停在暮春里流韵，些许斜径卸下沉重，季节的踪影在一首诗里默读惊艳。

（选自《文学新视界》，2016 年，中国财富出版社）

笔 走 安 龙

木 京

初到安龙

我来到安龙的时候正下着雨。

雨水轻轻地洗擦着这座小城和环抱这座城市的群山。

喧嚣与尘埃落定。

一座安静的小城在雨水中生长……

盛夏的安龙依然凉爽。

我打着一把花伞沿着大街行走,感受一座小城的安逸与从容。

文物被毁之痛

安龙古城曾经有坚固的城墙环绕,城墙是由五面石砌成。城墙宽一丈有余,宽可跑马。传说大跃进时期被拆。

南明行宫也无缘得见,同治年间已经尽毁。

历史文化的载体没了,历史在这里戛然而止。

祖先的活动状况,文化的信息,工艺传承,民族的精神,支离破碎。

民族的记忆无法复制,一个民族的历史虚无了。

断壁残垣在诉说着不肖子孙的无知与荒唐。

我抚摸着时光的灰烬,心如五面石般沉重。欲哭无泪。

此刻,安龙还下着雨。

安龙的心情就是我的心情,与天地同悲。

兴义试院

踏进兴义试院,书卷的气息扑面而来。

这里的每一块砖头，每一粒尘埃的记忆里都有书声琅琅，它们的每个细胞都沾染着书香和墨痕。

其时，试院有209所房舍，恢弘甲天下，名师会聚，龙翔凤集。

这便是清朝一代名臣张之洞先生出生的地方。

这里每个角落，都有小之洞嬉戏的身影；在这地方每行一步，便踩着了小之洞的脚印。

不经意间，我去到了小之洞那个年代，随他满院子淘气，听他在父亲面前背书，听他应对老师的对子，奉和老师的诗，看他蘸着墨水洒脱挥毫，看他拧着眉头咬着笔头思考……

兴义试院储存着小之洞的哭声和笑声；见证着小之洞的喜悦与愁苦，也沾着小之洞神童的荣光。

兴义试院即使只培养出一个张之洞，也已经足以令我肃然起敬。

张之洞先生是兴义试院的张之洞，是安龙的张之洞，也是中国的张之洞。他的教育改革、民族工业使整个中国得到了大大的提升。

而我，不属于兴义试院，有幸在这里稍坐片刻已经是上天赐福。

我挥手跟兴义试院道别时，仿佛衣角也沾染了书香。

招堤莲韵

十里花香十里画，十里清风十里诗。

十里招堤坦坦荡荡，素面朝天，如招国遴的心胸。

一念之善，造福了一方百姓，流芳百世。

十里招堤婀娜多姿，赏心悦目，如张锳的情怀。

因了爱莲的高洁，浪漫了一座小城。

沿曲径缓行，身处江湖与花相伴。田田莲叶如舞裙摇曳，凌波仙子粉黛含春，仿如梦境。

雨还在下着。

是谁的纤纤玉指弹响了琵琶？清脆的歌来自风雨的磨砺。枝叶摇动，拂落纤尘，一身洁净诠释着生命的高贵。

在莲花最美的季节，我与十里莲花在此相遇，相信此后，我半生的记忆都会浮动着莲香。

作别安龙

雨停了，天空晴朗了。

大街上车水马龙，沿街的店铺大门敞开，奔忙的安龙人在打造安龙现在的历史。

历史在远去，历史也在延续，延续一种既文明而又中国味浓浓的历史……

我在想：数百年后，当我们的子孙来到安龙，安龙会自豪地给他们介绍这个时代的什么？

几天后，我向安龙作别。

我把最美好的回忆带着上路，把最真诚的祝福留给安龙。

愿神的光辉长久又长久，普照安龙！

（选自《散文诗人》2016年总第45期）

夔门的门（外四章）

周鹏程

夔门千仞。夔门的门闩藏在水里。

一些水妖暗潮涌动，欲合力打开锈迹斑斑的宫门。夔门之下一泓碧绿，运送文明，在历史中穿梭……

峡，演义成平湖。一浪高一浪的滚滚洪波成为奢望。没有江水哗哗，偶尔可听见岩崖发出呻吟。

猕猴并未出来伤人，我手中的入场券占领了它最后的阵地。

赤甲楼，炮台，角角神……物或神都格外谦卑，它们并不高高在上！

石梯下降，一地落红，满山相机按着快门……

冬日的辉光在薄雾萦绕的山门之上播撒金粉。惊人的造型直抵天空，远方祥云集聚。

巨斧劈开大川之后，时间的一半去了阴沉木里，一半矗立在夔门之巅，泪眼望瞿塘！

白帝城

连夜兼程，我赶回三国时期。

访蜀国君王。

一个皇室家史，掩藏在黄杨木丛林下的白帝城！

一个君王把最后的理想交给了诸葛丞相。托孤堂内，浩气长存，悲天悯地。前后出师，相父忠肝义胆，呕心沥血，鞠躬尽瘁。

登梯而上，跨门而入，感慨这弹丸孤岛，纳百万雄师，收疆复土敢与魏吴争锋，三足鼎立，延家国数十年！

白帝城，托孤城。

历史被凝固成栩栩如生的雕塑，故事被重演，舞台搭在群山之巅。

谋臣武将，挥斥方遒，金戈铁马，最终是浪花淘尽英雄！

深宫后庭，歌舞吹笙，乐不思蜀，最终是非成败转头空！

来到奉节，游览白帝城，再一次让人梦回三国，其实，古今多少事都付笑谈中……

红池坝的夜晚

傍晚的时光很空洞，霞光占据了九十九座山头之后，逐渐疲惫。

一群骏马、无边无际的鲜花、风格独特的宫殿开始从天上掉下来，大地在夜色中延伸，再延伸，尽量让宴席不拥挤，让车马有停靠点，让情侣有说话的密林……

月亮把数万吨银水从天上泼下来，她要把红池坝的"红"覆盖吗？

我是今夜的银匠，请你等候我正在扎束的银色玫瑰，趁着月色，虫鸟奏乐，我悄悄把玫瑰的暗喻交给你。

静静地坐下，辽远的牧场里风声呼啸，难道它要与今夜的月光争夺秋夜之美？

每一株小草就是一个天真的夜游的孩子，每一朵小花代表一个不眠人的心愿，在无边的月色里，你可以想象你的前世今生……甚至可以把你的内心交给今夜的月光带走！

月光下，有一千对翅膀在飞翔……

月光下，有一万朵玫瑰在燃烧……

你听，秋风在诉说什么？它呼啸，难道它要把穿着银装的森林撕裂？难道它要把少男少女赶回到巢中？难道它要把深度睡眠的骏马叫起来重新奔跑？

你看，月光多么静谧！不与木房子里暗淡的灯火争锋，不与漫天闪烁的群星斗艳，不说出草地上、树林里更多的秘密！

红池坝的夜晚是喧闹的孤独，是孤独的喧闹。

神佑云台寺

都说这里的菩萨很灵，有愿就许！

九千步石梯从城郊叠旋而上，直耸云霄，络绎不绝的信众默无声息，怀揣着善良或者邪念，想从这里重新启程，登山敬佛，飞天拜神。

一个在这里卖油煎土豆的人，过着快乐日子。

一个在这里行善积德的人，面对万尊菩萨马首是瞻。

一个过世的文人在石头上刻下了自己歪斜的名字。

一个跋山涉水而至的人在这里得到片刻宁静……

众鸟高飞，它们是万水千山的过客！

千米之下，江水碧绿，城营沿河密布，近处，目击之内，硕果诉秋，农人的笑声起伏于苍山之间。

天空的云彩组成硕大的佛像，是啊，神，护佑着这里！

在这高山之巅，俯瞰是千仞绝壁，仰望是金光闪烁的神像，我们除了满怀虔诚，闭目向善，别无选择！

兰英大峡谷

雄壮！大川大沟！

是谁的巨手在绵延的群山中画出一条线来？

亿万年前的"捏泥人"去哪里了？只把这里的江山"捏"成壮美的画卷！

是谁的巨斧劈悬崖为路？一条飘飘洒洒的白丝带从山顶盘旋而下，把现代文明驮进历史的最深处！

美丽的传说让这深山中的画壁更加神秘，一个侠骨柔肠的名字"兰英"让这个大峡谷与风清水秀的巫溪更加肝胆相照！

请借我一副巨锉，我要把那座山睡美人的真像锉出来……

请给我一滴永恒的水珠，挂在山外之山上，让太阳永不落下……

风在峡谷中奔跑，人在时间里跌落！

风可以越过峡谷，把壁崖上野花和无名草的口信带给南飞的雁群；人可以超越时间把鬼斧神工的秘密从亿万年前带回来吗？

在呼啸的秋风中，我敬畏、赞赏遗落人间的大美！

在呼啸的秋风中，兰英大峡谷是金碧辉煌的天堂！

（选自《重庆晚报》2016 年 9 月）

东涌花海（外三章）

红　筱

一

花开有时。春芍药，夏牡丹，霜染秋菊，傲雪红梅。

在东涌，却有许多的花，一年四季常开。

四季桂，蝴蝶兰，风雨花，野菊花，玫瑰蔷薇，芙桑芙蓉，豆花，瓜花，菜花……

花海如潮，芬芳馥郁。

二

时光，就要走进 5 月份了。古村落里的红棉树，花儿还在高高的枝头上绽放。

一株五色芭蕉花，从屋墙后伸出了脑袋。你，想要从庭院中出逃么？

芭蕉树下，唯一的大公鸡，被众多的妻妾簇拥着，任性地放纵着自己。

芦花鸡妈妈，领着一大群宝贝，在春风摇落了一地花瓣的桃树下，寻寻觅觅。

三

绣花鞋、绣花袜，大脚裤、大襟衫；

花纽扣、花腰带，花头巾、花围裙，花草帽、花雨伞；

胸前的大红花，头上戴的金花银花，衣衫上别着的花花……

花团锦簇，常开不谢。

四

阳光下，一片片耀眼的金色花海；

阳光下，蜂鸣蝶恋，蜻蜓玉立；

阳光下，蔗林、蕉园、荷塘，全都镀上了金边；

阳光下，瓜果在跳舞，鸟儿在欢歌，人们在花海中，沉醉，沉醉。

五

徜徉在吉祥大道上，穿行在村落屋宇阡陌间，仔仔细细地寻找着如花的印记。

把祝福，用红丝带美美地装扮好，挂在了村口的大榕树上。

幸福、吉祥、欢乐，在东涌的花海中，荡漾，荡漾。

（选自《散文诗人》2016 年 6 月）

粉领贵族

一

一簇簇，万千朵珍珠玫瑰，歌舞翩跹。

花儿，吐露着天使般的微笑，极致地舒展着自己的魅力。

自花骨朵的含苞欲放，到张开了所有花瓣的怒放，始终坚守着、坚守着独特的气质个性；始终保持着、挺立着绝佳的形体姿态。

"粉领贵族"！小小的个头，却拥有极其荣耀的称号。

二

粉红，红粉，淡淡的青莲色。似蓝？似紫？还是彩虹之熏染？

风雨，濯洗尽了忧郁；阳光，为每一个花瓣，细细地描上了金边。

这天地造化、光影融合调试出来的色彩，韵味，诗意，在阡陌中、在院墙内外、在房顶屋檐边、在阳台窗棂间……飘逸，飘逸。

这绝世之美妙啊！

不知是花的美丽，启迪了诗人的情智，还是花匠艺人的爱抚托举，成就了花的辉煌。

三

从不觊觎，要像罂粟花那样大红大紫；也不羡慕，牡丹花的富贵荣华；更不会仿效，迷迭香靠释放浓烈的气味，去招蜂惹蝶。

只愿作：一朵内心淡定的小花，静静地、自由地、好好地伴月守岁。

您知道：风度与涵养，源自于经久不息光阴荏苒的积淀；芬芳与神韵，来自于江河湖海、山川溪流、活水清泉的陶冶修炼。

要珍惜：名誉地位的尊贵与荣耀；要保持住：气质容颜的芳香与美丽。

就算是要告别，也要把那最后的一抹靓丽，留在灰黑的泥土里；就算是不慎落入沟渠，也要把那一瓣清香释然，去抚慰，去开解那忧郁的心结与怀抱。

农垦惊雷

一

南海之滨，有一片神奇的红土地，名曰：雷州半岛。它是雷神的故乡，它是南海的骄子，它是大自然中一朵小小的奇葩。

二

雷州半岛上的春雷，是闷骚的、绵软的。是一首惊美绝伦的交响诗篇。

交响乐，行进在橡胶林。浅绿深浓的树叶，一张张，绽放着笑脸；

交响乐，渗透进了密密的甘蔗林。您仔细听听，能感受到，拔节的律动；

交响乐，漫过了菠萝的海；摇曳在高高低低的瓜果菜园；回荡在相思树林、稻田边……

当滚滚春雷淌过，迎来的一定是：喜人的丰收！

三

雷州半岛上的夏雷，激烈持久，惊艳震撼！

一束闪电，刺破了青天；一颗炸雷，将一棵高大的相思树劈开，雷火燃尽了枝叶。只留下焦黑的树干，怒目苍天。

巨雷，似万炮轰鸣，如撕心裂肺的呐喊，惊天地泣鬼神。吓得台风，也缩回了大海。

只有这红土地上的奶牛、生于斯长于斯的万物和灵长，才能对这惊天动地的乐音，深深地青睐与钟情。

每当雷雨过后，喝着直通车送来的"燕塘"，品着各式各样的瓜果鲜蔬，特别、特别的甘鲜香浓，醉入心田。

四

雷州半岛的夏天很长，很长。长到似乎感觉不到秋冬；夏天的雷声很大，很响。一不小心，一颗巨雷，也许就会在你的头顶上开花。

那年，被雷火烧焦的相思树，不知经历了几度春雷的爱抚，如今又重新焕发出了勃勃生机。虽说已被折断了左臂或右膀，却独树一帜，风姿卓越。

昔日的橡胶林，今日也许变成了甘蔗林、养殖场、瓜果菜园……

昔日的绿皮火车，慢慢地开；

今日的轻轨高铁，海运航运，飞速前进。收获，从田园直通餐桌。

当年，叶帅带领着十万垦荒大军，擂响了第一通战鼓。六十多年来，从未停歇。

这战鼓声声，似春雷涌动；这战鼓咚咚，是惊雷震宇，改地换天！

水 晶 兰

一

你的生命，建造于枯萎衰败的生命之上；

你的灵动，源自于腐败植物的汁液；

你没有绿叶的陪衬，却无与伦比的美丽妖娆；

你来自于黑暗，却惊世骇俗地晶莹剔透。

哇！这是一种怎样的定力，才能开出如此美艳的"死亡之花"！

这是一款怎样的蜕变，才能如此这般地化腐朽为神奇！

二

你是透明的，但绝不是虚无。

阳光下，你拥有彩虹一样的色泽。鲜亮夺目，就像青春生命在舞动。

月光下，你释放着银色的光波。就像是星星在歌唱，成熟而妩媚，撩人心弦。

就算是在黑魆魆的夜里，你也要燃起一盏心灯，为生命指引航程。

三

你是圣洁的，高雅的。

你的洁白，像晴天里的云彩，没有一丝丝污点；

你的雅致，像雪莲一样高贵。虽然出身卑微，身上却不沾一丝丝的恶习。

在死亡中孕育生长，在污浊、秽气、邪恶、黑暗、腐败、病毒中汲取营养……

慢慢地脱胎换骨，灿烂重生。成为了人间罕见的稀世珍宝！

这一定很难，很难。但你做到了。

钦佩，由衷地钦佩。

（选自《散文诗人》2016 年总第 45 期）

辑二　碰撞的声音

果子为谁而结（外一章）

耿林莽

街心花园里，有一棵无花果树。

（我不说："一棵是无花果树，还有一棵也
是无花果树"）

因为，只有这一棵，她是唯一，

她属于我。

每天，我都走至她的身边散步，

漫不经心地注视，端详，伫立，

看她的腰身一天天更粗，伸展胳臂。

空间的占领随时间的推移而延扩。

枝繁叶茂，膀粗腰圆。

每一片厚重叶片的手在伸展。她们周边，
是密密匝匝的果子，不断地长出。

果子为谁而结？

从微小的粒子到渐渐地熟，郁郁苍苍，郁
郁苍苍地浑圆，光滑，肥硕。

看上去很近，其实很远，

每一粒都是对我的诱惑。

"这果子真甜！"过路人都这样说，赞不绝口。
孩子们爬上树，用竹竿敲击，
他们的喜悦，其实也残酷。

每天我都去至她的身边散步，
漫不经心地注视，端详，伫立，
却从不曾伸出手去摘一枚果子，
保持了神圣的沉默。

这果子是甜还是酸呢？
对我而言，将永远是一个谜，
悬之于高阁。

竹叶淡淡

湖波荡漾间一弯小小的冷眉，移到挺挺的竹竿上，便是一片青竹叶了。
浅浅的一点青色，淡，淡到近于无。
不求辉煌，毋需灿烂，
守住这一点青青的淡便已经足够。

水声。水声在竹林之外。
水是从深山谷流出来的，流进沟壑，似银蛇蜿蜒。
洗清了山涧中一粒粒卵石的洁白，
细微的水声，似虫吟，
那声音也是一种淡。

月光穿过浮云，烟一般缠绵，
罩住竹林，为她镶上了一层银色的边。
月光如水，竹叶是划动的水舟。
月光在竹叶与竹叶之间漂移，徘徊。
浴在月光里的竹叶，处之淡然，
藏在阴影中的竹叶，也处之淡然。

有风掠过，叶子们似睡犹醒，

风声簌簌，

水声潺潺，

月光闪闪，

竹叶淡淡，

月光下的青竹林，是一个梦幻的世界。

（选自《山东文学》下半月 2016 年第 8 期）

鹰　雕（外一章）

邹岳汉

扑展开一双雄阔硬朗的翅膀。

寂静得近乎落寞的书斋，遂时有山风呼啸，流云飞渡。

听得见你焦躁不安沉重的呼吸。

十年神往的飞翔。

十年彷徨的孤独。

十年。困守这书案一角。

石的底座，已被你一双凌厉的钩爪踏成一处莽苍苍的孤峰绝壁。

而不断地承受着一拨拨意气高蹈的来访者们一道道审视、挑剔的目光，令你感觉到翔于崇山峻岭之上尚且未曾遭遇过的孤独，和寒冷。

不如乘风，归去。

不再自囚于砖头、书本和迎来送往的客套所堆砌的世俗斗室，不甘心让丰满的羽毛就此一天天凋敝，渐渐褪掉年轻华美的光泽。

蹲伏。蓄势。

一如满弦之箭。

展示鹰，雄健潇洒的风姿。

展示，作为鹰这个专属名词的内涵，要义，与精髓，以及自幼小就确立起了的，远翔万里的宏大志向。

人们无不屏息以待。

然而，你就这么蹲伏着。

蹲伏着，蹲伏着，长久地维持着这欲飞待起之势。

顶着一系列堂皇名头、惯于评头论足的工艺鉴赏家们，都为你这完美绝伦的造型所震撼，且深深地陶醉了。

自己可曾陶醉？

终于，那双令孤鼠辈闻之丧胆的利爪，深深地陷入并且锈结在岁月的底座之上，失去了弹射而出的力量，失去了俯冲一搏的胆略。

（或是忆及当年离窠试翅，头晕目眩咚咚的心跳？）

那般与青山论短长与白云争高下的豪迈气概，以及周身奔突涌流的热血，都在这静静的蹲伏与久久的期待中，渐渐地消解，冷却，终至于凝固了。

徒存貌似飞翔、走失灵魂的躯壳。

颈羽乍立。警觉地，转动似有多个切割面的黑宝石般光芒闪烁、极富穿透力的目光，环眺。

是在搜寻失落的年华，或是隐隐地谛听到了来自峰壑林莽间，遥远热切野性的召唤？

然而，天空的赋予，仍然是自由的。

翅膀的选择，仍然是自由的。

依旧怀揣着飞翔之梦、不甘就此没落的你，仍然是自由的。

终有一天。

一声决绝的长啸划破这周遭一潭死寂——定是你猛然拍翅噗噗腾空而起，宝剑出鞘般寒光四射……穿牖破户，直追群峰之上蓝天之下悠悠远去的白云苍狗……

一次真实的展翅翱翔，开始一只鹰远大壮丽的行程。

雕刻家

丁！丁！……

沉重的，不急不缓节奏分明的凿击声，把什物狼藉的一角工场，震荡得有如一片开阔无垠的旷野。

不急不缓地，一笔一画地，把自己有血有肉、有知觉有内涵，无比生动的名字，刻上那块凉且硬的墓碑。

手，颤抖么？

不。一锤，一錾，小心翼翼而又十分坚定地朝向冥顽不化的花岗石里面击打，仿佛是要以你仅有的最后一点时光，去完成一件将要不朽的杰作。

丁！丁！……

一锤，一响。

一錾，一痕。一声声：

是手对心明朗坚定的回应。

此刻，你满头蓬起的银发，被乍起的秋风，梳理成一匹飘忽不定的流云。

你深邃镇定的目光，如同刚打磨锐利的錾子，透视着石碑背后的什么。宽阔健朗、铺满阳光的前额，像一垅刚刚翻耕、犁沟深深的土地；像风啸浪激过后，渐归宁静祥和的大海。

操錾。挥锤。

手底下溅起阵阵陨石雨，放射出束束划破百年孤独的流星。

丁！丁！

在铁与石的火拼较量中，不停地敲打。

镌入血肉。雕刻灵魂。

在这个世界上，什么样的险道畏途，都已经走过来了。

什么样的甜酸苦辣咸咸淡淡，都已经饱尝过了。

什么值得回味、值得感慨的，都已经回味、感慨过了。

于是，心，很清静，很平和。

于是，一锤锤，一錾錾，不急不缓地，敲击得很稳当，很沉实。

很清脆，很响亮。

丁！丁！

丁！丁！……

山响。水应。

犹如灵与肉，面对面的拷问。

（选自《山东文学》下半月 2016 年第 1 期）

蚂蚁与骆驼（外八章）

李　耕

招聘的门槛太高，只有骆驼，跨入门内。

二尺高的门槛，是蚂蚁仰望的珠穆朗玛峰。

沮丧的蚂蚁并未沮丧。蚂蚁悟出了一个道理：自己的丝绸之路，在自己世界的自己的脚下。

蚂蚁，扛起体积比自己大十倍的米粒与骨屑并爬入门槛。

蚂蚁对骆驼说：我，并不逊色……

风

十八岁的鸟，翻印出一千八百次不老的风，飞在自己微笑的灵魂里。

鸟，是有翅膀的风。

鸟之风，飞一万里又一万里，破开险峰激流，破开栅栏碉堡。

飞往未来的自己选择的巢。

巢的村庄，是无殿宇的村庄，

巢的岁月，是无拘束的岁月……

雪　梅

雪的野梅，是一枝冰雕，一枝火焰，一枝冬国的梦，无有伤口的一瓣瓣从枝柯崩出的血。

冷吗？

不冷！

梅的内内外外，火的品格……

语于鸟

有鸟，栖破旧的巢。叶落枝断时，正是风雨飘摇岌岌乎危及旧巢之时。

鸟，

从不想迁入红楼的檐下。

耕子语于鸟：楼的檐下，非檐下之鸟笼也！

鸟曰：住自己的破巢，自己是自己的主人……

萤之夜

夜，从未以漆黑去漆黑萤的燃烧之火。萤，未曾以己之火点燃起燎原之火去焚烧黑夜。

在草叶摇曳的水边，黑夜与萤，以夜之暗与萤之光，营造了秋之夜的美丽……

沉默的礁石

不是不沉默，也不是半沉默，是从不言语的沉默。

梦，

也沉默。

沉默，留在从不沉默的动荡的水边，让不愿沉默的澎湃，喧嚣出不沉默的泡沫……

黑白时光

白在黑中。白在黑的雨中，恍惚出一种欲出之于黑的白的光泽。

黑在白中。黑在白的影之隐约中，让草木听出一种太阳的声音。

何样的白，是灵魂的焰光。

何样的黑，

才是鬼魅一样的梦……

蝉

用同样单一的声调，度过同样感到酷热于单调的夏。

不是咏叹什么，也不是述说什么，只是在这单调的夏，嘶叫出蝉自己的单调的感觉。

耕子曰：无蝉的单调。

夏，便真的单调了……

看 鸟

坐在飞不起的石上看鸟的自由的飞。

看久了，自己便觉在伴鸟飞去。鸟的翅，能载起我远飞的梦么？

石，安于石的沉重，

从未想过自己鸟一般飞起来……

（选自《大沽河》2016 年第 4 期）

唯有呛水，生命才能成为畅游的鱼（外一章）

皇 泯

人和巷码头，是挑水、洗衣的地方。

撒野的脚丫子想蹚水，水过大腿，会湿了裤腿。湿水的裤腿，晒干了，祖母苦口婆心的泪，流不干。

撒野的泳姿想试水，光屁股打浮漱，呛不了岸上的衣服，会呛了生命。祖父严酷的楠竹丫枝，会痛出血。

人和巷码头，不仅只是挑水、洗衣的地方。

蹚水，试水，呛水……

不蹚水，哪知水有多深？

不试水，哪知水会呛人？

生命源于水，活于水，死于水。

唯有呛水，生命才能成为畅游的鱼。

拉卜楞寺

阳光，让蓝色的天空独善其身；红色的袈裟，穿行净土；

黄色的僧房，打坐草原。

红黄蓝，轮廓分明的拉卜楞寺，组成生命的三色帆，在神性的引领下，慈航佛海。

夜晚的礁上，星星是耀眼的航标灯。

香火，袅绕着祥和；

经文，在念诵中风平浪静。

唵嘛呢叭哞吽，阿弥陀佛！

（选自《大观·东京文学》2016 年第 6 期）

梦 中 人

洪 烛

见过你没见过的一场雨，每一滴都是香水，比香水还香。一开始是茉莉，接着是海棠，后面还有丁香、菊花、白玉兰……闭上眼睛才能看见。你恐怕不知道，花也会把人淋湿的，雨也会把人灌醉的，浓得化不开的香气，会把人淹死的。闭上眼睛才能看见。看见了，又受不了。你美得让人受不了啊。你见过别人没见过的一个我，因为我见过你没见过的一场雨。你可以在你不在的地方，像一朵花那样开着，像一滴雨那样落着。我闭上眼睛就能看见。睁开眼，你就不见了。

把冰焐热，焐着焐着就化了，焐着焐着就没有了。所有醒来的梦，都跟化了的冰似的，从指缝间溜走了，留下一片空空的清凉。我仿佛没有焐冰，而是在焐自己冻僵的手。没有，似乎比有还要冷啊。哪怕你有的只是一块睡着了的冰。

心里面的石头，并没有人举着它。可是它仍然悬在半空。心里面装着石头的人，仿佛也悬空了。在这个悬空的人眼里，楼房、车站、纪念碑，都是悬浮着的。他想用手去够天空，够不着。想用脚去踩地面，只踩到了一团棉花。这是一块最重的石头，也是一块最轻的石头，轻得你心里没着没落的。心里面的石头最终落下了，砸中自己的脚，你一边喊疼，一边感到踏实。石头，还是放在地上最可靠。

（选自《散文诗》2016 年 2 月）

华煌茶歌（外一章）

苏雪依

一

拨开山的迷雾，拂开云的遮挡，在天堂嶂深处，种下茶的诗行。

一行为平，一行为仄，平平仄仄，以风来吟哦，以蛙来鸣唱，以一双灵巧的手，来收获。

二

月光如此安宁，洒下片片芬芳。我听到了倏倏拔节的生长。

幼弱的株苗，渴望生出油绿的翅膀，在清澈的空气里，飞翔。

二

风给背篓装上一沓沓故事。等露水打湿睫毛，布谷发出第一声啼唱，等弯弯的小路伸向你的脚边，故事，就成熟了。

四

在细密的茶上弹琴，采下一朵朵嫩芽。你说你觉到了疼。

勿如说是心的颤动。

你来自遥远的他乡。走过那么多的路，此刻，你用心把爱情量了，又量。

五

采茶姑娘，煮一壶清泉水，以华煌为韵，轻轻地将自己打开。

于是，星星开了，月亮圆了，岁月重现了勃勃的生机。

微微的苦涩过后，是绵长的蜜甜。

六

雨霏霏地下，下过了四十年。红土地变得油亮，佳茗的芳香传至海外。
荣誉的小舟，曾一次次渡亮茶的河流。

七

云梦悠悠，尘世的念想太重。

在一盏茶里，看花谢了又开，流水拂了又满。

看恬静的炊烟升起，永远保持着初心的模样。

八

这浩大的茶田，在时空的村落茁壮生长。

以哲理，以真情，以希望。

根扎大地，辐览四季。

挽住流云，挽住星月，挽住苍穹那一抹浓酽的绿色。

（选自《广东农垦》2016 年 9 月）

与 君 书

1

做一叶清茶，在你必经的路上。

所有的露珠都化作泪水，所有的成长都为了一双净洁有力的手。

你采撷，我幸运，你漠视，我痛楚。

2

相思如酒，我带它步入高高的云山，进入幽幽的峡谷。走过春分，抵达清明；路过谷雨，回到秋分。

它无处不在，如影随形。

3

在泥土的深处写诗，一点一点咀嚼，情感的寓意。

你赋我以无数的灵感，再微细的春风也不会稍纵即逝。

4

问我为何藏在厚厚的壳中，因我的心太脆弱，一粒小小的潮水，便足以让它受伤，落进生命的深渊。

采撷你的微笑一片，作为我永恒的春天。不会有哭泣，不会有忧伤，这小小的城堡，永远是爱之初的模样。

5

匍匐在大地，倾听一粒种子的心跳，倾听曾经的那个男孩，如何从圣女的肚腹，成长为一名顶天立地的男子汉，逶迤成一条长长的河流。

他丰沛，我丰沛；他干涸，我亦干涸。

我们死生与共，双宿双飞。

6

以泪水作珍珠，幻化你的形象。

这忧伤的宝物，谁人可比。它的沧桑，是日升月沉的沧桑；它的纯洁，是冰清玉洁的纯洁；它的遗憾，是根深蒂固的遗憾。

7

我想拥有蜻蜓的翅膀，轻轻飞过你的梦境，飞越你的心灵。

那里平静如镜吗？那里激荡如涛吗？那里危险如峙山吗？那里，快乐如青鸟吗？

8

我要将这杯酒饮下，趁着良辰美景，趁着春风眷眷，趁着貌美如花，趁着你的心，还未曾改变。

9

是的，我想禁锢你，像禁锢禾苗在我的泥土，禁锢燕子于我的房檐，禁锢蔷薇盛放在我的月台，禁锢你，只在我的心窝徘徊。

10

我想成为一片大地，为你承受所有的委屈。烈焰，冰雹，以及无由的践踏。

所有的苦水溶入心底，只求你，安心地行走在天地。

11

在杏园的深处等你，你说。

杏花开了，又败了，那甜酸的杏子，却始终没有结出果实。

12

我喜欢你是寂静的，正如你喜欢我如此。人群中，我一眼便能认出你的方向。

喧嚣中的沉落，像两只熟透的苹果，飘向大地，沾染了彼此的香气。

13

生活如诗，有它的激荡，有它的安详，有它的甜蜜，有它的涩楚，有它的欢欣，也有它的无奈。

这都是你给的。

14

北斗星会否掩去它的光芒？长庚星会否消失在太阳升起的地方？

终有一日，这最坚强的也会陨灭。

所以，我们要满怀爱，迎接那不可避免的、日渐来临的死亡。

15

没有爱，就没有恨，没有甜，就没有苦。

你像一个支点，轻轻地，将我从这端，摆渡到那端。

16

你的眼睛，是清澈的湖泊，我没有一叶舟，可以驶出它的领地。我甘心地游弋，沉沦，直到坠入，你的心底。

17

当我老了，你还依然爱我吗？满脸的皱纹，盛满岁月的风霜；吞吐的话语，如衔着的石子；枯瘪的双唇，失去了往昔的红润。
——你会发出轻轻的叹息，还是，转身离去？

18

爱情自私到了极点，也珍贵到了极点。谁见过明月般的珍珠，可以随手赠人呢？

19

失去你，也意味着失去自己，可是，有的时候，我宁愿失去自己，也失去你，因为关乎——尊严。

20

我决不会伤害你，假如你伤害了我，不过伊与泪水，随风吹离了你的身边。

21

你我的爱，好像水晶，轻轻一磕，就会碎掉，我在里面，瞥见了流泪的光影。
——只希望，这不过是一场梦。

22

热情如火，又以汗水浇熄，这一个故事，完成在日曦时分。

23

你没有见过我，最美丽的时刻。
在低眉沉思的时分，在忧悒怀想的瞬间，在探索生与死的秘密的黄昏，在泪水轻轻滑落转身的夜晚。

24

我一直在这里，握着春天的誓言。

等天地飘雪，等秋枫零落。

等你来到我的身边，轻轻地给我一个吻，交付你走失过的那颗心。

25

我能听得懂夜莺的歌唱，也能感受到一朵花儿凋零的忧伤。因而，我也能深入你曲曲折折，试图藏起的心房。

26

我是我自己，不是你试图比较的任何女子。尽管她们更妖艳，尽管她们更年轻，尽管她们更可爱。

我的唯一，是智慧的泉水，日复一日，濯洗身心的疲惫。为此，我如婴儿般纯洁，比婴儿对母亲的爱更忠贞。

27

于千万人中遇见你，于千万人中爱上你，于千万人中和你相偕一生。我不得不相信，你是我今生，美好的宿命。

28

永远不会结束，这潮水般的爱意。

只要月亮环绕着地球，只要我的心环绕着你的心；只要天与地不可分离，只要你我的命运，如此的交织。

（选自《中国诗歌》2016 年第 2 期）

风之韵 (外二章)

宋庆发

是谁，用雏燕锋利的呢喃撩起春天轻薄的裙角，将三月迷人的胴体如荷一样徐徐打开？

是谁，对天轻咳了两声，便让一池的春水，频频皱起了连诗歌也抚平不了的眉宇？

柳莺乱飞。絮儿走了，叶儿正绿着。

你翩然而至，又倏然而去，不带一片云彩，没有一丝言语。但静默在外，岂意味着心中了无擦痕？从不迟到的蛙鸣，早已将你所有的柔情公之于山野乡村；喜欢值夜班的路灯，总等在城市的酣眠处，慢慢欣赏你素面朝天的花香本色。

莲睡着，梦醒着，诗人沉吟着——

风之韵啊，你是月亮照镜时无须支起的酥手，你是历史回眸处无比动情的莞尔，你是天空缠绵于大地之中幸福的呻吟……

花 之 媒

将自己的心像岩石的思想一样完全裸露，发育成熟的花，好想谈场恋爱。

或热烈，或平和，或淡或酽，或素或艳。

或跟风；或梦蝶。

蝶为花之媒，一如云为天之眸，溪为山之脉。花很娇羞，花将自己的心事藏在蕊中，赧然如蝴蝶的乡村别墅，或蝴蝶的山中旅馆。蝶不听蜜蜂喋喋不休吐字不清的演讲，蝶将嘴巴贴近春天的耳根。蝶只想告诉春天，千万别让受孕的时机再次错过。

蝶一直轻盈灵动，在花蕊里。蝶如一位从未婚配的媒婆，从老远的山那边嫣然而至，玉成花事后，慢慢想家。

可是呀，蝶这朵季节之花，谁又是她的另媒？

月 之 魂

月满的季节，我害怕回忆，又喜欢思念。当月光在我的窗前凝结成一地千年不解的霜，我初恋的情人，我将如何保持一生的纯净？

除却月和如月一般经得起岁月漂洗的女人，还有什么能让一个人的良心，突然发现。

在一个人的夜晚，习惯漂泊如烟的我，珍藏起一杯月的玉辉，一心想把月盈月缺的日子过得清清白白。

（选自《精彩》，2016 年 6 月 25 日）

出 现（外一章）

严 正

起初，有渴。像鞋一样的形状，保持简单与尖锐，并雷同于今天的事物只围绕着今天的我们。

不开口并不代表妥协。封锁的朱比特废墟和布满一地的香烟骷髅，我给你在他的立场上展示张力，甚至现在带刺的想法。你被罚站，窥见一个人的全部被一些陌生的事物所取代。

聋哑疲倦的蕨类植物，锯齿形的白云下。阳光照耀着蛋，它的孤独之美与不同的面孔，你会注意到隐私的介入。

从地图的两半到镜子里的画像，从白天到今天晚上，从一些话到收拢的雨伞，像音乐的密度。

忧郁的汉字和非理性，我在它们之间咿咿呀呀，我的自我的松弛。

今夜难眠，去想今天我做了一些什么？履历表，挤公交，啤酒和发呆。在报纸的遗弃里停滞不前，或者引用桑德堡的话，"给他们预言家式的大胡子让他们走进山中，走进雾里"。

如果你在那时缠着我不放。

我想我在上升，那么大的洞，可以给自己捏造一部电影，它的外形像低音喇叭，似乎一种记忆。缩成越来越小的实体，二段尾，末班车，门牌号码，软与耐性。

我说：2001，出现而后消失。

多么类似于去年我写：下午三点半，在死亡之中。

总有一些不肯熄灭的鬼火。嗯，今天是蓝的，墙头上开着野花，还有鸽子。许多面孔，许多树，人群中的人和我。气泡一样迷乱和轻盈，一个似乎已经完成的瞬间。

发生，记得，然后忘记。像游戏一样。

去年，我看见轮胎下轧扁的蟾蜍，一些树木被伐倒，墙角的洞口和蛇皮。我今年还能看到？反光镜里的风景会越来越冷：1997，青年桥，墓园，我的亲人抵达了；2009，我喋喋不休，忘记了它的完整细节（它藏起什么，在我已不再变大的手掌之中）。一年又一年，我还是我，清澈而平静。

安排在90度站立的空虚感，开始对天气感兴趣。嗯嗯，因为下雨，我一口气喝水，一口气阴影里的睡意。

阳光普照，在活人的脚步中显现死者的安静和他名字留下的外形。沉醉于此并非坏事，我们的风景在我们的身边消失。在燃烧的脸上，有你与众不同的乱，比方汽车砰砰响，齿轮在那里磨平零零碎碎的大脑细胞。

纷至沓来。碎而白，而尖。

它们有它们的需要，正如我有我的需要，2006，我在模仿着别的影子：我在一条蛇黑暗的肠子里，记不清我是亚伯还是该隐。

周围是树，洼地。

锈斑和青蛙的聒噪。

像日子围绕生活，生活围着木桩，结束了还会有开始的时候。事物只发生而不被记下，过去的慢吞吞相对于今天留下它白色的沉淀物。没有什么是可预见的，没有什么是必须的。这里或那里，仿佛挑逗，仿佛生殖的能力与另一个我才是清醒的我。

（选自《散文诗世界》2016 年第 7 期）

尾　音

这是在一首诗歌里发生的故事，我在字里行间还活着，在没有的时间。一年像眼球一样慢慢凸起，像黑夜与墓地之间夹杂的头颅……

> 醒来或睡去
> 这一年，像疼痛中警觉的牙齿
> 这一年，宇宙的陨石砸入俄罗斯的冰湖
> 这一年，四川又地震了
> 这一年，衰老一岁的我和亲人分离了
> 此刻，我被游走的灯丝疯狂地照耀着

很多脚步，很多脚步在地上，大地难以解除，我站在十二枚圆月下，感觉到世界就在我的里程，就像我的静脉。

从一个消息到另外一个消息。像午后飞过墓园的鸟群。

在所有黑夜的深处，一圈一圈，它的邻边是人类繁殖黑暗的年龄。

我们看见长得高高的桉树，和早晨九点钟的阳光，一群孩子去测量它的阴影。

大伙都聚集在人行道上，没有任何动静，仿佛静静等待奇迹的发生。楼上是一个背负满身债务的人，除此之外，楼上一无所有。

你的名字在飞翔，你请求大地、海洋、金黄的麦粒和难以测量的地球。

郊区的夜晚在垂死的梦境中安息，就像莫扎特的音乐在夜晚溢出的黑，上面是天空的苍穹，下面是河流，河流旁边是谷物，再旁边是在白天劳作的人们。对于我们，分割死亡的一个地球是多么狭小。

河水还在流着，两次眨眼之间，黑夜依然在旋涡之中，它们是那么清晰，像我的脉搏和休耕的大地。

低低的黄昏是夜晚，像水蛇一样游着，我们在紊乱的银河系建起了自己的房子，还种下大麦和蚕豆。周围是树林，困了累了我就睡了，我感谢被夜晚熄灭的鸟群。

（选自《散文诗世界》2016 年第 7 期）

大地的另一种声音（外一章）

晓　弦

她是豆荚的横笛里，最早被阳光吹响的那一个不安分的音符。

"砰"，一颗滚圆滚圆的豆粒，在午后的阳光下，向着自己的未来，射出了一个好看的弧度。然，这第一个豆荚发声，是极其唐突和艰难的。

当一粒大豆从豆荚里蹦出的那一个发声，许是因了难忍的瘙痒，而且，那还是一声有些隐忍的胀裂的脆响；可是，这第一个发声的豆荚，居然发现：没有一个同伴应和着她，随后跟着她在豆荚地里发声，哪怕有些羞涩有些喑哑的一个发声。

甚至，连最善于吟唱的、唧唧复唧唧的纺织娘，那一刻也喑哑了它们的吟唱。

不错，这"砰"的一声，粗糙而硬朗，仓促而突然，这有点像走了火而射向天际的枪膛发出的那个声音。

太阳可以作证，这个豆荚是季节无辜的孩子！

或许，她长在豆棵一个显山露水的上端，又在主干上；或许，她过早享受了水分、花粉和阳光，便率先朝世人倾吐自己的情怀。

她确实是酝酿了整整一个春天、蛰伏了整整一个夏天，而提前被太阳唤醒，并开口说话的那个孩子。

她是无意中，或者说是不自觉中，被失宠的那一个孩子！

当然，除了臣伏于大自然的冥示，她不需要谁的恩宠。

她甚至是，因得道于岁月的金风玉露，而满心喜悦地抗拒了命运的安排。

（选自《星星诗刊》2016 年 6 月）

一张纸的悲哀

先不说她的容颜，她的高贵，或低贱；

也不说薄薄的纸页里，披藏着的谁也看不见的花开花落，以及摇曳在夏日浓荫里的风景；

也不说她究竟是传统的铜版纸，还是时尚的烤烟纸；

仅两个页码，像太阳和月亮，左脸和右脸；

翻过去，是 P2。翻过来，是 P1，如一对同床异梦的夫妻。

须承受同样的恩和情仇，承受彼此的亲密与背叛。

辗转难眠的子夜，也不可强扭过身子，探对方，一个究竟。

一辈子，难见她的真身，即便化作灰烬，也不识，庐山真面目。

（选自《星星诗刊》2016 年 6 月）

远　村

栾承舟

火终于烧起来了

他的心中，抱着一撮泥土的芬芳。

他的身周，是才下眉头，又上心头的恐惧，去了又来，梦牵魂绕。

他在守护自己分到的土地。

（此时，远近没有人影。仿佛有幽灵悄悄出现。）

火，烧起来了。

村主任，一出悲苦戏中的悲催人物，他的心，被一种邪恶驱使。

他的手，擦燃了火柴，却不是为了温暖失地者冰清石冷的内心。

疼痛一下子鲜明起来，鲜嫩的浆果似的，一个个破碎，自骨缝中，丝丝渗出。

心中的煎熬，一如凌迟，割着自己的血肉灵魂。

先是烈焰，后是黑暗，然后，是比冰河期还要漫长的缄默岑寂。

遗体黑如炭木，像笔记小说中的冤尸，却不含一丝一毫的毒药。

除了风的叹息，世界已在他的心中万籁俱寂。银色的月光看见了，他的忧愤，他的胆怯。

风中，唯有一丝荧荧磷火，怯生生的，在闪。

胶莱河偏东

霜降了，岁月隐隐地渗着血，有晚秋的青苍。

村庄还是客舍，灯火干净，它弥散，如瓷片划过。许多黄蜂野蝶，在晚稻的清香上炫舞。

一滴水，一棵树，一桩接着一桩农事，乡村婚礼。遍地野柿子，还没有熟。

长风横吹，是谁的魂吧？秋凉三更入梦。

夜里，难以持久的灯火弥漫。他能看见，浸润城乡的任何一句说辞。

天蓝云白，还有犬吠，鹅鸭，在半岛，胶莱河偏东一隅，看休渔期偷捕的幼鱼伶仃，惨不忍睹；还有绝户网，不动声色之中，扼住海的咽喉，绝望的死。

甩来甩去的水袖，乡村大戏；三千年故城遗址，以及更远，斑马象横行的史前，而今，面对河山，倥偬无人。

屏住呼吸，体会着缓缓刺入感觉的针尖，城市继续用轻薄的夏装裹紧美学，在夜中，浸润着情爱。

午夜时分，生活微笑着掩上门，随后，隐入梦之沃壤。

槐花似雪

羊看到闪电划过了五月。

在它的意识中，时光就像饱满的瓣，先是裹紧，而后蕴含，笑得泪盈于睫，春光烂漫。

热情澎湃的潮水啊，汹涌蔓延……

风花雪月。听缠绵的《游园》或者《惊梦》。

一股蓬勃的气味儿，

在荒郊野外，史前史后，横无际涯。

十天的花期，里里外外都被静美甜香浸透。

进而，灿烂起来，变得慈悲。

梦想的光芒，持续久远。

水岸青草，暗香疏影。满世界的人生沧桑，交付上天……

神奇湾一夜

位于大山之中，长年清水一湾，不干不涸，为千里长河之源头。

那时，是大片的雪开放之后，盈尺之水，一片冬之迷离。

接着，枯草看见了鹰飞。山间，云淡星稀，杉松苍翠。

岁月崖坡上的重重树影，依稀可辨沟渠遗痕。午夜时分，风过大地，土润苔青。

神器之水，生命之水，一小片的白和明亮，谵言和梦，捧出干渴。

仰首去听，她的想往一派青绿，装满了鸟兽伤痛，梦幻不安。

孤树上的鸟巢犹在。天风浩荡中，往事如叶，布满了远山。

春伸出手，牵起了远行之水。

她内心的渴望，以及灵魂的独白，像风，像被吹凉的泪痕，百转千回，无以言说……

（选自《散文诗》2016 年第 5 期）

桑科，呼伦贝尔的兄弟

李松璋

即使将这副污浊的肉身埋在甘南空旷静谧的草原上，也不用担心会成为孤魂野鬼。

尽管甘南草原算不上丰饶，不见风吹草低，所有生灵都坦然裸呈在望之无际的画板一样浅浅的绿色里。它们不想长高，从不去想出人头地居高临下那种不靠谱的事情。人间苦厄正是由此而生。它们尽全力贴紧大地。

我在找我自己。我怎么会丢失呢？是因为贪恋这高原之上的草场，而变成一匹河曲马、一头牦牛或一只山羊了么？是因为迷恋所有美丽的格桑，而变成一只蝴蝶、一只飞鸟、一只黑颈鹤了吗？

玛曲、欧拉秀玛、西梅朵合塘、诺尔盖，现在，我到桑科草原上了。

七月的草香让我想起北方的呼伦贝尔，他们一定是天各一方的同胞兄弟。

阵风拂过，举目所及的青草都跳起了锅庄。

往前寻找，遇见了不知名字的湖泊，也遇到有名的栅栏和寺宇。窄巷转角处，一身藏服的老人正伏地而行，一步一个虔诚的五体叩拜。我从他身边小心翼翼地走过，他低声说道：你要找的，不在这里。

寺檐上，一只雪白的鸽子咕叫一声扑啦啦飞过连绵的庙宇。天空上，经幡五彩缤纷，经轮旋转，人世的烦扰骤然远逝，所有的树上开满象牙般珊瑚的花朵。

我没有心灰意冷。松叶烟香醍醐灌顶，如前一日于尕海湖中恍惚所见人性的真相。解下胸前的绿松石，捧举过头，置于寺墙高处的一个窗台上。

从此，我不会再向妄念寻找诗意。

（选自《山东文学》2016 年第 5 期）

柔软词（组章选二）

李俊功

意不颠倒，如入禅定。

——（宋）慈云

烦恼断：一株草一片云的平等相遇

吞咽下两米的黝咸初日。

在一句句经典里活着。

融化暗藏经年的恐惧、羞耻。

经过冶炼的慈惠，实用的铁具累积。

他轻轻抽取那枚命运的竹签：俊鸟出林，福光照临。

此时，喧嚣净尽，几个人聚谈内心宗教，学校一样耸立自身。

阻隔粗俗、卑微的风尘，自然如同花朵的红色围墙，引力波般的强大领域。

他向北走，寻找他的所爱。

她向南走，释放她的悲凉。

他凝立不动，倾听每一语的无声无息。

他们短暂的碰撞，浓烈阳光的结论。

以聆听的实质性内容，填充所有空洞理由。

突然的生活禅。——和一株草、一片云的平等相遇。以清香和闲散代替的一切。以无我仰望的恢恢之法，广布的柔软光影。

直至完全安静到天地之间一人。

以及一念飞扬的虚空。

不置于陷落。

架设空间的梯子，承载自己的飞升，脱离的烦恼，一点一点缩小，

而未来仍然扩大，大如未能凝视的瞬间所在。

忏悔：一词广大，一心广大

蜡梅浸茶，一冬天地的芳香。

竞放的疆场，无数次狂奔的羞辱、惶恐、罪恶，作态的强势，败下阵脚。

内心含蕊，曙光升起耕耘的田亩。

在一枚词，善，或者忏悔，端坐。

望见自己逐渐渺小的私欲。

一波平息。一波归于大海。

包孕一脉长河的清澈，汇聚言语间的柔软，胸襟间的无界。

举止，游动的浮云，脱颖十二月的稼禾。

动念，宓静的万花，甜润气息，薄天的福衪。

我有决不能饶恕的罪业，须在三千件好事里得以挽救。

取灯笼，照彻狭隘生活，官瓷般孤独的祈祷。

仰头一瞬间，擎举日月，低头一瞬间，遇见蝴蝶，才知道，从前所做多

么荒唐，愚痴！

搬运灵魂的工具箱，修理所做从前。我已动手摘下朽腐窗框，收到崛起青山，甘霖的羽翼。

浇铸忏悔，筑城而居，放下身外万物，分辨黑白，新旧，醒眠……

饮尽遍地风霜，聚拢融化的新词，一颗心锋利无比。

我已害怕出城，满身捆绑匕首的人群，向着同样熙攘的街市，叫嚷出嘴巴的毒咒和疯狂的胳膊。

忏悔，被久久遗忘的二字真言，躲过奢侈的争夺，在淌血的伤口上倔强地活着。

（选自《星星散文诗》2016 年第 5 期）

苏小小墓（外一章）

干海兵

青骢马是一页翻过去的灯光。而现在的梅雨，生长在油壁车半掩的小窗上。温庭筠来过，李贺来过，徐渭来过；茉莉花来过，西湖的鲫鱼来过。虎丘山不动声色，灵隐寺的小沙弥一整夜都在超度不安的湖水。

她在露珠唱歌的小径上结茧，化不化成蝴蝶要看明天早上来的第一个游客。

是只看她一眼，还是扶上小三轮驶向灯红酒绿的市区。

这一生多么漫长，传说中的小书生一直在云烟笼罩的西泠桥赶考时世幻变，没来由的相思长出了青苔。

今夜我将绕道走过她的小院，一座石头砌成的爱情太重，给其他人吧。

我只愿邂逅落在无人小道的青红手绢。

逝去的马帮

沿西线以西，马帮们驮着盐在静静的山脊赶路。

像赶了十二个春夏，也未走到近的打箭炉。马帮们驮着的孩子，在雪风中妖娆地成长沿西线以西，格桑花落满回家的道路，喊过几嗓子的人们就静坐在青稞酒的旁边，喊过几嗓子的孩子迎娶了姑咱最后的蚂蚱。

十二月格桑花没有踪影，马帮们在乱云中穿行。

十二月将有二十四个节气一字排开，像松耳石项链被绝情人，抛向折多河不眠的黄昏。

（选自《边地》2016 年第 2 期）

大 漠 孤 烟

倪俊宇

一

这可是摩诘先生点燃的那一缕么？

落日，在千年胡杨的虬枝上，发出一声泣血的惊叹。

朔风横吹。谁在瀚海长天，狂草一段段传奇……

二

闪烁着一路燧台烽火的长鞭，将重重关山甩在尘烟后面……

画角，吹断最后一行雁声。

风暗沙尘。云压天低。唯有烟火一缕，与吻冷将军铁衣的半轮冰唇，噫嘻交谈……

三

战事，在缺损的剑光上，冷却。

铁马腾起的前蹄，悬着霜月的泪滴。呼唤柳色的羌笛，早隐在时光之外。

飘散的灰烬，能在哪一页史册里寻觅？

四

追赶季节的脚步，叩问河川丘壑的密语。

狂暴的风沙，没有折断跋涉在骆驼刺尖上的倔强目光。大漠深处的苍茫，湮没了蹒跚的背影……

孤烟，一柱。那是留给身后岁月的叮嘱。

五

一锤晨风暮雪，一袋石语碛色。沉重的足音，仍在回应远方那一声声呼唤。

飘动的篝火渐熄，烘不暖几个昼夜的疲乏与饥寒。

终于，双眼阖灭星光。却分明看到，滚滚沙尘背面，有钻塔灯光，在闪烁……

六

一行竖排的诗句，沿着汉风唐韵的节律，将慨叹与豪啸，写上沙海穹天。

一柱烟，一炷香。祭奠剑气与雄风。

（选自《散文诗世界》2016 年第 4 期）

在鲁院，怀抱春心

徐　庶

一

三月，在鲁院。我怀抱春心，比花枝更颤。

鲁29，54颗跳跃的诗心，为赴一场玉兰之约而来。

我揣一颗茴香豆，寻寻觅觅。先生，你可曾记得它的名字？在绍兴茶馆，那些勾起味蕾的豆豆，还依然泛着时间的光芒。

中国现代文学馆南门口，我终于看到了先生。他面容憔悴，已然躲进一堆生锈的铁。其实，铁没有生锈，是时间的盐，在先生脸上，像撒豆一样，闪烁着。

他却看不见我。他闭着一只眼睛，看来来去去的人。睁一只，闭一只，是否可以更加看清人世的秘密。

院子里，有来来去去的春风，来来去去的花朵，来来去去的故事。

凋了又开，开了又谢。去了，就一定来么？

"啊哈——第几拨？"我似乎听到先生眯眼打了一个哈欠。

玉兰打了一个趔趄。"先生，茴香豆的茴到底有几种写法？"我有些手足无措。

一抱春心，豆子般惊了一地。

二

我明白，有些人，不用等到白发苍苍。有些春心，在荷池里已然荡漾。

夜色中，湖水已忍俊不禁。我似乎听到了水下那些窃窃私语，和湖边朱自清的诵读。

诗人徐俊国说，每一尾鱼，都有一个学员的名字；或者说，每一个学员，都是一尾自由自在的鱼。

波在心中，芊芊垂柳，是不朽的钓钩。无钩也上钓，每一个为情施欲的太公，都有好鱼在等候。

要搅动一湖水的芳心，毋须打马，毋须放逐鱼虾。5 月 8 日，同行诗社的手电筒朗诵，已搅动一湖微澜。

推开窗，喜鹊放纵。粒粒洒落的桑葚，又是一封封鲜嫩欲滴的情书。

（选自《星星》诗刊 2016 年第 5 期）

潮　音（外一章）

香　奴

大海推开我新的家门了，水珠的眼神停留在玻璃上。外面的世界，万物都在窥探我的感觉。

开裂的橡木得以水分的修复；宣纸上的山水重归氤氲；刷刷作响的书籍全部变绵软；丢弃所有昂贵的护肤品，香水也不要，我坐在缤纷的桂花里晒太阳。

我说的是真的，大海进门了，地板上都是细碎的水。

每一滴，都响着潮音。

这和我在北方装入骨节的风湿病不同，这没有疼痛，我用棉质的爱吸收，我喜欢上了鱼贯而入。

岁月累积的干枯和绝望，迅速血脉流畅，夜莺的标本咳出粟粒。

亲爱的你听，大海深处正唱着那些归来的柔肠百转。

我呼唤的，你的名字也深藏其中。

与母亲书

妈妈，我坐在南海边，离你，不能再远了。

我是北方的逆子，此刻科尔沁尘沙满天。

妈妈，我心底有暴风雪的后遗症：我常在梦里抽搐和疼痛，我需要有人承接你手心的爱，给我。

我需要蜷缩如婴儿，逃避落雪的沙沙声。

妈妈，判断一场爱有多难啊！他给我煮了紫糯米，他为我剥了山竹；他穿上我爱的浅蓝衬衣；他拉着我走斑马线，我还是不敢确认结局，不敢轻易伸出左手。

妈妈，这些坎坷和沟壑都不是你给我的，却让你最心疼。

等花开得更多一些，我就接你来看大海。

虽然这不比我的油画更好看，却能让你闻到海风和日出。

妈妈，别跟任何人说起我好或者不好。

我怎么可以，活得那么简明扼要？

我终于坐在海边，我要等一个最包容的蚌，藏我于善意的黑暗

等待我，慢慢地生出珍珠的光芒。

（选自《北海日报》2016 年 6 月 23 日 "散文诗百家"）

古 树 春 心

袁雪蕾

年轮

像敬畏菩萨那样，敬畏一棵树，就能接通灵息。顺着年轮爬上去，进入天体的轨道；而往下，则是万丈泉水。

在自然界这棵大树里，每个人都是树的一个细胞，也都是自己的菩萨。从年轮的这一圈消失，又从另一圈浮现，叫作永恒，也叫作轮回。

我的梦和你的梦会晤的刹那，命运的年轮迸出了闪电和金星。

人树

一棵树，长成参天大树，靠不停地节外生枝。一个人，却必须忍痛修剪身上的枝丫，否则就可能没有人样。

浮生如梦，多少枝枝叶叶落入尘土，循环成来世的花花果果。也定有一颗，为我埋下的——雷！

（选自《散文诗》2015 年第 12 期）

楼兰，升明月

方齐杨

一

阳光，像一峰温驯的骆驼，慢慢地从地平线爬起。

门前的胡杨树，一片片饱满的叶子，落满繁华的尘土。

我的楼兰，我的城，我心的绿洲。昨夜的风吹皱了千年的相思，昨夜的星辰照亮我们信仰的方向。

驼铃声声，远处的塔里木河，波光粼粼，鱼翔浅底。生命的河流，流向远方……

春风浩荡，烟波浩渺的罗布泊，我泛一叶扁舟，钓一条鲜活的大鱼。记忆，永不干涸！

遥望塔克拉玛干沙漠，丝绸与朝阳织就一幅辽阔的画图，这东方古国的文明密码，穿越风沙，穿越历史的涛声……

二

一梦千年，我水草丰茂的楼兰，在苍茫大漠中已站成了谜一样的姿势。

一切真实的存在，一切真实的消失，一切又真实的重现。

楼兰，楼兰……

在时光中重逢，我遥望一座座现代之城，内心的风暴骤然升起。

只有，明月亘古！

（选自《大足文艺》2016年3月）

她密叠石榴花的名字

邱春兰

她问：你知道这浩荡燃烧的火焰是谁点燃的吗？

她不说端阳的南风或谷物，她裸露着遵允的光阴；

一半姹紫嫣红，一半振荡着喧哗里斜挂的暖景时分；她心意珍重，囚禁着暖风静香炽烈和谛听的文字；

她一心一意，沉浸在一种容不得包裹的光芒里；

她知道影子在移动，光影在移动，万物都在移动；她也在移动，她移开了那么多一双双纷乱的眼睛。

石榴花的声息从阳光的正面一直蔓延到花影的反面；她矜持、温暖地对视着花蕾的生命，她褪去果实应有的颜色，她藏起影绰的火焰，她从滚烫的风里推开一扇门。

她看见许多虚构之物都燃烧在一颗心脏里，她说，风不懂。

空悬的火焰，绝不可能燃烧毁尽所有的可能；

如果，借来她北坡的兰草，借来她东坡的黄昏；

她不借，颠沛的光明不能借，允诺的时辰不能借，沉浸的涅槃不能借。

她密叠石榴花的名字，一朵接一朵，谨藏五月的慢景；她红衣兰剑，与风一起行走；

只仅仅因为此时此间便是她的五月，只是她。她的一半向往，一半回望；一半铭记，一半忘记；

一半是月，一半是日；一半是燃烧后的完全结束，一半是涅槃后的全新开始。

（选自《奔流》2016 年第 10 期）

荷　姝

巴伶仁

一池温柔醉了一池绿意。叶思静，荷塘铺满芬芳。

任凭平平仄仄叠起的涟漪，世俗的尘埃，不会沾染灵魂生长的地方。

在夏的阳光里，从大藏经里拽出坚挺的文字，沐浴柔软的清香。

鱼儿挤出石头的泪滴，寻找彩虹的快乐与感伤。

一沓日子，一地叹息，承载亘古不变的相思，布满幽暗静默的荷塘。

夕阳放弃心灵的守候，任童谣生长。

一花一世界，一树一菩提。禅意写出时光。佛光里，我在一朵莲里关闭灵魂，完成一次生命倔强的绽放。

朝圣的月色阻隔了纵横的探寻，爱的岁月里，也会有锋利的时光。

我在一朵莲上问佛祖能否复苏逝去的年华？

过往荣华终究溃散，而荷塘月色在诗意中流淌。

一缕香魂绕椽，一湖旖旎轻扬碧浪。我愿化作那个动人的传说，交错在渴望上。

（选自《中国魂·散文诗》2016 第 4、5 期合刊）

夜晚的沉思

崔国发

不要以为，月黑风高，自己所做的那些鬼头鬼脑的事，别人就不知道。

也不能因为，夜晚盛产浓郁的阴霾，就把月的清白，抛诸九霄云外。

不止一次地看见——

草叶上的萤，这持灯的使者，忽明忽暗地，闪烁着一点点的亮，在暗夜的黑里，做着自己星的梦……它们的内心，光明磊落，也正是因为在夜晚，秋萤在寂寞的世界里痴情地守望：

黑色，不可以成为某些见不得人的勾当与阴谋的一种掩护。

其实，夜晚的黑，注定改变不了，花朵妖媚的绽放。

这是一个属于萤的夜晚。形形色色的影子啊！

走进黑夜，刺破阴暗锷未残。我有一种词语洁癖，我的眼睛里容不下半点肮脏——

我得学会像星月或萤那样，一辈子只为了擦去，哪怕只是一丝丝的邪念，让人的本性，回归到纯洁与至善。

让梦飞起来！身心荡漾，在露珠打湿的草尖上，追问与探询——

一看见夜萤，我便感知到了，光的重量。不是光怪陆离的那一拨，它们仅有的那一点微光，已然融入到了无边的黑暗之中。

不再去批判那片漆黑的夜色了。夜色只不过偶尔被人利用罢了，就好像一只蚊子，在伸手不见五指的夜里，吸吮我的血，

——那是夜色的问题，还是蚊子的问题呢？

我们要分清责任的主次。当然，最好的状态是，在拍死了蚊子之后，让

萤出场，并能轻松而安详地摆脱，黑暗的纠缠……

（选自《散文诗世界》2016 年第 2 期）

谁能占卜我的命

徐澄泉

日子像树一样越来越瘦，我却越长越肥。穿过深秋缤纷的落叶，我把一段路走得斑斑驳驳。

一棵单薄的树，被风追赶到了我的前面，等待我的追赶。树在风中瑟瑟发抖的样子，就是我印象中乞丐的样子。我并不打算与树合作。我停顿下来，拾起两片树叶和一股风的影子，占卜我的来路和去向。猛抬头，就看见了雪山。几缕阳光打在雪山的额头上，神的头颅闪闪发光。

一只鹰从天空俯冲下来，衔了我的帽子又飞回雪山的高处。我怀疑：这是一个偶然的事件？还是神谕的必然！

我该何去何从？是从来路回到历史的深处，做一个祈求时间轮回的乞丐呢？抑或乘着鹰的翅膀飞往高处和远方，尝试过一回神的生活？

树与乞丐，雪山与神，鹰与帽子，都不回答我。

（选自《星星·散文诗》2016 年第 5 期）

物 理 辞 典

周小平

1. 浸润

水柱，倒行逆施，逆流而上……

沿着火焰曾经的路径，炙热内心，攀缘高危。

仅仅依赖微薄的附着层，在玻璃管的内壁努力，引体成一轮上弦弯月。

水滴，躺上玻璃。挡不住的思想，肆意狼奔豕突……

瞌睡遇上枕头。干柴碰上烈火。鱼儿游进河里。种子掉进沃土。

欲望，遇上不设防。或是设防半推半就。

故事，自然该发生的发生。

浸湿，固然是物理现象。但，也肯定是另类依附。

2. 不浸润

水银泻地，自由奔放，飞珠溅玉。却能，全身而退。

水漫石蜡，运动水滴石穿的模式，凭着屡试不爽的故伎，拼着成年积月的方法。

曲终，依然皱着、一筹莫展的眉头。

不浸湿，是陌生人擦肩而过，形同陌路。

不浸润，是冤家，仇人相见，分外眼红。

浸润的否定，是不通容，不依附。

为：拒腐蚀，永不沾

（选自《星星·散文诗》2015 年 12 期）

沙　画

王宏雷

　　透光的玻璃沙台，安静地亮着，恍如角落里一片月光，来不及想起什么的一个空梦。

　　心一动，风起云涌，多少前尘往事如沙而来。一缕缕细沙从指缝漏下，漏出青山隐隐，小河弯弯，漏出日升月落，生死轮回，漏出一个刚刚开始的人间。

　　透光的玻璃沙台，在沙子下面，安静地亮着。

　　一双灵巧的手，驭沙化形，随心造物。一棵春树，抹去了枝干，就成了飘零的秋叶。省略了过程，故事的开头一下子看见了结尾。

　　一座山，轻轻一挥，就挥成了一阵风。一粒粒坚硬的记忆，忘了旷世的消磨。

　　透光的玻璃沙台，在沙子下面，安静地亮着。

　　随手洒出一片沧海，十指横竖一画，就画出了桑田万顷。唐朝，改一个字，就是宋朝。

　　把沙子往中间一堆，就堆出了丰收的麦垛。曾经贫穷的故乡，一步走到今天。

　　曲曲折折的线条出现了，高楼出现了，街道出现了，霓虹灯和烟囱出现了，一座城市还未成形，稍不满意，一挥了之。

　　透光的玻璃沙台，在沙子下面，安静地亮着。

　　心念又生，尘沙再起，形形象象，生生灭灭。摊开手掌一抹，就抹回到世界之初。一切，就又可以重来。

（选自《中国魂·散文诗》2016年第6期）

两条河，途经我们的城市（组章选二）

王 剑

一条河流，正在启程

当我喊出源头。一条河就已经启程。一泓，又一泓。蓄积着她的奔腾，她的汹涌，她的浩荡。

天空多么澄澈，大地多么洁净。无边的绿色，铺满旷野。吹过来吹过去的风，追寻着河流自由的走向。

与荒原交谈。与岩石、清风交谈。与船只、古栈、茅屋、山寺、天空交谈。与庄稼、阳光和土地，交谈。

穿过田野的河流，如同一根悲悯的脐带，系住了万亩良田。让一座城市无忧无虑地活着。

河终其一生，只有一件事。就是将自己，送到远方。没有什么，能够阻挡她的奔流！

一条河的内心，总是充满血液的热度。她的坚韧和善良，纠正着中华文明的发声。

河的内心住着自由的魂魄

流动，流动。一条河流，总是用奔走的方式，延长生命。

向前走。这是一条河的本性。河无法更改自己的道路。但是河的内心，住着自由的魂魄。它风中的骨头，在嘎巴作响。

占领沟壑。敲打顽劣的鹅卵石。有时也撕碎自己，蠹成瀑布。河把柔韧的水铺开，让幸福的帆船，快乐地行走。

浪花是河的舌头。河滔滔的话语，只说与天地。一条河的奔走，改写了庄稼和村庄的命运。河流与村庄，至于哪个更早，我并不知道，最终，一条河，强行挤进我们的身体。变成了一条有温度的红色的河流。它行走于我们的内心，用力勾画出，我们一生的辽阔。

（选自《河南日报》2016 年 3 月 31 日 "中原风"副刊）

吃马铃薯的人（组章选二）
——题凡·高同名绘画作品

伍荣祥

花瓶里十四朵向日葵

或许，这是最后的一次呈现。

为了来之不易的活着，我无须任何背景相衬。

我在呈现，我以最后的激情和持守呈现，并用十四种表情合唱同一首歌，包括懊恼、苦笑、无奈和隐匿。

我一点也不在乎，即使有些卑微、难堪和丑陋，十四朵盛开的花瓣就是一世的见证。

感激陶罐，感激救赎。

器皿的一滴水给了我最后一次飞翔。

我在竭力呈现，以一种极端的方式。

吃马铃薯的人

都有一双粗黑的手，我们都是兄弟。

我们饥饿无比。吃吧：悄声嚼咬，缓慢细咽，用心品味这些刚从泥土里挖出的粮食。

简单，贫寒，而且衣着有些邋遢。

时下的世界喧闹得很，并且乱象丛生。我们只有躲进这漆黑的屋内，夜晚就静心这里安眠，还要执着地以木讷的方式抵触。

嚼咬吧，慢慢品味这些简单的东西。

让马铃薯填饱肚子，然后学会思想。

（选自《中国诗歌》2016 年第 3 期）

澧 水 倒 影

陈　颉（土家族）

神鹰护鞭

苍穹的声音，在层层峰峦的典籍中，一只鹰搭乘着落日停息在这里。

金鞭溪畔，一柱擎天，尘埃落定后，御风而立。

一鹰一鞭，在时光的契约中，一阵风，扬起湛蓝的光芒。

是谁随手一挥，峰峦叠嶂中，涛声四起。

云雾堆积的山顶，一位披发掌鞭的侠客，苍茫守望中，忘了端坐修炼。

云间牧场，弥漫的眼神，在渐渐苏醒。

仙女散花

三月的西海，一位美女站在山峰，漫山遍野的樱花，是谁播下的种子。

大唐的美女啊，长袖宽裙，傲视绝尘。

我来这里，一个俗客眼中，是敬仰，也是倾诉。

散花神势，腼腆羞涩，风尘扑面，光芒与疏离，同时搅乱了我的脚步。

少女玲珑的锋芒，青春和爱意触手可及，我遗忘了初春的长风、流淌的河流和掌上的鲜花，却忆起了懵懂的青春、轻轻地拥抱和热烈的初吻。

内心一颗锃亮的纽扣，已慢慢打开。

（选自《滑台文学》2016 年第 3 期）

江　山

刘向民

一

江山是一座山，是一座大风飘飘风采飘飘的山，是一座大雪覆盖静穆的山。

江山很辽阔，有时光，有河流，有树林，有庄稼，有鸟鸣，更有一些坚硬的石头。

以精神和沧桑击打着石头，石头如铁，石头是铁，发出明亮的火。

点燃一腔热情，让梦想成为幸福，疼痛和痛苦却落在江山上。

我的江山啊，风吹草动，很多的情节都成为故事。

灵魂和不屈，始终守护着江山。

二

江山是一株草，也是一棵树。有英雄打马而过。

把一滴血滴在土地上，鲜花更加灿烂。

夕阳已经坠落，丹红映满天穹。

炊烟升起，大漠之上的风与云腾起。

一个满腹心事的人，迎着凛冽的风，用沙石摩擦的噪音反复吟唱着一支歌。

满天星星，涌上额头，我静静地躺下去，听一听自己的心跳。

那么，我就以山以水为界，一手守护着自己的爱人，一手经营着自己的梦想。

（选自《大沽河》2016 年第 1 期）

我将中年越抱越紧

@ 泥文

我想着中年的心事，天的眼睛慢慢地睁开。睁开，越睁越大。越睁越大，大得就是昨天的开始了，但它不是昨天。

有些事是命里的重复，有些事注定有新的脚步。比如漂泊，远离，折回，出走，站流水线；比如时间在我的脸上化妆，每天都有让人不易察觉的变化，我与亲人故土的生疏总是面对面时才能找出它有多大的豁口。

我不是一个能将字彻底写方正的人，在背井离乡的生活里，那么多寒暑伸出手打磨，让我多梦。

瞧，远方来电。天已经亮了，原谅我，我将自己越抱越紧。就如抱紧我的中年面对你，面对我记忆已经模糊的童年或故乡。

风已从北方抵达，我能感觉到它前期伸出的触角，善意里藏着阴谋。

让我抱紧中年，我想你的时间越来越多。隔三差五的音讯：某某死于崖壁路上的摩托车祸，某某死于积劳成疾的锄头，某某死于漂泊的癌症……

本就瘦小的你，胃越来越空。你的新陈代谢就只有谢了，你学的算术就只会做减法了。你我都明白，总有那么一天，你会将自己减裁掉，这日子不会太长。

北风是缓慢地将它手里的刀子递出来的，对于你，对于我。看着亮起来的一天，似乎就是一个重复，就是多一只给沧桑垒砌城楼的手。

嘘，我将我和你在时间的指针里藏着。天再亮一点，也无须露出你我沉郁的头。北风反正会越吹越凶，看它手里刀子的光芒如何刺进你我命里的肌肤，将你我带走。

（选自《星星．散文诗》2016 年第 7 期）

夏 日 追 凉

雨倾城

午热。夜热。无处躲藏。
打开房门，小立。月光跟随。

竹深。夜深。树木深。虫鸣声声阵阵徘徊。
田园自去睡了。

我不睡。
当我突然，不止一次步入清凉，听见微小的禅意和佛境。
当我明了，菩提只向心觅，安静只向心觅。

夏夜追凉，凉至。
夏夜赏月，一片白茫茫。

我也是凉。
你看风落庭前，无非般若。
你看树荫浓浓，尽是法身。

（选自《散文诗·校园文学》2016 年第 10 期）

瘦西湖观莲

苏 扬

一

充满水汽的展台。

充满水汽的莲座。

瘦西湖，纤秀婀娜，曲径通幽，蜿蜒大地之形，渲染城郭之美。

湖畔有莲性寺，寺后有白塔，丰臀细腰，清瘦修长，如亭亭的莲，百节疏通，万窍玲珑，出淤泥而不染，是众荷的神圣本源。

荡漾莲性的湖，沐浴湖光的莲，那是用盐堆砌的物华，是皇帝和嫔妃们迷恋扬州繁华的梦。

劳碌的护莲人照样早出晚归，只有夏蝉闲成活佛，看千万朵荷花摆下道场，鼓噪着整个夏天。

三

缥缥纱纱的瘦西湖，一切丑陋和艰难都在你的歌声里消隐了，一切萧条都不见了。我像许多植物一样，也在你的香气里苏醒了。

那是一粒闪亮在花间的露珠，那是一把能濯洗星星和月亮的古琴。

有多少条纹脉，就有多少根琴弦，正适合观音的千指。

充满水汽的莲座，充满水汽的琴音。

一曲一人生，一曲一菩提。

瘦西湖，当我抵达你第七根弦的时候，我已豁然开悟，进入莲花的意境。

我被掩映于湖光水色之中，被浩大的"荷浦薰风"洗涤，心里的烈马平息下来，面容宁静祥和。

充满水汽的琴音，充满水汽的莲座。

在你"濯清涟而不妖"的指引下，我的灵魂开始上升。

（选自《扬州日报》2016 年 9 月 12 日）

悬　崖

张生祥

我领略过悬崖完美的语言：比如它从身上卸下的河流，弯着长长的遗憾，穿过大地辽阔的心脏。

比如它身后如临大敌的峰峦，绵延着时光亘古不变的不朽的枯荣，生生不息。

比如它的站立，埋入岁月深深的沉重。至死不渝的坚贞信仰，足以证明了，诺言的坚韧。

人类的眼光总是比天还高，他们试图顺着悬崖的高度，攀越时光那一身光滑的躯体。

将一些破败的思想，看成是脚下那低了不能再低的深谷。从而不想去逾越它存在痕迹。

悬崖上，风掠过，吹走了光阴。却吹不走鹰的犀利，和一个人矗立的血色。

在没有哀伤的边缘上，千万个走卒都是命运赐予的一线生机。

站在悬崖上的人，一手握着苍茫，一手握着前方的诡谲。不能低头，也不能迈步。

空即是镣铐。裹你的足，绊你的身。不能滋生杂念，否则便有万劫不复的危机。

更不能身心俱毁，将生命视为尘土的下坠。

悬崖有着与生俱来的寒冷，极像一个人的疼痛，夜以继日地复制谎言，笑脸。

不停地为自己制造温暖，链接幸福的渡口。

却又不曾像悬崖这般高傲，独立于自我放纵的世界。

因此，一个人若想在高处为自己种下一生的玫瑰，就必须俯下身体。看一看，这儿不是天堂。

苦难，就是沿着悬崖的平衡线，不畏，不怯地光明行走。

（选自《泉州文学》2016 年第 6 期）

岩　　画

支　禄

古老的兽们，一只只用骨头撑起瘦骨嶙峋的日子。

一旦四蹄死死地踏住时间，谁也奈何不了。

三千年过去了，一个个看上去像刚刚爬上岩面时一样鲜嫩，与衰老不沾边地过着四处悠闲晃荡的日子。

大把大把花费时间，像尘世的阔佬们花费金银珠宝；它们一旦说再活五千年，一分一秒不差就活五千年。

从不面对河流长叹：逝者如斯夫，不舍昼夜。

像是活在时间之外，却与时间之内的生灵一把一把交换风云雷电；交换一茬一茬的春夏秋冬；交换北草坡上干净的阳光；交换弓箭、射手和马牛羊；

交换布匹、干馕和金黄的麦子。

更多的时候，用悠长的目光牧放岩面外的老鹰，远方就飘来了潮湿的云朵！

沿着西北角，闭上一只眼睛，一次次搭弓射箭上演古老的射日。让嫦娥奔月，让精卫填海，让女娲补天……

永不疲惫，演绎人类蓬勃的童年！

时间让我们一茬一茬老去，又一茬一茬接着活下来！

岩画外，人类实在不敢停留太久！

晌午一过，有人两鬓沧桑，有人已是白发三千丈！

（选自《星星》诗刊 2016 年下旬刊）

树叶落下来（外一章）

鲁本胜

碎碎的缤纷，秋风中她孤独。

一阵马嘶传来，<u>丝丝缕缕的累累伤痕</u>，藤萝般萌生暖意。

岁月深处，悬着太阳鸟的暖巢，它与世界，相濡以沫。

树叶随时着地。一种仰望的坠落，凛然有疼痛之感。

在潮湿的月夜，闪烁一种奇异光泽。

美，以及对美的发现，那一种诱惑，遗世独立，似秋风，交糅着心灵。

这个秋天，大地上有多少往事，需要我去记忆？

大沽河入海口

由清浅到蔚蓝，
由宽阔到无边，
由中和到交融，
你的温婉、秀丽融入博大、粗狂的因子……

大沽河，伟大的母亲河，
卸下行囊中所有的重，累和羁绊，一身轻松，
走向胶州湾，

前面，是浩渺的太平洋……

（选自《山东文学》2016 年第 10 期）

梨　花　祭

萝卜孩儿

梦回故乡

流浪在梦外的一颗心，今日梦回故乡！
变了模样的那条河，依旧淌着喃喃，躺着仰望——
望见小桥弯下了腰身，望见村庄的安详。
远山隐约，模糊成了一个人的身影！
一颗心，就是一扇翅膀！飞着飞着，就搁浅在故乡的一棵梧桐树上！
悬空的心，抓不住一根枝条。

一颗心，也是一颗眼睛！朝下看时——
有个孩子，像我的童年！
有位挑担子的人，像我的亲娘……

浊酒

母亲，一壶浊酒，把壶身灼伤！
千年的陈酿，在您远去之前，揭开的瓶盖，至今没有重新盖上！
瓶口上，多少风雪雨露，躲避而去。只有盐滴和泪滴，结晶在瓶颈上！
久坐生根的酒瓶，也生情！酒气似火，越燃越烈。

母亲，最后一瓶浊酒，我含泪饮下！戒酒的我，酒量大增。
我的视野里没有春天，愿春天随您而去！愿春天陪您形影不离。
一瓶浊酒里也没有春天！却有——
夏天的火辣，秋天的萧瑟；还有冬天水火交融的——苦涩……

（选自《大沽河》2016 年第 3 期）

乡 愁 符 号

王忠友

梁祝传说

逃出庄周梦养的笼子。
你在为谁孤寂，眷恋尘世的千古绝唱？

江南的，飞在江北的山上，还是江北的，飞到江南的水上？

一帧爱情的药方。

坟墓，瞬间打开，翩然而起的蝴蝶，想给那个病恹恹的纲常社会，换个心脏。

朝代遗老。花朵上的蝴蝶，白衣着跨朝代的誓言。
泪水，绽放在传说之上。

在这个爱情观糟糕的时代，一个诗人应该代替两只蝴蝶，喊出——
所有蝴蝶天长地久的疼，痛！

西施传说

苍茫，是一轮落日。
这个秋天，苎萝山麓的冷，更接近西施殿香火的淡。
渡口。我又听见飘摇着白发的母亲，深深的呼唤。
你是与范蠡泛舟五湖而去，还是被送到与鱼同乐的海之天堂？
父亲静静地伫立在黄昏，望着你离家时的山峦。
残酷的战争，离一个女子有多远？

草还生，花还红。
有人，在流水中捣衣。
有人，打西施滩悄然而过。
李商隐，哀叹不动你浣纱的样子。
我也只能是苎萝村头，隔着旷世，
和鱼对视的瞬间，一滴春秋战国的水了。

（选自《大沽河》2016 年第 3 期）

汉 字 意 象

喻子涵（土家族）

尖：永远握住它的锋芒

从来就小心翼翼，因为我一直生活在别人的针尖上。

这就是命运，别人越大，我就越小。

小心踩着权贵们的头，小心冲撞首长的威严。

小心自己长大。

因此，我一直不能长大。一直在强烈的视野中，一直站在针尖上，像立在广场中央雕像头顶那只形单影只的猴。

一枚箭矢的硬度，它应该不会软弱。

一枚弹头的速度，它应该不会怠惰。

但我只能在原点，旋转或静立。我的力量在别人的一根手指上。

一堆篝火熊熊燃烧，我被烤成两半，再烤成八分之一，直至不能再分。

只剩下一束光芒，在塔尖，闪着微茫的眼睛。

只剩下一滴墨，在笔尖，写下半个汉字。

另外半个字无比硕壮，隐藏一种虚假。

然而虚假是一种力量，让欲望膨胀。

历史让事实不可靠，光阴让万物不可靠。

虚假是迷幻的。因而，笑容不可靠，媚眼不可靠。

不用倾诉和祈祷，也不用呐喊与诅咒，像一只寒蝉。

小心翼翼是一种哲学，我就永远站在上面，像哲学一样清醒而淡泊地活着。

像针尖一样生活是一种境界，我永远握住它的锋芒。

在强大的力量面前，让一颗心一直僵持，等待刺穿。

当宇宙破裂，它的血则会熔化整个世界。

坟：文化的宿命

一堆土走近文化，这是土的幸运；文化走近一堆土，这是文化的宿命。

或许，文化埋在土里，根就不会败坏。村庄一直活着。我时常想起祖父，并干着祖父不想放弃的事。

一双眼睛，透过厚土，反射鹰的眼。

尔时，土或即文化，因为它浸透罂粟花的血。

文化从土里生长起来，殷红的罂粟花开满原野，无数张颜面复原，相视而笑。

尔时，文化或即土，已经分不清人与面具，古与今，男和女。

像一堆瓦砾与玉石，闹市的喧嚣。时间闭着眼，迅速滚过海岸。

文化受难，浸透罂粟花的血，深埋土里。

文化是一堆土，这是当代人的一种发明。

挖出文化的尸骨，永远是盗墓者的使命。

（选自《水城》2016 年第 3 – 4 期）

穷 大 方

白炳安

1

在穷乡僻壤生长的红薯，缺少肥沃的营养，只靠雨水充饥，一天天瘦了。

弯弯如钩，钓不起一地细碎的阳光。

薯叶抚过的夜色，盖住艰难的乡村。

独居荒地的薯藤，甘愿做饲料，把猪养活养肥。

2

几亩甘蔗，紧紧抓住乡愁，从几亩贫土站立起来，酸痛的膝盖遭受雨弄的风湿症，颤抖着……

从黑沉的夜里醒来，亮相在阳光面前，

一脚土，一口风，活着。

把一点点甜，长年累月地积攒于心，在生活需要的时候，甜了一个个苦口。

3

一列满载着煤炭的火车，从大山里开出，穿过了大半个中国，被冷雨湿了一路拉响的笛声，但掩盖不了煤——

火热的心！

火车抵达冬季的站台。

煤被卸下，在封冻的冰天一次次走近生活，一次次燃烧自己，把人们冷却的心温暖起来。

4

一个捡破烂为生的人，梦高过天空，能揽着一条河流入睡，捡到破烂的月光再多，变卖成一片闪光的白银，也养不胖离夏天越来越远的夜。

贫穷的极致——

不是一株瘦弱的向日葵将一片金黄向天空呈现，而是一个捡破烂的人，将自己半生的积蓄奉献给一个躺在病床等死的人。

杯水车薪，早已料定。

在越来越冷的日子，一根火柴溅起的火星，微不足道，但夜色掩盖不了它的亮点。

（选自《散文诗》2016年第3期）

时间的咖啡（外一章）

王崇党

我知道，时间要喝我这杯咖啡已经很久了。

他不断地调制黑夜和白天，他已经放入很多了，但总感到不够，还要尽量再放进一些。

我知道，他是要最后把我放进去的，几次，他在犹豫，拿起又放下。

我看着他做着这些工作，有逃掉或主动跳进去的念头，我一直在耐心地等待，只是想知道他最后把我放进去，

是要调得苦一点，还是更甜。

井

一口井，坐在那里，一直的坚持，让路过的高僧照见了自己。

它内心的天空沉静。

井壁的根须绕过周围的人，周围的人早已成为宿命。

其实，别人并不知道一口井的想法。

它只是努力把自己做成一顶帽子，想着，总有一天，天空会将它戴在头上。

（选自《诗选刊》2016 年第 4 期）

快餐，快餐

林登豪

几多人从脚手架俯冲下来，猴急端起快餐盒。

讨生活的双手拿着筷子，左右抖动，拒绝疲惫的审判。

汗水钙化成珍珠？

远郊的烟囱越长越快越傻高，偶尔也会冒出爱之情绪，只是灰蒙蒙的，七八盏路灯偷偷地摇摇头。

时光留下的碎片在碰撞，不少人在回忆中取暖。

水泥路边有间快餐店，厨房犹如酵母菌，散发阵阵狼藉的滋味。

车厢式的桌子，皱皱的餐布，狐臭味刺激嗅觉。

众人鱼贯而入，鱼贯而出，重温饮食文化对视的冷漠。

影子趔趔趄趄，犹如耄耋者。

墙上挂钟的秒针蠕动，纯净得如婴儿的双眸。

城之脉络越来越清晰，麦当劳与风味小吃交换体温。

环城高速出口，插入城之巨胃，许许多多人开始腹胀了。

一批又一批的泡沫饭盒在浮动，令城市加速易容。

（选自《山东文学》第 2 期）

在大禹渡，读一场晨雾

南小燕

在大禹渡，读一场晨雾。

此时，时光松弛，风平浪静，一个孤独的旅人一脚踏入这虚空。

这雾，仿佛是我放牧的雪，它在舞蹈，在奔涌，在漂流，在起伏……

来的在来，走的在走……

闭上眼，但拒绝不了观看，那丝丝水雾近在鼻翼，有着炊烟穿行而过的迷离，它薄而轻，却似乎可以承载万物，我不知道该把自己放在哪一段庭院里，披上这略显素色的丝绸，但我知道我必须找到一卷，叼出失落的谷穗，把过往的不适，借着这水色，从肉体和灵魂里，向外输出！

这里如此包容，让一颗心变得沉静。

而黄河，略显苍老，它温柔地走进视野，带着些许忧伤，浮生如逆旅，它也累了吧？立身简素，像这孤清的月光，牵惹旧情，让人怀旧！

人心是不待风吹而自落的花，有时忧虑重重，有时充满憧憬，有时追怀往日，有时辗转到天明……缘分之变幻莫测，有着比药香更多的欣喜，有着比箭伤还深的隐痛。

星辰一样的命运，时不时需要佛光扶起，需要春风入骨。

莫名地激动感伤，莫名地想呐喊奔跑，人情，世故，疾病，苍老……那些人生的疼，此时，多么像一场虚构！

划出一些伤痕，天空分出多余的云朵。

远山成了墨印的纸张，任我涂抹。

水声，鸟鸣，宁谧，如一首妙曼的晨曲，我看见黄河里跃起的鲤鱼，我看见底色清贫的石头，我听见一路驮来的梵音，我醉在大禹渡的晨雾中！

我愿意在这里驻扎下来，看一场晨雾怎样淹没万丈红尘，我要在唐朝的声音里抚摸自己的肋骨，我要在雾气深重中，看黄河禅意微醺，借着天空的衣裳，在我摸不到的雾色中走进我的身体，成为我血脉中一条血管和骨头！

（选自《伊犁河》2016 年第 3 期）

高原随笔（选章）

封期任

折叠时光

必须以一种仰视的姿态，才能识别高山密码。

必须以一种清闲的心情，才能在白云幻化的词语深处，找到几枚动词。

如果不能与那些云彩、羊群、民俗融入在一起，有多少文人墨客还会钟情高原？

一根小草扬起的头颅，便是一个新的高度。这样的高度，可以对决3000多米的海拔，可以对决那些千年不化的冰川，足以让人确信，村庄、河流、土地、牛羊，都变成了旋转的佛陀。

而眼角擦拭的，一定是神龛上的尘埃，与过往的云烟。

山崖上的那只苍鹰，受伤的翅羽在风雨中疗治。

锅台前，阿妈的眸子闪烁的火星，与门槛上吐冒的烟圈，擦亮了黎明。

晒谷场上，窜上窜下的麻雀，嬉戏打闹的土鸡，与捡拾稻穗的孩童，翻唱着时光。

我做一片白云，何如？

倒叙阳光

俯下的身躯，比云还轻，比纸还薄。

一根草，泾渭分明，

两个剖面彰显的，分行，或不分行的草叶，怅然的日子，在一片葱绿里恬静起来。

恬静起来的，还有倦怠的心灵，牛羊的蹄声。

亲近的土地，狂奔的牛羊，佩戴尊敬和景仰。

放下思虑，放下后怕，放下苞谷烧酒点燃的争辩，与喋喋不休的叨念。

我做一根草，何如？

（选自《大沽河》2016 年第 1 期）

黑　洞

陈茂慧

神秘。数不胜数。

宇宙里，它们和恒星关系密切。每一步成长和演化都与其相关。

大，其质量可以是太阳的 170 亿倍。小，体积可以无限小。

谁可以靠近它？

谁又可以与之相伴？

谁都不可以。任何物质！

靠近即毁灭！

包括辐射，包括光。这是一条永不可逾越的禁令！

速度最快的电磁波也不能。

人类，更不可能。但人类借助猜想，借助科技手段。

而最终，肉身会消失得无影无踪。

它会隐身术。也会易容术。

生命里，有过多少隐身？有过多少易容？它们是生命的黑洞，永远神秘，危险之极！

在不知不觉中，我们接近黑洞；在毫无察觉中，我们拥有黑洞。它存在，即是恐惧存在。

爱也有黑洞，不动声色地将你吸进去而永不能逃逸。

爱，让你心甘情愿地飞蛾扑火。

（选自《源》2016 年第 2 期）

虫 珀（外一章）

刘丽华

他伫立在这里，仿佛是注定为了等待谁。孤独的日子会让一棵柏树变得沉默，直到熟悉的灵魂出现。每一年的夏天都有每一年的蝉鸣，习惯停留，习惯沉默，习惯了每一年的失去，习惯了每一年都没有什么不同。

却没有习惯这份灵魂深处的悸动。

蝉即将迎来她最灿烂的尾声。只是她纵然进入了他的内心，却无法进入他的生命。在夏叶绿得氤氲的时候，柏树把灵魂中所有的爱与叹息都注入了一滴泪中，就在命定的那一瞬，黯然滴下，声音细微却如裂帛，仿佛梦中已演练了无数遍，蝉轻轻地迎了上去，不偏不倚，万籁俱寂。

时光永远定格在这一刻，甚至死亡也不能把它们分开。

你看，原来爱可以那么的颤抖，却又可以那么的坚定。

虫珀，如同人类的殉情故事，当某种爱情无以自处时，寂灭只为求得永恒。甘心被包裹的是爱得张狂的心，寂静无声也不能掩盖波涛万丈。在爱得最饱满的时刻死去，任由世人去揣度这种状态与出路到底是对爱的坚定还是对爱的不自信。

木 化 石

木化石，拥有树木的纹理，却失去了生命的温度。曾经，她是一棵生机勃勃的树。春萌芽，夏成荫，秋落叶，冬雪覆，年复一年。飞鸟来了，又走了；蝉蚋伏过，蛇盘踞过，喧喧闹闹地过了很久很久，以致遇见的每一场花开，也是一次凋零的预见。世界也似乎将继续按着熟悉的轨迹循环往复，无穷无尽，直至，那一刻的来临。

那一刻是火山的炙烤与掩埋，在命运预设的剧本里，是无期的暗夜与绝望。

原来身体被禁锢，灵魂却可以起舞，木与石的爱情就在废墟上倔强地发芽了，原本要枯萎的枝丫竟开出了羞涩的花。谁说不是呢，也许爱情就是这样的：

当你在天空迎风招展放飞梦想的时候，我是滋养你的脚下的土；

当世界倾颓，你对明天充满疑惧忧伤的时候，我是黑夜里握紧你的手；我以血脉与你一点点置换，与你共生，与你胼手胝足抵御多舛的命运。

是的，我一直在这里。

木与石的爱是怜惜，是懂得，是鱼在海里的眼泪，是亚当身上的那根会痛的肋骨，终有一天，我是你肉中的肉，骨中的骨。

木与石的爱是将咱两个一起打破，用水调和；再捏一个你，再塑一个我。我泥中有你，你泥中有我的那一首元词；

是共同度过，是将磨砺化作加冕，是拥抱、是相生、是百万分之一的爱情。

重回人间的木化石，它浴火重生，跳脱轮回，向岁月交出繁枝茂叶，换回玉化了的生命，不为眷恋更迭的四季，只为追上永恒的列车，以长久站立的姿态为永恒的爱情作见证。

石髓是木化石的心，它莹润通透，如一份养分俱足的爱情，无须别人喝彩，兀自美丽。

（选自《散文诗人》2016 年总 45 期）

在雨水和落叶之间

曼　畅

　　像一场往事那么迷离，今夜，一朵雨花把另一朵推倒，一些冲撞内心的事物不同于往常，你分不清哪一粒雨水来自虚无，哪一粒来自恍惚，我看到了树木立在雨里的样子，多么美。

　　如果没有风、车轮和尖叫，雨滴是最静美的事物，无限接近，一撮小小红尘，在路上来来往往的晃荡，拽着秋的枝头，可能我的一生都小于尘埃，整个下午我都在雨中听雨水的声音，鸟儿归巢或栖落，离去的时间也不一样。

　　挖出灵魂，我还看见枯黄的叶子一枚挨着一枚，抛撒给路过的西风，仿佛一些透凉的倒退，一步一步退到树梢上去，退到高山中去，退到那个冬天的第一场白霜里去，风失眠于风的辽远。

　　看浮云，落花，流水，以及一些丢失从身边走过，一些起起伏伏总在不经意间翻转。

（选自《山东文学》2016 年第 7 期）

目 光 所 及

谢 明 洲

是一叶划过梦海的帆樯，是一双翔入思念之湖的鸟影——
目光所及：那么多的记忆碎片，
斑斓着不肯散逝的零乱无序的一程程岁月。
寒冷和暖意都过去了。
欢乐和忧伤都过去了。
许多东西都苍老了。
还有许多东西已朽枯了。
连信仰的脸上都长出了深深的皱纹。

而，颂辞年轻着。
而，谎言也年轻着。

目光所及：
多少次雷电风雨之后，谷物们失去收获的机遇，躬耕者荷锄迟归的身影
沉重蹒跚在黄昏深处。
沉重蹒跚在岁月的深处。

流水。白发。悲凉的叹谓——
守望与漂泊都过去了。
得失与荣辱都过去了。

许多许多东西都苍老了。
许多许多东西都朽枯了。

而，谎言与颂辞，依旧热烈着，年轻着。

但，诗者却说：
诗也年轻着。
花朵与美也年轻着。
善良与爱也年轻着。

（选自《山东文学》2016 年第 11 期）

下放到人间的天使

王小玲

因为灵魂醒着，所以身体也不想睡去。
风明亮地吹过屋顶，我听到一种声音，越来越响。

这样的夜晚，我在自己对面坐下，舒泰，安静。我的名字咳嗽着从灰尘里抽出新芽来。

很多年了，我总是错读了天气预报，把雨雪读成花开，把台风读成多云转晴。我也被误读了若干年。

从此以后，我打算不再理会误解和质问，我要像远山一样沉默，不再与世界争辩。

从明天开始，我要爱上白玉兰，这些下放到人间的天使。

爱上那些红宝石光芒的酒，让我面若桃红；爱上那些长翅膀的歌雀，与它们一样用华丽的高音唱歌。

我还想告诉那些天一黑就瞌睡的人，我彻夜不眠，真的没什么，只是因为灵魂醒着，身体也不愿睡去。

（选自《山东文学》2016 年第 11 期）

再访瑞云寺

温秀丽

必须双手合十，将心放在一本经书里。

生命无须太多陪衬。

刚在佛前点了灯，白云就将自己的羽翼盖住了殿角。咫尺之遥，无法企及。

遥望远天，山顶上历经风雨的碉楼，依然执着地站在那里。

一切如露亦如电。那些看不见的根须，在风霜里也有泪水。尘世间遍地是热闹而孤寂的灵魂，你来我往，只是过客而已。深究一句佛偈，是为了找到另一个自己。

登上寺院前的山，每一块石头慈眉善目，它们用相同的速度和方向说着尘世的火焰和光芒，沉浮内心的柔软，不用为彼此着戏服戴面具，演着一出又一出别出心裁的戏，不用一种虚假敷衍另一种虚假。

荣华花间露，富贵草上霜，是说给自己听的。我的天空归这座山，归这座寺院，归于它的高。独自打点岁月，独斟清欢。

落日下归鸦回巢。我饱含深情和那把木鱼一起，把更多的沧桑埋进尘世的苍茫，不惊不怖，听虫声四起，看凉月满天。

（选自《大沽河》2016 年第 2 期）

莲塘驿·汤显祖

陈计会

是你装点了莲塘，还是莲塘生动了你？

其实这并不重要，岁月的手掌徐徐收拢，只那轻轻一捏，一切都灰飞烟灭。600 年后的深秋，当我寻梦而来，连残荷也不见踪迹。时间重新设置了村庄、巷陌、竹林、水井、人家……一切仿佛原来如此，本来如此。我无法辨认前尘往事。

拨开纵横交错的竹枝，我向竹林深处走去，残存的土墙裸露出时间的根须，斑驳的墙砖爬满青苔。曾有过的硝烟、呐喊、辘辘的车声、商旅的脚步声，都冷凝成历史的砖块，无声地诉说着什么。一块砖掂在手里，凝重、铁青、冰凉，好像承载了过往所有的沧桑。……一块块这样的砖，迅速在我的面前垒起来，一座城池瞬间晃动在竹影斑驳的阳光里。

而我却看到月光，清凉的月光，从那扇窗棂里悠悠地透进来，照在那张清俊的脸上。他忽而凝神静思，忽而笔走龙蛇。留都金陵已遥远，故乡临川已遥远，未抵达的徐闻还在远方。在这远离权杖和官场倾轧的那龙河畔，今夜相伴的，只有窗外蟋蟀的吟唱和这缕清凉的月光。他炽热的笔，蘸满孤愤，书写人世的荒凉和内心的寂寥。

从竹林恍惚的时间容器里走出，我回到现实的阳光里。虽然一座驿城坍塌进时光里，但我相信每一块砖头都记住那晚的灯光，那张脸上的神色，那管书写梦想的笔，千百年来摇曳着无数人的泪水。

（注：莲塘驿，在阳江市阳东区合山镇，建于明初，已废。）

（选自《阳江日报》2016 年 10 月 5 日）

致少年（外一章）

何欣遥

少年，你的征程在远方。身后的村庄和沿岸的礁石，你不能望。

你的肩要有力量，你的意志写在额上，你在宽阔的天地里不慌不忙，心脏能承受一场又一场海啸卷起的风浪。

若你前行有豺狼，背后有姑娘，你要用坚毅守候柔软，以杀戮呵护善良。我知路途艰难，床褥柔软，但天亮的第一道曙光会指引你方向。

别怕，别怕。你若如一棵柏杨，一把上了膛的猎枪。当你软弱时，世界回赠你软弱。当你刚强时，世界回赠你刚强。

在六月的雾气中消散的那一句话

在六月的雾气中消隐的那一句话，又会有人注意吗？

一片红色的海洋里，只有你是绿色的。静悄悄躲在石门后，苦恼地想要以怎样的方式吓你一跳。眼眶下面酸酸的，脸上的表情也无法控制。未来会怎么样呢？

风捎不来你的信息。

那里，是哪里。

已经过了撒娇的年龄，那是什么时候，记忆开始模糊，思绪开始困扰？

时间过了一切都会变得糟糕，玫瑰会枯萎，酸奶会坏掉，身体开始衰老。而思想还没成熟却已早早枯槁。

静静地，静静地，在时光的尽头，看着那些尚未消散的流沙，缄默祈祷。

无言的祷告，上帝会不会听到。如果忘记愿望，流星还会不会等到。

如果忘记自己，还会不会，被你再次注意到。

（选自《散文诗人》2016年总第45期）

喜　鹊

许泽夫

把家安在村口老槐树的树冠上，俯瞰全村。

它的身影全村都能看见，站在枝杈上，歪着头，对每一个进出村子的人，甜甜地问好。

它的歌声，每户人家都以为它是专为自己唱。

它的叫声全村都能听懂，每个庄稼人都友好地向它点头。

再苦的日子也被它叫甜。

再暗的光阴也被它叫亮。

即使心中有天大的委屈，也不会冲它发泄。

村里发生的每一件喜事：娶新娘、中状元、亲戚串门……都认为它是传播的使者。

它的窝是圣物，是全村的快乐之源。

它是吉祥物，飞到哪就把吉祥带到哪。

它是村里没有户籍的村民，几乎足不出户。

只有一天例外，七月初七，它们相约赶赴天河，去成全一对隔河相望的有情人旷古绝伦的恋情。

（选自《星星·散文诗》2016 年 9 月）

辑三　起伏的音阶

暖　冬（外一章）

许　淇

暖冬。

大自然对地上的生物是严厉的惩罚还是呵护？是垂怜还是爱？

冬眠的熊如果醒来，那不是好兆头，将会撞遇饥饿；北极的冰如果解冻，那不是好兆头，将会淹没生命。

江南的暖冬是滋润的诗。雪落成雨。早熟的花迫不及待地期许温馨。

如果在北方草原，会遇到暴风雪，银蛇飞腾碎玉乱舞不能传达它的疯魔和凶猛。翌晨，玻璃窗被冰凌裱糊，一层又一层冻结朦胧，人似鱼浮游。

赶快铲去封门的雪，热汗从额头腋下涎流，干脆将水鼠皮帽脱了，光膀子在牧野铲出一条雪路来。

赶快去看我的马。在厩里，如同一匹石马，披着雪衣，蹄子裹着四只大冰坨。

我用温的酸奶水刷洗马身。像暖冬的雪原，

露出大地的颜色，露出马肚底下鲜明的"鞍花"——冰雪路上烙印的辙沟。

我的马感觉到我的抒抹它皮毛的手掌，像太阳的舌头、母亲的呵气，舐于它的周身。

暖冬的步伐是悄悄的，和雪一样，今天，明天，依然在下。时间挺立不动或无声地拨弄枯枝的弦。

我知道，秘密地，有一朵惨淡的小花开在雪地里。

草原，我自己

（萨茹拉说：）

我想要说说草原，和我自己。因为草原大，而我渺小。

草原上的小路呀，弯弯曲曲，——我的灵魂的无休止的延伸，你通向哪里？你通向哪里的远方？你通向哪里的地平线？

我的渴慕，我的向往！我的眼睛因为凝望你而发疼；我那少女的单纯和热忱，全都要献给我爱的草原你！

草原曾有过对种子的期待，也有过鲜花的梦，然而，你荒芜，干旱，龟裂——衰老的大地显示出脸上的皱褶和心中的伤痕。然而，春风有播种的手……

于是，草原怀着种子，彩云藏着雨霖，苞蕾含着希望。

马吃夜草的时候，我整宵整宵地守候着你，草原，你慢慢地从深的酣睡中醒来，微微颤抖着肩胛，就像羽毛刚丰的雏鹰，理着羽翎，要动作，要飞，要摇落星斗，要切割黑夜和白昼，要托起风魔霞仙和童话里说的金赤的巨兽……

起飞的草原啊，那博大的翅翼，带走了我的心。

（选自《大沽河》2016 年第 4 期）

你 的 神 迹

唐朝晖

一

你竟然没有在意那一湖的水，静静地躺着，深入绿的林中，四周群山守候，如同守候你的倦意。

你累了，深深地沉进湖底的睡眠。一个梦，鱼一样醒来。那是一个破天荒的日子，你告诉自己，永不要忘记。

阳台远眺无数个伤逝的昨天，天才少女的一行行文字鬼魅般缠绕着你的生活，多少年过去了，阴魂不散，倒映的湖水，比天空更深，比蓝色更蓝。

回来的路还很长，谁也不知道你是怎么到的对岸。就你一个人，站在堤岸上，茫茫然地看着不变的河床，看着不断更新变换的河水，那是泪水最痛的部位。

精气神烟云般藤蔓于山林水面。

今天，你终于把两行文字，签上名，递进了那扇大门，于你，是一个重生的纪念日，你没有想到会如此的平静——那又能如何，要高歌？要狂饮？不就是一张桌子吗？你用微博的文字来庆祝，用一个电话来祝贺。你深深地沉进自己的湖底，做一条不会呼吸的鱼，一条会飞的鱼，跃出湖面。

二

满山的碎碎野花。

遗失在森林的这一面斜坡上，每经过一朵，你都会蹲下来：俯身相闻。

每一株野花就是一位亡灵的驻足相生——相望，几个世纪的遗憾。

三

你站在浮出水面的湖底。

蓝色的云掩饰着湖面的细腻，你们鱼儿般幸福地游动不多的时间，眼泪汇满了山石的塌方之处，湖底只有一条前世的河路，你们穿过去，穿过来，泥石流会再来一次苦痛的掩埋？时间停在了那里。

你尝试着从灵山的山顶消失，大雨冲断了河流。大雾迷惑了你的选择，大风扫平了山顶所有高于石头的植物。

你的手抖动着，摇摇欲坠。

（选自《西湖》2016 年第 3 期）

关于梅的援引（外一章）

雪　漪

梅，在我的生命里居住了很久很久，久成一座古老的城堡，装着神秘的前尘后事。

许多年来，我的一颗心始终为了梅展开想象，走在一条千里之外的路上，走在二月和三月启开的唇齿之间。

又穷尽想象：这样的一个缺乏诗意的年代，梅会如何为我打开春天。

于是，我站在一个属于境界的地方，陷入不知所终的寻找，并且陷入不知何年的等待。等到"花褪残红"，等到"绿水人家绕"，等到我再也无法长高，依然，我自随意逍遥。

从左手到右手，寻找一种感觉；从思想到精神，等待一种缘分；从眼神到心灵，迸发一种超越；从血液到精髓，渴望一种贯穿。

等到天空的白云走了又走，等到大海的心事皱了又皱。为了一次等后的出场，我执意实践一次远行。于是，我选择随心灵放逐。无论哪里的天空，每一片流云，都是我潇洒驰骋的坐骑。

在离开故乡时，我只带着对家怀念的年代和对家情景的期待。

世界这个词抱着地球，的确太大，人这个字虽然才一撇一捺，却实在很拥挤。我是一个水手，把此次意义上的远行看成是我生命历程的最后一场豪赌。

寻找了多久，就等待了多久；等待了多久，就寻找了多久。多久的岁月让我不知道是自己把自己落在别人的后面，还是自己让自己走在了自己的前面。

就这样，我随秋来，就遇到了那个藏在我身后的你。许多时候，共同说出的一句话，让你真像我，让我真像你。原来，我们说的都是爱。

谁知道，爱和爱，这宿命纠缠的关系！怎么这么合拍仿佛离奇，幻美而又纯粹？

这场清明的雨

清明让这个古老的城市泪流满面，仿佛黑煤工的委屈，陷入城市的一隅，没有答案，也无法期许。

往事与我有关，往事已不在线，理想的终极关怀需要进入主流，体现使命，就像一场久违的雨。

被雨水淋湿的泥土，发出成熟的味道，淡泊地伏下身体。这个城市无比喧嚣，听不见谁的一声叹息。

我在一首散文诗里产生联想，并且放慢速度，也真想成为蒲公英的种子，是处为家，温柔地慢慢降落。不谙世事，与世无争，只有那么轻，谁也不用担心我砸到他们。同时，我还可以回避任何危机。

九百六十万平方公里，只接受一场毛毛细雨。无论是黑土地的黑，还是白雪的白，我都会无怨无悔地对着它微笑，然后拥抱。

事实上，我只能回到自己，回到自己的风尘仆仆，回到自己的茫茫无际。

不是哪一个方向都可以延伸未来，我经常梦见自己站在三岔口，充满矛盾。关键是，哪一个方向，才是灵魂真正的出口？所以，为此，我深深地犹豫。

你让我遇见你，遇见一个生命的奇迹。我被迫说出来，我一滴水那么透明地告诉你，我穿越自己，却穿不过一枚石头的心语。四月给我启迪，我想把你看近，把我看远。或者，把我看远，把你看近。这些都不是问题。

雨是雨，也是水，几人真正懂水的柔韧与风骨？那绝世留下的点点滴滴，也沾着尘世的七情六欲。

不需要证明给谁，因为最关心结局的还是水和我们自己。哪怕，外面的阳光扰乱了谁的花期，我一直靠持守吮吸清新味道的空气。

越来越发现我们离真实很远，来来回回，我无力征服，也无力放弃。

我渴望回到妈妈的怀里，一个稳定、踏实、温暖的地方，可以慢慢说着过去：

"月亮在白莲花般的云朵里穿行，远处传来一阵阵快乐的歌声……"

（选自《山东文学》2016 年 3 月）

一个人的河西走廊（外一章）

梦　阳

秋风，无言地收割了大地。

夕阳下，那一株被遗忘了的高粱，兀自倔强地托举着远天。除此之外，它一无所有。已经不能回家了，但它也不能退场啊！

穿过那场夏花，我抵达了这里。

一个人，面对着这盛大的辽远和空阔，我低下了头颅，并不是为了表达崇敬或谦虚。在黑夜降临之前，我打开了白云的经卷，发现：路，还在那里。于是，我对着灵魂说：静下来。

夕阳，怀着沉重的心事，郑重地吻了一下那株高粱，微笑着道别了。

我，便抬起了脚，赶在上帝的黑夜降临之前。

在垛口

一个人，背靠残损的古垛口，长长的影子，艰难地走向夕阳，仿佛一段苍老的往事。

一群蚂蚁，在空旷里，把大地踏得砰然作响。一只倏然止步的蜥蜴，瞪着红眼睛向我张望。

古垛口，咧着大嘴不说话。

一只鹜，守着一个洁白的牦牛头骨。

风起，草不起。

袈裟鼓荡荡的，远处的僧人，弓着腰，努力地要把黄昏背走。

山巅，一团云再也忍不住了，于是，就翻开了新的一页。

（选自《山东文学》2016 年第 9 期）

醉美水乡入梦来

何　霖（布衣族）

古巷：像梦一样展示水乡风情

古巷叫东涌水乡风情街，是一条青砖黛瓦、飞椽翘角的仿古建筑长廊。

人类的伟大、先人的崇高、历史的回音，在这些古建筑里表现得淋漓尽致。

大戏台、文化室、疍家艇、雕塑、亭台、楼苑、餐厅、茶座、酒吧……这些风情街上的生存要素，是撒落岁月的重新排列，是水乡人用水泥、方砖和意象垒起的梦境。

古巷总是熙熙攘攘，游客纷至。于是，有钟磬在戏台上奏响，有墨香从文化室中飘出，有茶味从杯中流溢，有渔歌从疍家艇上飞扬，有好事者在雕塑前留影，多么和谐的一幅水乡风情画。

碧水，是古巷的裙裾，环绕着古巷缓缓流淌。古巷在水边的翠竹、圆荷、垂柳、水杉、美人蕉的装点下更显得妩媚动人。

啊！这沙田土、水乡情，抑或疍家乡音喂养的歌声，质朴中透着清丽，粗犷中暗含柔情，一如东涌人的气韵，在阳光的抚摸下，鲜明地成长。

尽管这是现代人不经意地遗留，也许再过百年，历史的后人将会竖碑立坊，让它成为经典和文物。

是夜，柔和的月光洒在青砖、麻石上，轻轻为我铺就了一条暗香的路。逆水而来，踏歌而行，寻梦而去。

古巷，枕着树梢的月光，沉睡在逍遥晚风、水韵、云影的梦境里。

渔歌：像水一样诠释疍家历史

八百年秀水，三百年歌谣，东涌渔歌（咸水歌），在码头、河边、学校、广场，仿佛天籁之音，为何这般柔软、温暖？

"妹啊好呢，呀哥不分冬夏与春秋，一年到头驶船在沙洲，左近右近呢好比浮莲无根随浪走呢，好妹哩呀罗。"……"呀哥呢，有钱人家上绸下又绸住高楼呢，你妹无钱住茅寮着裤头呀呢，好哥呀罗。"

这种情意绵绵、互诉衷肠的男女对唱，让我们仿佛看到一对河里摸虾的"水流柴"沿着弯弯曲曲的珠江河道缓缓而来。

渔歌，虽然没有黄钟大吕的高亢，没有大江东去的豪放，没有黄河大合唱的雄浑，没有现代流行曲的张扬，但它来自民间，来自生活，是东涌先民的活化石。

桨橹欸乃，水声沥沥。大沙田的歌谣，飘荡在稻花旖旎的水湄。或男女相恋，或婚姻嫁娶，或劳作交谈，都以对唱的方式来演绎。

倘若你置身沙鼻梁埠头、风情街濠涌，坐上游船油然进入波光粼粼的绿色水景中，你就会被戴斗笠、划桨橹、着大襟衫，临水而居的"疍家人"为你唱的渔歌所陶醉。

渔歌如同夏天的甘霖、寒冬的炭火、春晓的花香，更像吉祥鸟衔来的一片片绿色，给荒芜的心田抹上色彩，为休闲的游人找到依归。它是东涌人蘸着月光的微笑，在今日水乡土地上写下的疍音。

渔歌，一段沧桑历史的苦涩记忆，一曲洋溢甜蜜的幸福歌谣。

小桥：像线一样连接东涌心灵

吉祥桥、如意桥、厚德桥、安康桥、同心桥、邀月桥……一座座麻石砌成的拱桥，静卧在濠涌蜿蜒曲折的小河上，任凭风吹雨打，仍坚守岗位。那些故事传说和现代意象，像线一样连接东涌心灵。

在桥的大千世界里，它的微小如一块石头、一堆泥土、一株花草、一棵树木、一朵浪花；在桥的千姿百态中，它的存在跌宕的拱桥、平直的铺桥、斜拉的吊桥、简易的竹桥、意蕴的心桥。

小桥不长，约五六米，横在河面不宽的濠涌之上，小巧玲珑，格外别致。桥面以雕花大理石砌成护栏，色白如脂，形如飞虹，如同一只漂亮的银手镯戴在村姑的手腕上。岁月在它身上不仅是春夏秋冬的轮回，还成为一道道镌刻历史的独特风景线。人立桥上，观看流水绿草，环视翠柳房舍，笑谈疍家小艇，令人犹记童年往事……

小桥本身有很多故事。最感动的是一些志愿者在过年时节，带上礼物到"厚德桥"对岸的敬老院慰问老人；最美丽的是一个船家的小伙和一个叫阿圆的姑娘，不约而同来到濠涌的"同心桥"上开始了一场美丽的爱情；最浪漫的是一个小姑娘牵着一条小花狗，站在"邀月桥"上看夕阳西下；最伤感的是一个农夫喝醉酒的情态："过竹桥，晃摇摇，桥上嘞个醉酒佬。一脚低，一脚高，跌到河涌冇人捞。"

小桥古朴、典雅，总是与流水舟楫、渔歌号子、绿树农舍、蓝天白云紧紧相连，衬托出一幅古老质朴、宁静闲适的田园风光。成为一幅互相依存、割裂不舍的生动画面，撩拨我们的诗情。

世间有太多的坎坷不平，唯有水墨的小桥始终屹立在濠涌之上。

（选自《散文诗世界》2016 年 7 月）

题东湖行吟阁屈原雕像（外一章）

谢克强

你从那里来，来到这四面临水的岛上。

也许步履太重、叹息太重，偌大的一个楚国压在你的肩上，但你没有弯下腰去，而是峨冠博带，衣裙漫飞，依然临水而立，遥将忧患的眼神投向天外，昂首问天……

而你那嶙峋的瘦骨，是不是你的诗笔，饱蘸浓郁的江水，狂草人间的千年沧桑。

曾经，你情涌血酿的诗汛，拍天裂岸，谁知竟敌不过聒噪的舌头的几星唾沫，你不得不从沉痛与悲愤中走来，一路踉踉跄跄，怀沙抱恨投入汨罗江中。当你跃入水中激起的波涛，顷刻溅湿了楚国的太阳，震撼多少百姓高官的灵魂……

于是，楚国哭了，泪雨中，国人争相擂响鼓点、划着龙舟，打捞你溺水的诗魂！

历史的涛声真的随着时间远逝了么?!

就在你曾行吟的津畔，就在你愤然投水的两千多年后，在一次劫难中，你又一次怀沙抱恨，被人再一次投入水中……

那时，望着由清变浊的湖水，我低吟着你"长太息以掩涕兮，哀民生之多艰"的诗句，以诗的悲怆，默默站在脸落水的湖岸，一任泪水溅起半湖秋水，默默悼你。

三闾大夫啊，是不是你以生以死爱着生你养你的土地？如今你又归来，以石的坚定站在行吟泽畔，挥之不去的忧愤从你坚毅的目光透出，

审视着前来缅怀与瞻仰你的国人的灵魂……

观东湖龙舟赛

又是端午。

端午是与纪念和缅怀在一起的，这不，谁会忘记那个曾经使一个国度、一个民族光辉的名字，以至于两千多年前的那个黑夜在凄风苦雨里迷失在汨罗江波光的那个故事，穿越时间与空间，

在故国五月的湖上，从旋涡里悲怆地溅出……

骤然，鼓声响了。

咚，咚咚，咚咚咚咚……雄浑的鼓点，以昂扬与轰鸣的旋律，恣情地律动着上下挥动的桡片。一时，竞渡的龙舟高扬的龙头高扬起离骚的傲气；肌腱突起的手臂，扳动破浪的大桨，划动着问天的风韵……

在波涛之间，举行一场盛大的祭典。

站在岸上，站在历史的肩头，我和千万个楚人的后裔们一起呐喊着、欢呼着，这噙泪的呐喊与恣情的欢呼，簇拥着竞渡的龙舟，在鼓点与桡片惊天动地的协奏里，如离弦的箭，劈波斩浪，

去寻觅一个国家和一个民族曾经沉落江中的诗魂……

（选自《大沽河》2016 年第 4 期）

致 敬 许 淇

沉　沙

昨天，许淇神采奕奕的照片和他的雕像以及他的彩墨作品被我放在了微信上。同时，我写下了一句话：向伟大的诗人、画家许淇先生致敬。

很多诗友都看到了，我希望整个世界都能看到。但是，我想，我敬爱的许淇先生大概再也看不到了。

许淇从大都市走进内蒙古大草原，60 年风雨，草原改变了他，把他变成了草原上一棵伟大的野草，变成了无边的沙漠上跋涉不止的不屈的骆驼。

他的散文诗《大草原》就是他的生命，他画的水墨骆驼，就是他精神的化身。

草原把许淇变成了草原。不，我更相信是他改变了草原。他给草原带来了光芒，他使小小的大草原变成了无限大。

我不知道鲁迅先生是否到过大草原，如果鲁迅先生走进大草原，我相信许淇先生会采摘一把露珠一样鲜亮的野草送给鲁迅先生。鲁迅先生会欣然接受，说："谢谢你，在我的野草之后，我看见了你们，看见了郭风们、耿林莽

们，以及更年轻的周庆荣们背上了我背过的十字架，你们比我走得更远。"

这一幕不管发生没发生，我相信它是存在的。

现在，许淇真的跑去见鲁迅先生了。也许，他还会越洋过海，去见一见歌德、雨果、泰戈尔以及波德莱尔、米修和布莱。

我祝愿许淇先生与这些大师们来一次大联欢。

现在，我捧读着许淇先生的《珍藏的彩贝》，我似乎看见了歌德、梭罗、里尔克，他们正迎接东方诗人的到来。

（选自《作家报》2016年10月）

抑郁症与精神病

青　槐

我分不清抑郁症与精神病，哪一个离幸福的表情更近。

医生让我造句："肯定"与"否定"。

"我们站着看一些事物死去，又躺着看见这些事物活过来，我肯定！"

"椿树上的喜鹊怀孕了，为它接生的是一只白色的乌鸦，我否定！"

"神经病……"

医生确诊，给我开了一纸箱达克宁。

金刚桥上，我看见一缕秋风要投河自尽：它哺乳的那一片枫叶，去给一张钞票献血，却献出了处女的信念与贞操。

面对高楼，老枫树摊开干瘪的手掌，像倒霉的乞丐一样无助。

"多少抑郁症，都只是浪漫过了分。"它说。

我惶恐，无数过分的浪漫，早在城市生活里生了根。

我和城市，哪一个病得更重？

（选自《山东文学》2016 年第 9 期）

醉美东涌，用绿色回答一切

孙重贵（中国香港）

第一章：水上绿道

有水就有涌，有涌就有道。

一条水上绿道，在东涌蜿蜒。

绿是水道的底色。水是绿色，岸是绿色，岸边的榕树、棕树是绿色，田畴的蔗林、蕉林是绿色。

滚滚红尘之中，水上绿道为人间平添了几分绿茵茵的亮色。

上善若水，利万物而不争。水不争，而缓缓流淌；鱼不争，而自由游弋；船不争，而优哉游哉；人不争，而和和美美。

撑船阿婶唱起了咸水歌，唱出了绿色的音符，回荡在三稳涌、沙鼻梁涌，回荡在青砖黛瓦、沙田小桥，回荡在古镇老井、岭南水乡，让水上绿道更加绿意盎然，更加绿力四射。

醉美东涌，用绿色回答一切！

第二章：绿色长廊

长廊长三里，绿色绿天下。

走进了绿色长廊，就走进了绿色世界。

绿是这里的主人，无处不在，无时不在，无法不在——水瓜，绿得耀眼；节瓜，绿得精彩；刀豆，绿得喜人；葫芦，绿得可爱……

在绿色长廊里漫步，我如痴如醉，如梦如幻，沦陷在绿色瓜果的包围之中，我彻彻底底被绿化了。

蓦回首，我变了，变成了一位绿色的人，一位回归自然的人，一位返璞归真的人，一位寻找到疲惫心灵最后家园的人。

绿色，是生命的象征；绿色，是东涌的灵魂；绿色，是绿色长廊的财富。

醉美东涌，用绿色回答一切！

（选自《香港散文诗》2016 年第 50 期）

农垦的丰碑（组章）

王　元

橡胶梦

你是那么娇贵，号称一粒种子一两黄金。你跋涉千里，远渡重洋，三叶片是你特有的标志。为给你找到合适的安身之地，农垦的先辈在广袤的南中国大地上披星戴月，披荆斩棘，刀耕火种。经过无数次的卧薪尝胆、无数次的跌倒重来，终于突破北纬十七度的生命禁区，把荒山野岭、莽莽丛林变成千千万万个橡胶园，实现了中国的橡胶梦。

然而，你依然孱弱，经不住严寒台风的考验。为呵护你健康成长，一代代农垦人呕心沥血，不辞劳苦，改良品种，探索植胶的科学方法，最终让你强身健体，傲然屹立在祖国的南方大地。

你不负众望，自从进入了哺乳期，你就将甘甜的乳汁源源不断地贡献给祖国母亲，新中国因了你而日益强大，中华民族伟大复兴梦也在一天天地走近。当然，农垦人也从来没有忘记你的付出。为了你的健康，他们日复一日、年复一年地辛勤操劳。而为了得到你的乳汁，胶工们不得不在每天凌晨三四点钟就起床，这正是人类进入甜美梦乡的最好时刻。

尽管你在中国大地上扎根了几十年，早已适应了那里的生活环境，历经风风雨雨，建立了无数的丰碑，也与那里的人们结下了深厚的情谊。只是你心中还怀有更大的梦想，你不甘心仅仅拥有南中国这片土地，那会让你觉得势单力薄，不足以担当新时代的使命。为此，你毅然走出国门，在泰国、马来西亚、印尼、柬埔寨等东南亚国家找到伙伴，结成联盟，你的体能一下子增长了上百倍，并且转战加工业、期货市场，你抗风险的能力与日俱增。尽管如此，你并不满足，你的最终梦想是在不久的将来能够在海外再造一个广东农垦，在世界的舞台上争雌雄。

甘蔗林

走进夏天的甘蔗林，心中充满惊奇。那是一片绿色的海洋，放眼望去，层林尽染，一望无际的绿仿佛让人窒息。人类智慧竟能巧夺天工。雷州半岛十年九旱，为降旱魔，农工们竞争风流，那星罗棋布的滴水喷灌系统大显神通，源源不断的生命之水直达根系。科技创造了奇迹。

走进秋天的甘蔗林，心中充满喜悦。到处是丰收的景色，鳞次栉比的甘蔗直顶苍穹。农工们忙着收获，幸福写满了他们的脸庞。不经意间，迎面开来一台台现代化的砍蔗机，轰鸣声中，一大片一大片的甘蔗瞬间应声倒地，他们的甜蜜事业创造了人们甜蜜的生活。

可有谁曾想到？月转星移，眼前的甘蔗海洋原来就是荒山野岭、莽莽丛林。忆往昔垦荒岁月，正当青春年华，踌躇满志。最初开荒造林是为种植橡胶，弹唱了一曲深沉而又悲壮的歌。那是一个英雄辈出的年代，农垦的先辈无愧于那个年代，无愧于他们所担当的使命。如果说共和国的旗帜是烈士们的鲜血染红，那么一定会有农垦先辈们血染的风采。

剑麻颂

你也是一个外来的孩子，只是你来到中国已有几百年的历史。如果不去特别辨认，已很难判断出你的身世。你是热带作物中的骄子，吸尽天地间的精华，使你不惧炎热干旱，不惧台风，甚至不惧严寒。只要给你一片天地，你就能尽展芳华。

你待在闺中，真的是其貌不扬，并且满身是刺，拒人于千里之外，稍不留神，还会被你扎得遍体鳞伤。而你出闺之后，展现在世人面前的永远是柔软的身段，姣好的容颜。你的本领更是高强，你美丽的倩影常常出现在海上的轮船、潜艇甚至航空母舰，也常常出现在寻常百姓家中的地毯、壁画或者各种各样的艺术造型，你的副产品还可以制成治疗各种疾病的特效药。总之，你一身都是宝贝，为了给人类创造美好的生活，你始终竭尽全力。

其实，当初你并不是农垦人的宠儿，在雷州半岛的土地上原先难以寻觅到你的芳踪。一开始你只不过是橡胶树的替代品，由于那里的台风干旱常年肆虐，在试种过橡胶、咖啡、香茅等作物之后，因你的顽强生命力，最终让你扎根在农垦这片炙热的土地。农垦人在摸透你的秉性之后，采用无性繁殖的工厂化育苗技术，让你的子孙后代繁荣昌盛，并很快以骄人的成绩挤进农垦作物大家庭的前三甲，在当今国内同行中独占鳌头，在不远的将来你还要让全世界都为你的惊艳而震撼！

（选自《散文诗人》2016 年总第 41 期）

我在这世界找你

鲁 橹

一

今晚我头疼欲裂。今晚，你宿在哪座山头？
这样的遥远是怎样的一根倒伏的弦？

三月拿回的这筝，无端就断了一根弦。
煎熬的夜，黑得凄凉。决不说出，自己的痛，以及孤独。

你的出现和你的消失一样，是缘。
出现是缘，消失也是。
我知道你还会在别处出现。
还会说美。还会动人。

缘是彩虹，也是利刃。一种极致的语言旋涡，无尘的花朵。

二

在一个清晨醒来，以为是黑夜，没有你，天也懒得亮。

我不诋毁这个无辜的清晨，那么多奔忙的人，他们都有爱人吗？

坚硬的海岸线封住了口，咸咸的。

活着多像一个感叹号啊：匆忙。苍茫。没有尽头。

我问过我妈妈了：死亡并不美丽，活着怎么也不美丽？

三

大海已脱下蓝色的裙子，闭紧自己千言万语的嘴唇，它今夜要赶往何处，我无从知晓。

大地已拆去白日的屏障，天空一览无余，只有星星一颗颗来得慢。

我静静地躺在它身边。没有多余的思想。我寻找的人是大海带走了吗？或者，是黑夜遮蔽了我的眼睛。

我想，我是不是要启程了，我的追踪是一匹疾驰的马，有目标，也会有大路，还有启明星的指引。

你是被固执伤害的。你要找的是你自己。临起身，大海在我耳边细语。

四

西墙的太阳光让我喜欢。那儿，有一片叶子耷拉下来，像一道天空的伤痕。

（选自《山东文学》2016 年第 9 期）

卓 尼 献 词

牧　风（藏族）

禅定寺蕴藏的故事

青藏深处，两扇幽深的门蕴藏着故事。

探寻的目光在掠起的晨雾中徘徊，一地春欲被禁足在外。

七百多年的传唱，化作古寺悠长的钟鸣。

禅定寺，惠风吹拂的《大藏经》，落满千年的浮云。

侧耳倾听，由远及近的诵经声如波涛回旋。

元代的阳光在八思巴的手掌间盛开如莲，一座寺院如期分娩。

清净之域钟鼓齐鸣，天籁之音洞穿朝圣者的心灵，播撒一片慈悲的情怀。

一双双虔诚的脚步被渡入佛界，深入大悲咒悠扬而空明的韵律中。我想做一粒佛像前的尘埃，虔敬中聆听佛对轮回的阐释。

我在尘世的声音越飘越远，一直伸向禅定寺后面的神山。

那经幡猎猎如旗，舞动在山冈。

我心沉寂，唯满坡的马莲，在寂寞中透出几缕幽香。

沙目里舞动的神韵

鼓声悠扬。

——鼓声漫过洮水，光影在酒歌里暗长。

鼓声遥远。

——鼓声穿透时光，把众生的希冀带到远方。

沙目舞动，波浪般舒展自如。

每一个鼓点都抡动传承人的灵魂。

为何耳畔至今萦绕着鼓声和酒香？

是藏王在祭祀里抛洒日月的精髓，还是沙目舞的鼓点如痴如醉？

在中国西部的藏乡，我忘情的眼神，穿越卓尼多彩的诗篇，把最美的福祉留给那些执着的身影。

民歌狂放而豪迈，就如同那沙目之舞，在鼓声里亮出内心的虔诚。

（选自《湖州晚报·散文诗月刊》2016 年第 9 期）

借柳树为披肩（外一章）
——回乡探父感怀

文　榕（中国香港）

却说草长莺飞时节，错过了江南的秀丽，初冬的十一月，我重投故乡的胸怀。

踱在鼋头渚、三山和梅园，借柳树为我的披肩，藉清风的巧手铺开，顺着父爱缓行的方向，我堕入了太湖的情网。

苇草波光穿越三年光阴，如期拂上我丰润的渴望，荡漾的湖水边，父亲的背影，是冬日的暖阳。

轻轻尾随时间，我们步入蠡园，轻轻凭靠的石桥旁，柳枝仍借出它的翠绿，冬日的披肩迎风飞扬。

如酒乡情，我们品成一杯茶，"层波迭影"的紫色围园内，我掷入水中小小的迷茫，于父亲的眼里寻回诗想。

细碎家常，在蠡湖水中泛起细碎涟漪，夕阳烛照温馨此刻，融化坎坷过往。静静地在父亲眼神里栖息，奉上心头暖意，于一连串聚焦中，时空宁谧，蠡湖水划开了黄昏的波浪……

（选自《大公报》2016 年 1 月 31 日）

月河，船过无声

当阵阵喧闹在桨声灯影里远去，我又回到我幽静的庭院，那灯影里的欢笑和泪痕，那桨声里的酒歌和耳语，已隐匿在南湖的水面，不留一丝波纹……

我发现我在笑语里的惆怅，几许温热，已渡不过此生的憾意，当黄色百合再度盛开，也有飞不过沧海的蝴蝶在折翼，喧嚣时，有谁在聆听？

南湖的水面，就这样在酒歌中错失，失之交臂的还有星光、火种和深沉的呼吸。我憾然，无法在水面栽种一亩玫瑰，也无法让百合在月色里飘升灿烂……

我栽种的只是逆旅的机缘，顺随的种子，在无法描述的夜晚用言语歌唱，在曲折的街巷用脚步丈量一寸又一寸的落寞，深埋在月河苍白的臂弯。

嘉兴，已然有玫瑰在盛放，百合在低语，却逃不脱宿命的预设和纠缠，于一个平凡的夜里，点燃千种芬芳，万般遥念……

我在馨香里小酌，看群鱼深吻，花落无声。当身体的欢宴凉寂，再不愁寂寞深深。踏在月河的石板桥上，俯首水的怅然，我要做月河里的小舟，漂泊在桨声灯影里，船过水无痕，浅笑于漾起的微澜……

注：2016年7月初，参加世界华文爱情诗学会采风活动，游览嘉兴南湖与月河。

（选自《大公报》2016年9月4日）

大秦的风：一路向南

黄　刚

一把剑，青铜的剑。

使命骚动于统御六国前夕，出发酿就于八百里秦川的咸阳宫。

寒光在公元前 219 年闪过。秦始皇拇指轻催，剑，猝然出鞘，锋指南方——从千古一帝的掌心发轫！

逾黄河，越秦岭，跨长江，裹挟着满槽的剑风，凿穿五岭！

伴随猎猎旌旗，赵佗麾下的五十万虎狼之师脚踏秦腔嘶吼的壮乐，将仓颉的精灵播撒在岭南广袤苍凉的荒野：规整刚毅的方块字，被铺排成棱角分明的，一畦一畦，逼退疯长的稗草，一丛一丛绞杀老辣的荆棘。

将终南山的松炭研磨成漆，勾兑岭南的江河。这南方的水，亢奋如马，向海呼啸，裂空嘶鸣。

中土的文明因那万古黄土的催化，沿江发酵，润泽辐射。历经秦风、汉骨、唐风、宋韵洗礼，以及明清的雨露滋养，蜕变为孕育精神生命的产床！

蜕变，从梅关古道卵石凹陷的马蹄窝，从两壁岩褚褐的血色余晕，从嵌入山体的佛堂香烟，一寸一尺地向南演化、向海推进。

放眼五岭以南，咀嚼人文风尚。

粤语的音韵是否嵌入了几缕秦音？汉剧的腔调是否飞扬着几声秦韵？客家的饮食是否洋溢出几许秦味？

风吹去，五十万拓疆的大秦勇士魂安何处？志在四方的他们，如飞扬的蒲公英，絮飘四方，落地生根！他们将秦人的基因植入岭南后裔的骨髓，绵延，承续了两千多个春秋……

伫立粤赣相交的梅关界石，北望，南眺。在五岭之下的雾霭中眺望，看见了岭南亿兆百姓的先人——秦人隐约的背脊！

江河以下，平畴无际。大秦的风，一路向南。

梅关古道的孕床上，北袭的季风浩瀚成不遏之势，南熏的气息逆光而上，持续温润——它们遭遇，吸引，对撞，纽结，受孕！

于是，大秦的风在五岭以下嬗变，嬗变成一股穿越远古的崭新的风——岭南风，横空出世，恣意江海：一路向南，一路向海，一泻万里，一啸千秋！

（选自《江西日报》2015 年 11 月 20 日）

瑶 语（外一章）

唐德亮

泥土般朴实，敦厚。

在山野上生长，繁衍。随透明的山风传播，在坡地、峡谷、田畴流荡，在杉皮屋下碰撞，交融。

以亲切的磁性，走进胸腔，走进心灵深处。

韧性的根，历经千年风霜雨雪而不朽，遭逢雷暴电击而不灭。

出自心灵，抚慰心灵，洗涤心扉。

叶尖上的珍珠，叮叮当当，纵使坠落野地，也滋润一方泥土。

如梦。长出双翼，染绿一片片田园。

如幻。微笑的星辰，遥远又亲切，闪亮一方天空。

神秘。如古老的偈语，千万次在古寨峰峦间若隐若现。

伴着泪，和着血，萦着歌。伴着爱的缠绵，死的哀号，生的欢乐与热腾。

一种轻柔的物质，摸不到，抓不着，有时却那么坚韧、沉重，敲击一些貌似强大的灵魂。

即使肉体已经幻化，瑶语仍会活着，醒着，流逝着，生长着……

排瑶汪嘟舞

苍茫的山野感受着生命的律动。

红头巾，红披风，红汪嘟（瑶语，即长鼓），银圆牌，红裙脚……一排壮实彪悍的哥贵，逶迤而来。

以田野为圆心，以群山为背景。

"咚啪！""咚啪！"五只手指与鼓面碰撞，击打出一阵阵撼动群山的鼓声，伴着旋风一样的舞步，将我们带进远古：唐冬比与房莎十三妹的凄美爱情，带进鸡桐木奏响的袅袅琴音……

丰收的喜悦，爱情的甜蜜，美酒的浓香……脚步跨过了千年的坎坷，生活已翻开了斑斓的一页。

即便日子多么黯淡，纵使高山上覆盖着厚厚的冰霜，但我们的血是沸腾的，我们的爱是多彩的，我们的心胸是宽广的，我们的嗓喉是粗犷有力的。

……敲呵，舞呵，如雄鹰翔旋，如骏马奔腾，如猛虎扑地，如春雷鸣吼，如暴雨冲刷心灵……

灵魂之舞，生命之舞，希望之舞。舞动青山，青山为之卷起绿浪；舞动流水，流水腾起不灭的彩虹……

（选自《闽西日报》2016 年 1 月 13 日）

大 夏 河 畔

扎西才让（藏族）

当我从高山之巅回到小镇

鸟儿化为鱼，从山谷里出来，游弋在大夏河里。

孩子们穿上华丽的衣服，聚到大夏河畔。

茶壶像人一样热烈，刀子露出贪婪的光泽。

先人们闻到的酒香，桑烟那样在大门口盘桓。

当我从高山之巅回到小镇，

你已在别人的怀里，喝酒，亲吻，把对方搂得紧紧的。

亲爱的，我们的孩子是两只猫，在花园里徘徊，闪烁着红色的眼睛。

当他们被猴子和狐狸引向别处，亲爱的，那时肯定是我们永不相逢的日子。

黎明时分

窗外风声，是此生的叹息。

窗外水声，是此生的叹息。

窗外女人的哽咽，也是此生的叹息。

大夏河畔，此生风声嘘嘘，水声哗哗。

你的我的他的女人，

从山地牧场背回来了牛粪，从奶牛那里取来了新鲜的奶子，

从神那里，领来了你的我的他的深目高鼻精瘦机智的孩子。

大夏河畔，我们在风声里厮打，

在水声里把腰刀捅进别人的肚子，在女人的哽咽声里突然死去。

风声嘘嘘，水声哗哗。

我们死去，又活过来，但还是带着人性中恶的种子。

（选自《湖州晚报·散文诗月刊》2016 年第 9 期）

荒　岸（外一章）

陈泗伟

天荒日暮，海上看不见一叶掇鸟船。

白日的余光消散殆尽，那身影羸弱的灯塔上，悲哀地点亮了淡红的瞳孔。暮鸦低贴着浪花，静静地飞行，不知被什么驱赶着，惊惶地扑打着双翅。

在这惨淡的暮色中，有归宿的生灵多么幸运。云朵，飞奔着；苍穹，昏沉沉。远镇上的房屋紧闭着门窗，连炊烟也不随风飘升。渡船木然地横跨两岸，车马的身影也断绝了，沿街的松树远远地罩着雾霭，微薄的霓虹零星地撒向天际。

一艘不知名的船，两舷赤锈斑驳，桅樯半折，铁锚沉重地投进河心，一片山河重整的残迹。远洋轮机时而发出倦怠的呻唤，滚滚的波涛吞没了堤防，频频扬起飞溅的白浪。

四周无人，只有离离枯草在沙丘震颤。金碧的神庙里，强壮的灯光已点亮。天上淡淡的月亮、星星、流云惨淡经营。热闹的虫声蛙鸣，寂寞的犬吠声渐渐地进入夜里。

隔海相望的大鹏湾，灯火辉煌，脑海是车水马龙的喧嚣。陌生的大地提醒我，那是别人的风景。但许多人离乡背井，已把他乡当故乡。

也许我还会用美丽字眼，挖掘出我儿时零星的灰色的记忆。我看见残垣碎瓦在风雨中哭泣，正义与邪恶互相乘胜追击。荒岸，谁说你没有灵魂？你蕴藏太多的苦难和柔情，很期望你与天空和平地握手，氤氲的世界，再诞生阳光、雨露、生命。

此刻，我孤独地在那漫长而熟悉的海岸上蹒跚，任随自己悲歌、哀戚。

问　雨

雨如丝，飘飘洒洒，仿佛是天上抛下的霓裳，在眼前轻轻飞舞……

谁说你没有自我？重复着别人的道路？重复着别人的景象？天河中，你时而纵横捭阖，时而俯仰从容，时而起伏跌宕，仿佛是千变万化的瀑布，直挂云天！

瀑布，各有各的风景。但也许你的形象太过巨大，许多人并看不到你的全貌，有谁读懂你的千古风流？而点点滴滴，又让人雾里看花，你又何须争辩？

眼前，你如丝，缥缈无边。你用心织就的情网，谁知道你的万种风情？

为何你的倩影经常是忧郁的脸？为何你的心长年挂满流不尽的泪？也许，假如不问出处，不问归宿，曾经沧海的你，说来就来，说走就走，天地间，存在自有存在的道理！

雨如丝，飘飘洒洒，仿佛是我的泪花在飞舞……我追问，雨啊雨，你的心是不是寄在天上，年年月月，等待升华，再融化大地？

（选自《散文诗人》2016 年总 45 期）

先祖的围楼

——始兴围楼念想

温阜敏

奠基篇

不知哪一年，先祖们从赣州南下，从岭东西来，停留在浈江之滨，歇息在墨江两岸，定居在青化江湿地。他们登上樟栋水、车八岭、南山，深入峡谷，开拓平原。不知哪一年，先祖们开始盖围楼，用黏土用石灰用糯米用红糖用鹅卵石用蔑条，砌砖砌青条石砌石灰石砌大理石，揉入客家文化，和着客家理念，用力舂用力揼用力冲。

山谷江畔，年复年，渐渐长出许多长方体的围屋围楼。有的巨大成城，有的小巧如碉。有的固守村口，有的蛰伏深山，有的蹲居江边，有的守着池塘。围楼是生育的源泉，族人如春笋繁衍，生生不息，茂盛如漫山的竹子。围楼是生活的核心，环绕它铺衍出村庄、墟市、城镇。围楼是客家精神的象征，物化着宗族伦理秩序崇文重农耕读文化。

哦，先祖的围楼如灰色的子宫，塑造了一代代坚忍的客家人。这个夏天，始兴这些清代的民国的建筑阳光下夺目屹立，提醒着来访的客家人：我来自围屋！

有一种坚持叫围楼……

复活篇

百年的风吹雨打，百年的水火炊烟，围楼老了残了，有的失火，有的坍塌，消失在历史的烟尘。围楼失去了居住功能，有的养殖，有的仓储，更多的爬满荒草青苔。

如今，生活好起来的子孙们，开始用新世纪的眼光重新审视祖屋，看到身边的先祖留下的文化财，看到围楼新的多元的增值空间。那就善待围楼吧，趁时间还来得及。有的抢救修缮，修旧如旧；有的丰富功能，展览参观；有的活化开发，民宿客栈。注入了勃勃人气，围楼恢复了机能生命。炊烟袅袅升起，围楼重返市井生活。于是，众楼复活，众神复活，众文化传统复活，众精神萃华复活！

眼睛潮湿了，胸口被撞击，我来自围屋，血液澎湃着先祖南渡的呐喊声。复活的围屋围楼，就像列祖列宗严父慈母，照看着千年始兴风生水起，佑护着感恩的子子孙孙，永日永年。

有一种功德叫围楼……

（选自《季风》2016 年第 4 期）

树的情愫

朱东锷

树的世界与人的世界是如此相像。

世界上没有完全相同的两片叶子，人呢？即使是孪生的兄弟姐妹也有差异，每一个人的指纹更像树叶一样是独一无二的。

人，居住在一起，就有了村落有了城市。

树生长在一起，就有了树林有了森林。

森林的世界与人的世界一样，有岁月的见证者，有迎春绽放的新生命。

人的世界中，有伟岸的丈夫，也有婀娜多姿的女子。

在树的世界里，有挺立的松树，也有垂枝的弱柳。

树，在雪域高原，耸立于高山之巅，傲视在悬崖峭壁，在茫茫沙漠与戈壁中抗争，在河海之滨摇曳，在道路一旁遮阴……

五湖四海，树木都有自己的根源，自己的国度、地域，自己的国树。

树木漂洋过海，开枝散叶，泽被后世。

一些树木只适合于一地气候和土壤，移植到别的地方则水土不服，但不管它们生长在哪里，都努力地向上生长着，争取阳光的照耀雨水的沐浴，诠释生命的坚强与活力，展现生命的美丽与缤纷。

生长于高山之巅的树木和那些高大的树种，充分地沐浴着阳光雨露，生长于幽谷、沟壑的树木，要吸收更多的阳光，就必须加倍。

像有些人一出生就站在高起点，享受优质资源；有些人则必须经过层层磨难，方能有所作为。

树的神奇——树根一寸一寸地扎进大地，树干一寸一寸地耸向蓝天，树根扎得越深，树干耸得越高。

每一棵树都刻着一寸一寸的光阴，每一棵树都埋藏着一段故事和历史。

榕树、槐树、桂花树、子母树、紫荆树、相思树、连理树、生死树、无忧树、菩提树……

人们以树寓意，把许多美好的情愫、向往和祝愿凝聚在树木里。

钻燧取火使人类告别了茹毛饮血告别了荒蛮，人类认识和使用树木的过程是认识世界、改造世界的一部分。

我国，有数据可查的树木 7500 多种，红豆杉、银杏、红树林……

当今研究历史见证树木的"活化石"，而沙漠中的胡杨，一千年不死，死了一千年不倒，倒了一千年不腐，更是一种风骨和传奇。

树，做药材，造纸、造船、铺路、建房子、造家具、做香料、做原材料；树林是很好的"吸尘器"和"消声器"。

树木，浑身是宝。

（选自《散文诗人》2016 年总第 45 期）

在自然博物馆

蒋登科

这个地方很大，可以长很多树，站很多人，而且有很大的房子。

其实也很渺小，只是占据了地球上的一块地皮。

它的大，是它收藏了历史。

它的小，是和我们的参照系有关。

在宇宙中，地球很渺小，

在时间的长河里，人生很短暂。

在众多生物里，人只是其中的一种，与小草蚂蚁是同类的。不同的是，人会思想，总是在试图改变和拯救自己，于是我们才关注历史。

如果人类在历史中都没有所思，那么我们真的和其他生物无异。

漫步在自然博物馆，我们体会宇宙变迁的历史，地球的历史只是小小的一段，而人类只存在了一瞬间。

我对儿子说：人很渺小，一定要好好珍爱自己。

（选自《源·散文诗》季刊，2016 年 6 月第 2 期，原载《散文诗月刊》2016 年
9 月）

秋天，我的驿站我的渡（选章）

王志清

四

秋天，水一般的浩渺与清澈，
把我鱼一样的漂起。
我变成了一条鱼，游进秋天的鱼，好像还不是醒来的鱼。
我游过城市的喧嚣，游过乡村的封闭，游过晨曦与夜色，游过盛誉游过
谤刺游过封杀，然后潜入秋的深处，体验秋的温情，成为活泼泼的一个秋魂。
好像是摇头摆尾的游姿，我游在秋的深度里。
秋的河床里，都是些沉着的石头，没有一个是随波逐流的吗？
人性之恶，曾经沁入我的灵魂，像谶语，在验证一个古老的法则。
我已经皈依于秋。
我将在秋天里涅槃。
就让秋光给我个洗礼吧！
让秋光冲刷出一个新我，洗去满身的尘埃与疲惫，也像秋光一样的明净。
像一位入定的禅者，
像一句不解的禅偈。

五

我来到秋天，我是在寻找么？

那些就是我要寻找的勿忘我吧？

那些紫色的星星，像诗大片大片地开放。

我真想融入这永远的紫色，不生不灭的紫色。

我真想在秋天打住，在秋天里占上一块并不奢侈的地方，成为秋天的一个符号，扼住时间的年轮。

可是，我毕竟走到了秋天。

我将终究会被秋天放逐，就像被夏天放逐那样，走离秋天。

我也无暇想象走到季节尽头而冰天雪地的景象，尽管有白发冬天的遥远威胁。

可以肯定地说，我孤独树头的无名之花，也会被冷酷的风扯落，而归于寂灭。

然而，既然我已走在秋天了，还怕走过第四季吗？

走到秋天与走过秋天，不就是一种状态成为另一种状态的转换吗？

我肯定不会如千年老根死死抓住秋天的衣襟不放。

只是让我犯愁的是：家园在哪里？

啊，我的家园，就在那勿忘我绽放的地方吗？

啊啊！秋天，我的驿站，我的渡。

（选自《山东文学》2016 年第 11 期）

仰　望　父　亲

杨永可

乡村阡陌如绳，捆绑着父亲的高飞远走。父亲风雨任平生，晒黑累瘦，长成田野金灿灿、饱盈盈的稻穗，握挹阳光雨露，俏逸风情。

父亲的岁月，清淡瘦削。瘦削的外在，正是他心灵丰腴的反衬。父亲瘦骨嶙峋，风骨铮铮。

父亲沉默寡言。沉默中，反刍出世事潜藏的意蕴。沉默，是父亲无声的表达和抒情。他把不便明言的心事，深埋心底，却如奔突的岩浆。

在风霜的洗礼中，父亲沉默成一块璧玉。

皈依土地，酣沐阳光，父亲挥汗如雨。一茬茬，铺陈遍地碧绿，绰约匝地金黄。父亲妙丽心情，在斑斓色彩中，轻歌曼舞。

把生命许给稼穑，把憧憬栽进土地。父亲敞开襟怀，收藏阳光，过滤沧桑，踩碎风霜。心灵闪烁着智慧和毅力的光芒。

父亲属牛，诚如耕牛，甘于吃苦耐劳。吃得粗糙，化作如奶膏腴，浇沃出如焰似血的春华，孕育出如金似玉的秋实。

即使独守空寂，父亲还频频回首缤纷花影。虔诚之心，依然唱着土地的恋歌。

四月雏菊飘香之日，父亲的梦想，在禾苗的漾荡中蓄绿；十月丹枫燃血之时，父亲的希望，在稻穗的成熟中烁金。

岁月如流。父亲默守企盼，检点付出，俯拾猎获，绵绵衍生诗意。

握着犁锄生命之根，植入垄亩。自己的灵魂，笃驻胼胝。这正是父亲生动的写照。无数像父亲一样的芸芸农民，在乡村演绎不老传奇，产生一种击古敲今的震撼，沉积着乡村稗史的厚重底蕴，远拓着乡村俚谣的活水源泉。

燕来雁往，岁月飞翔。在二十四个节气的轮回中，在二十四番花信风的接棒中，不懈不倦，父亲力把锄印犁痕，俏染生命的本色。

我的瘦削一如父亲。父亲宽慰我——人可瘦，心不可瘦，志不可瘦！有了远大心志，方能吃得苦中苦，天塌下来也擎得起。

父亲最得意的乐事，就是用弯弯银镰，收刈金波，收获喜悦，兜网希冀。镰声铿锵的季节，父亲罕有的笑声，也婀娜亮丽。父亲的笑声，是我最难得的珍品。

时时把父亲仰望成岱岳的长青松，永远奕葆苗壮生长的神态。这是一种润物细无声的陶冶，是我贴近土地、贴近布衣的一种精神力量。

风雨雕浚着父亲脸上的沟壑。父亲终究会老去，不会老去的是他可贵的精神。

（选自《汕尾九歌》，河南文艺出版社，2016 年 1 月）

迷雾的考验（外一章）

赵振元

雾中，方向不明，诱惑四起，厚厚的迷雾挡住了人们的视野。

环境好，阳光照，迷雾会很快散；雾霾重，挡住了光线，大雾会加重。大雾模糊了人的视线，遮住了事物的真实面貌，使人难辨真假，容易歪曲事实，扭曲真理，容易动摇人的立场。

大雾的日子，是考验人们的时候，要保持坚定的定力，不为迷雾左右，不受外界干扰，明辨方向，握紧手中的方向盘，坚定地走自己正确的路。

大雾的日子，是妖魔作怪的时候，恶魔会兴风作浪，利用规则的不公，道德的缺失，事实的不明，制度的缺陷，挑起事端，混淆黑白，颠倒是非，唯恐天下不乱。

大雾的日子，不要彷徨，不要犹豫，更不要后退，要按照原定的路线前进。

大雾的日子，要意志坚定，信心满满，虽然由于雾太大，雾霾积累太久，有些地方照不到光明，依然很黑，但太阳的光辉毕竟是挡不住的，太阳终究会驱散迷雾，照亮前程，我们对此要有信心。

大雾的日子，不要被外界左右，无论是毁还是誉，都不必在意，全身心注意脚下的路，把路走好，把自己的事办好。

走出迷雾，走进阳光，走上光明大道，走上自由的大道，走上自主发展的大道，走上幸福的大道，走上人间正道。

我们会怀念大雾的日子，因为那些日子不常有；我们会想念大雾的日子，因为那些日子使我们更加坚强，更加成熟，更加智慧；我们会时时记起那些日子，因为那些日子使我们在胜利时变得更加谨慎。

夕阳西下

夕阳西下，是最令人难忘的景，是最珍贵的记忆画卷。

夕阳西下，过程很美。晚霞照到哪里，哪里就披上一道金色的霞光，这霞光不同于朝霞，是逐渐淡下去，而不是像喷薄而出的朝霞，一冲而上。整个夕阳西下的过程很慢，令人很难忘。

夕阳西下，静得很美。人们忙碌一天，夕阳西下，正好下班回家，没有了上班的忙碌，没有了白天的喧闹，一切显得特别的静。宁静致远，宁静致美，宁静致胜，只有在宁静的环境中才能充分体会夕阳西下的美妙。

夕阳西下，是一幅最美丽的风景画。你看夕阳下，在平静的水面上，在群山怀抱下，在绿树成荫中，在充满和谐的现代乡村，无论你是在船上，或是在岸边，或是在山脚下，或是在古镇，看着夕阳西下，仿佛夕阳与山水浑然一体，构成一幅美妙无比的山水图画，是一幅流动着的图画，是一幅变化着的图画，是一幅永远无法描绘的灿烂图画，是一幅生活与自然的历史画卷。

夕阳西下，是美丽的记忆。小时候，就有这个景，越发展，景色越漂亮。自然的美景，经人们精心打造后，成为精品，更具观赏性，更加美丽无比。

夕阳西下，虽然短暂，却是一天最美好的时光。最美不过夕阳红，温馨又从容；最好不过夕阳红，成熟又美丽。抓住这个最美的瞬间，抓住这个最美的时光，享受自然的恩赐，留住永恒的记忆。

（选自《散文诗世界》2016 年 1 期）

一只鹤和一只鸟的距离

毅　剑

因仙鹤的传说而得名的这座豫北小城，又因有着高铁站的存在而成为我心中的起点和归程。许多年了，它将我一次次吞进又吐出来，将我敞开怀抱迎回来或高举双手放飞去，我已习惯了它的气息，习惯了它季节的变更，也像习惯了我深居的另一座叫作濮阳的小城的一切。

我不知道，千年之前伫立于太行岩壁上的仙鹤它是不是一个过客？它会不会也像离家多年的我，早已把他乡视为故乡？但我知道，一块冰冷的山岩，注定束缚不了一只鸟一生的翅膀，它所有的停留都只是为了再一次更高更远的飞翔。

鸟的翅膀在凛冽的空气里抖动，它让我想起一个人的漂泊，一个人自小的离家远行，一个人他孤独地穿越命运的河流，犹如一片叶的风中飘零。

一年或者千年，在时间里都是一瞬；一天或者千日，在日子里都是一段。草木的一春，鸟兽的一生，都是一种生命的过程。生生死死，死死生生，在史书里，在经典里，在传说中，读了看了听了——只是感动或神伤，而只有扎在自己胸口的刀，才叫真实的——疼痛。

我不知道，一只鹤和一只鸟的距离，不知道一只千年之鹤与一座崭新城市的距离，不知道我穿越尘世，被风紧紧包裹着——又与风的真实距离？可即便我不说，我也知道，我和你的距离。

知道：从濮阳到鹤壁，上了高速——60公里。

（选自《六盘山》2016年第5期）

长沙夜雨

许宇航

题记：长沙夜雨，原海丰古八景之一，位于现汕尾市城区马宫镇长沙（潮沙）村，地处长沙湾东岸，旧有沙滩，沙细触足轻柔，风起扬沙于屋顶瓦面如雨故名。

就在今夜，让我趁乍起的风潜入你的那处天空。客居长沙，用心倾听你如韵的雨声。

曾经是那样的夜晚，风叩击没有关严的木窗作响，沥沥的雨声轻敲屋后的蕉叶。青苔的灰瓦上，传来"沙沙"的低吟浅唱，晚来风雨，如泣如诉。睡梦中惊记屋外尚晾着盐渍后的鱼干，未干的衣裤。慌忙披衣起看，却原来窗外星稀月朗，风卷飞沙轻洒瓦面如渐沥的雨，带着虚惊后的摇头轻笑，还来就旧梦，续那段恬然，和偶尔引起的窃笑。久居的长沙人已习惯在这温存的夜，接受这别样的安抚，窗外变幻的风雨，已抢不走这分安然。也许是渔人经历了太多的惊风骇浪，这样轻贴的雨，正好用来烫平每次赶海归来疲惫惊悸的心。

今夜，就这样轻轻摇进你的梦里。远来的客哦，在长沙深沉的夜晚，请把对家的挂念，感怀的惆怅统统剥离，以一种虔诚的心听长沙的雨，听这不一样的雨的清唱。期期艾艾，飘飘忽忽，这样别致的雨，自会把你客居的夜晚驯得服服帖帖。看看拂晓的郊原，却原来这世上真有一种不湿的雨，长沙夜雨。

寻寻觅觅于淤浅的长沙湾边，岁月已淹没了当年的风沙。只有长沙海岸，依然在涛声的催眠中安然入睡，久远的是哪方夜雨，不知何时已成了风干的传奇。

（选自《汕尾九歌》河南文艺出版社 2016 年 1 月）

石　臼

徐慧根

小村里那些泛黄的故事，都装在石臼的心里。

石臼不屑也无力再走出村外，它说它只属于越来越被掏空的小村，不属于充满滚滚红尘的城市。

天空的星辰被你一笔一画写在云卷云舒的岁月之间，像在叮咛我们：无论是在风中还是在雨中，那一条故乡的小路，那一片天空的湛蓝，应当一直尾随到今日，泛起涟漪般的离殇。

那尊石臼，收藏起了一代代人方言的尾音，看时光熙熙攘攘的过往来去，岁月的褶皱里，晕开几朵寂寥的新绿，长出了绿油油的乡愁，美丽如初。

（选自《中国魂·散文诗》2016 年第 1 期）

母亲节，我不能给母亲写诗

一　舟

母亲节要到了，我想起母亲。

但我不能给母亲写诗，没有资格给母亲写诗。

母亲摔断腿的当天我没有在身边。母亲变得痴呆的日子我没有陪她玩过一个整天。母亲咽气的一刻我还在焦灼的飞机上发呆。

　　虽然，我曾把第一次工资全部寄给母亲。虽然母亲每次住院我都担负了大半的费用。每年回家都给母亲买新衣服。带给母亲爱吃的异地特产。

　　但我还是不能给母亲写诗。

　　母亲为我做了两万八千多餐饭。可我，却没为她做过一次饭。就凭这点。我永远达不到给母亲写诗的资质。

　　我只能给自己写。写自己带泪的愧疚和自责。写自己无法重回娘胎的无奈。

（选自《散文诗人》2016 年总第 45 期）

斑驳的石块

葛道吉

　　大山本来就是石头的天下，见到一些大小不同、有点平面的石块自然不足为奇。然而，石块上刻上文字，就吸引了不少的眼球。

　　更何况，经了近百年日月星辰、风霜雨雪的磨砺，就斑驳出无尽的深沉。

　　我估摸着，有三五十块吧，在梯田的石埂里嵌着。石块不大，蹲下来依稀可辨认字体。老农放下锄头就地蹲着，烟袋长时间噙在嘴里，眼巴巴盯着前来看石块的人。思忖着，都是人名，没家没地址，冷落了几十年。先前更多，村人垛墙垒灶的随处用，失揲了啊！

　　那是新中国成立的前夜，太行山呈一道天然的屏障横亘东西，侵华日军沿太行山的古羊肠坂，企图打开屏障中的晋豫通道。想法是你自己的，就那么轻易？就那么无法无天？在中国的版图上恣意妄为，想得美！

　　就有长矛抡起，就有大刀挥舞，就滚动了羊群般的石头，步枪、机枪欢快起冷硕的嘶鸣。好你个倭寇，知道了这个叫孟良寨的地方吧，手榴弹的密集，是送给你最精彩的礼物！

精良的装备没能保护两千倭寇的性命，抛尸荒野，成了硝烟散去后狼群、猎豹的食品。

层层梯田的黄土，掩埋了无数守卫家国的英魂！敬礼告别的瞬间，随手搬起一块"有脸面"的石头，用锤錾，用铁钉，用缴获的军刀，在石头上刻下战友的名字，黄土山石作陪，没有孤单！

面对大大小小阳光星光剥蚀了的石块，就让我们尊称为碑吧！尽管在正统高大的石碑前显得矮小和简陋，但是价值重量非凡！

难怪老农静静地流露期许的目光呢！

我读着一块块陌生的名字，感觉脚下土地松软，该施肥了。当老牛呼哧呼哧拉着犁经过每一块石碑的时候，天一定蓝，阳光也灿！

（选自《河南日报》2015 年 12 月 25 日，《济源文学》2016 年第 1 期）

印　心

谢显扬

重游杭州西湖，流连"三潭印月"，注目当年苏轼疏浚西湖，于湖心筑起塔腹中空、球面五洞排列的三塔，想象佳节时分若来畅游，塔洞点灯，洞灯印湖，众月叠加，心印"一湖银水欲溶秋"的迷人景色，会当神思遄飞，悠思无限，怡然忘归。"一十八月圆"的奇异景致，在景更缘心……

当年建筑三座石塔，苏轼断不曾想到，日后却成就了文人雅士遣情御思的绝佳去处。冥冥中，似乎与苏轼喜以明月印志印情印心有丝缕关联。

俯仰文明演绎，感慨时空变幻，厌薄宦海浮沉。

崇拜苏轼，印月印心——月亮代表仁智者的心。

漫漫人生路，月圆月缺，月阴月晴，印证人心——慈悲心、感恩心、忏悔心……青春年华，心距越跳越远；沧桑岁月，心思渴望回归。

汉字构造，印心印情："思念"机理在"脑"，字根印"心"——慈悲感恩、惊惧忏悔、志忑忒闷……爱恨情仇、悲欢离合、恐惧郁闷，心心相印……

人生孤独，万源印"心"。惊起却回头，寻觅的是志同道合的"心"；"有恨无人省"，遗恨的是茕茕孑立无人理解孤独的"心"！

然而，大千世界、虚拟天地，人人交恶，话不投机，情难印心，半句为多……心中块垒，何以吞吐？

人生自是有情痴，此恨必关风与月！

（选自《南方日报》2015 年 12 月 3 日）

蝶 语 神 农

赵 琳

总能听到一声声厚重的呼唤，与风掠过，直击最柔软的角落。静逸无声处，一只蝴蝶飞来，再度响起声声梆鼓……滚滚风尘随鼓荡起，降落，再荡起。欲望，在夜色中迷失。月光，很静很静。一滴水牵引着我，最后停驻在葱茏广博之中。俗世之人给它取了一个接近仙气的名字——神农架。

传说每一只蝴蝶都是一朵花的精魂。前世浮现，今生纠缠。第一眼，我便知晓，我丢失的前世，已经隐身于神农架的寂寥深处。谷中松声涛风、云海缥缈，雾气缭绕。谁能捕捉到前世的灵光，与今生的愚笨放在一起，一定泪流满面。那些记忆的碎片，或许与青山碧水有关，或许惘失在云海仙山，又或许，换来一声叹息，云霞依次掠过，纷乱而有序。

阔绿叶片的间隙无限放大，扑面而来，叩问每一寸神农亲临过的土地，一花一草，都弥漫神农咀嚼百草的气息，神秘又神圣。我愿成为啸傲山林的那只金蝶，以金丝为衣，百鸟为伴。双眸的沉静一定会疯长，温柔四处结茧，朝餐晨露、夕食月华，省略国籍，忘却省籍、遗漏市名，再与家这个词语做一次彻底了断。

野就野吧。且让我结庐而居，做拜山又占山长翅膀的王，与草丛、莺飞、飘烟、落雾一起，呼吸，吐纳。且让我与大九湖的云蒸霞蔚，天生桥的飞瀑流泉相依，完成虔诚的叩步。伫立神农坛前，遥思先祖九死一生不悔，赐药子孙，生生不息，扬名海外。

究竟是我似蝴蝶，还是蝴蝶似梦？一瞬间，千年离殇，醉生梦死的苞谷黄酒，能让我忘却什么？那些往事与惆怅为何仍像我曾结下的茧？我只是红尘中平凡小女子。如果可以，我愿意化蝶，在神农架的深刻中，脱胎换骨。再飞一次。

（选自《诗选刊》2016年第2期）

穿上泥土的女人

唐鸿南（黎族）

又来到三亚天涯海角，走进一个叫黑土的黎村。

在岁月的打磨中，这里的黎族女人，性情还是那样的沉稳淡定。

唯有一种心态总想改变。

女人们说，女人一定要让女人的意志在泥土面前放声歌唱，使女人的想象孕育着一种天宽地阔。

然后，敲响沉睡的锄头砍刀，紧接着就去选土。挖土。晒土。

把汗水一样珍贵的淡水，混入深情的泥土里头。同时神往祖先的足迹，双腿不时跪地，双手不停抚摩。

穿上泥土的呼唤，一个个神采飞扬的黎陶便在燃放的烈焰中立了正身。

那是对脚下的泥土，表达淳朴的虔诚。那是对手中的梦想，表现根的敬意。

在穿上泥土的女人的身上，坚韧还在火堆里继续燃烧，带着祖先滚烫的叮咛，传授给前赴后继的新人。

让祈祷并着想往越走越近，如同山涧的夜歌动听。

这时，人们就会看到穿上泥土的女人们会心地笑了，掌声也笑了。

（选自《三亚文艺》2016 年第 1 期）

风花雪月总关情

刘振炎

"风"与"风"的对话

到过黄河吗？一泻千里、雄浑之气，到过或听过，荡气回肠，热血澎湃！中华民族的母亲河——黄河。

积淀了厚重的华夏"雄风"。

逶迤千里，穿越时光，孕育华夏文明。她从巍峨的雪域，踏着星月的青藏高原而来，是她，目睹了白山黑水间的金戈铁马，流连于轻歌曼舞的江南水乡，徘徊在五岭内外，见证了活色生香的岭南。就是华夏的"风"。

风随水势，吹过不老的岁月，吹过秦时明月汉时关，用无声的话语，吹醒了国人生生不息的强邦梦！

同样，你到过日本富士山吗？一水之隔的大洋彼岸，称"大和"民族的圣山。蓝天白云下，当樱花盛开的季节，你徜徉在这个风情异样的岛国时，浪漫与冷傲无处不在。

众生有情，"风"应有意。相隔很近但又很遥远的迥异之"风"，透过风花雪月来移形换影，通过花叶言情来一次心无旁骛的对话。

远者，关山万里，时空千年。近者，一山一水间，同是"人间四月芳菲尽"时。梅、兰、菊、竹，赋予高洁、清雅、芳菲、坚韧的高尚情操，这是对人性真、善、美的崇高追求。

"风"与那"风"的对话，试图品味不一样的风情。虽然只是关乎风、花、雪、月，穿梭于花叶人文之间，从温婉的浪漫与人性的庄严碰撞中感悟出大爱之神韵，祈求世上的烽烟在风花雪月的缠绵中偃旗息鼓，寻找到世间至真、至纯的心灵港湾。

花

人们对花的仰慕和热爱应该是与生俱来的。花是大自然的希望，也是我们人类精神家园的兴奋剂，她能使人们对美产生无限的向往，甚至能让人忘记了忧伤，还使人在消沉中燃起无限的激情和生命之火……。

无论是色、香、味、韵，用尽世间所有的华丽词藻对其赞美。面对芳菲妖娆的花朵，你会随大自然时光变幻咏叹着花开花落的每一个轮回。

当"春尽花魂犹恋石"之时，他们将又迎来一季的重生。但当我们感叹着"花有重开日，人无再少年"的惆怅时。人生的爱、恨、情、仇将又情归何处？惜缘吧！

雪

雪的冷傲、雪的圣洁、雪的无瑕，它的壮美、恬静震撼心灵！感受人世间冷与暖、清与浊、悲与欢是何等的无奈，天地之间人是何等渺小。

月

花与月被千古文人墨客感怀。人心中都有一扇属于自己的月亮之窗。曾几何时，趁着夜色苍茫，在皎洁的月光下，有多少怀想？又有多少只属于你的月下花前的美好片段？

（选自《散文诗人》2016 年总第 45 期）

格 桑 花 开

潘新日

一直走，一直走到米拉山口。

那天，在一片草甸上，一簇簇格桑花开得正艳。一大团红色，不，是一大团紫色。

真不敢相信，在高原区有这么鲜艳的花，如此热烈，又如此娇艳，叫不上名字，也分不清啥属啥科，只是用相机拍下，发给远在中原的妻儿欣赏。

而牧民的毡房旁边，会有密密匝匝的黄色的和白色的小花，也开得俏然而宁静。

那一刻，一个藏族小姑娘，手里捧着玻璃瓶，一朵一朵地把各色的花插到瓶子里，她那么小心，似乎害怕惊扰了花朵的睡梦。但我们也没有去打扰她，在这诗意浸染的意境中，我们只有悄然地离开。

风很大，山口的经幡在高空中抖动，而那些各色的花儿似乎正在奔跑，不知道会赶到哪儿。

（选自《星星·散文诗》2016年第3期）

晏殊《浣溪沙》

——宋词素描

曾　冬

　　此景依旧。歌坊里的曲子绕过屋梁和画柱，又撞在一只刚刚倒满的酒杯上，叮当悦耳。音乐是跳动的花朵，娇柔地叫嚷着春天的名字。那个弹筝的女子，素指轻飞，新词老曲，唱瘦了一个季节。

　　一切都在不断重演，就像一个又一个翻过去的日子。天气犹如去年，那束阳光，熟悉地走进了旧日的亭台，照在那只又空了的酒壶上。变的是易老的容颜，不变的是荏苒的时光。

　　夕阳如一个不愿回家的孩子，挨在西边的山头上，最后极不情愿地和一片晚霞消失在远方。什么时候，它还会一身金装，站在天空的尽头，看阳光一点一点地点燃黑夜的灯火？天亮后，它依然会拿起远行的行囊，开始每天的旅程。

　　一朵花落了，又一朵花落了。寂静的风不再沉默，纷纷扬起透明的手掌，摇晃着一根又一根细枝，大地的掌心，留下了一瓣又一瓣美丽的憔悴。诗人望着一地红英，忍不住滑下一滴无可奈何的叹息。四季轮回，花开花落，没有谁，可以让岁月的车轮停下！

　　那只似曾相识的燕子，再次飞过了屋檐，它能从一束淡淡的炊烟里找到那个温暖的巢吗？院门依然开启着，只是，人，又老了一圈。

　　小径通幽，清香在园子里弥散，沾满了衣装。忧郁的诗人，反剪双手，手握一卷发黄的诗书，在小园的小路上来来回回地轻吟。他是想找回那些已然逝去的光阴，还是想再填一首词，然后在耳熟能详的乐声中，一醉方休？

（选自《散文诗》2016 年第 4 期）

骝岗画廊（外二章）

蔡华建

骝岗的滩涂，红树桑桑，水松漫漫，绘出一条海堤的画廊。一河两面岸，迂回曲折，穿郊入野，源远流长。

你是来自地层的稀客，明净而欢快地流过，不带来一丝杂念。你像东涌叶片的主纹脉，衍生出掌纹般的溪流，丰满了，苗条了，按季节变换，我只要在你的身边，就如身临自然的美术馆，看到四时的多彩景观。

岁月从小溪汇入生命的河流，骝岗河奔向遥远的伶仃洋，贴地而行，静静地思考着，像梦一样，幽幽地流淌。

绿色长廊

一个个绿色的故事，在春风里长出彩色的花朵，幻化成多姿的瓜果，像闪耀着的绿色星星，挂满了我眼睛的天空。阳光是一个神奇的魔术师，让梦变得越来越斑斓。

篱笆上爬满了好奇，我怎么不认识你？你叫什么名字？这是水生植物对珠帘、蒲瓜、西番莲的追问，长廊里亲切而稚嫩的问答，让梦境更年轻了。

长了三里，就伸展了同样长远的神奇，安静的文字，不再沉默无语，科普离别了寡淡味道，溢满了农业的芬芳，还有廊边的水车，还吱呀地守护着梦的安宁。

（选自《全国名镇·醉美水乡》，2016年9月现代出版社）

垦

天地相连遥远的地平线上，移动着垦荒者驼峰一样的肩膀，地头挂在锹把上的军衣，是田野里升起的一面旗帜。他们古铜色的身躯，以朝圣的姿势，把年轻的垦区拉成初升的太阳。

寻找着的那一粒宝贵的胶种，是夜里引导营长的启明星，是战士拾起掉在地上的未来，洪水激流冲不走烈士的爱，决心与自豪冲破了北纬17度的封锁线。三叶树啊，你没有辜负期盼的眼光，汲了日月的精华，取了天地的灵气，在南国随处挺立着矫健的身影，翻卷着绿浪的风情，连同你的希望，把你那像誓言一样，又像胜利一般的手臂，高高地举向了天空。

乳白色的胶汁，特有的芳馨让人陶醉，多少个日日夜夜，辛勤和着阳光，从叶脉奔走到树根，把天地精华凝聚成乳汁，沉甸甸缠绵绵的。坚硬的胶，是意志的模样。

垦是农的延伸，它垦出的，是共和国的工业基石，它垦出的，是人们的不屈精神！

(选自《走过60年》《六十年的斑斓》2016年12月新华出版社)

降生，清莹了我的一生

李晓园

听，海拔5202米的巴彦喀拉山，一声响亮的啼哭，你以清莹之身，呱呱落地。

你从天上来，从冰雪剔透的世界来，披着圣洁的霞光，照着山摇流云，湖幻水影的菱花镜，轻抚5464千米婀娜的秀发。

你从云端俯瞰，水汪汪明亮亮的湖泊，横卧在莽莽苍原。

你是一股不竭的潜流，一股默默生长、不断积蓄的力量。在飞雪弥漫的四季，在积雪覆盖的泉眼，顽强地流淌，流淌出大河之源。

我融入这股血脉里，开始了一生的奔流。

九曲过城，你晓得天下黄河几十几道弯。

一支巨笔，在甘肃挥毫，轻掠四川，笔锋一转，泼墨到了青海，黄河第一弯掩映在璨若仙界的霓虹中。

你晓得天下黄河几十几道弯，你晓得人生经历几十几道坎。

苍凉的歌谣，唱出大河的神秘，九十九道弯，道出了黄河的蜿蜒。

黄河是曲折的，民族是多舛的，屹立东方民族之林的初心不曾更改。

人生是曲折的，历经九九八十一难，必将修成生命的正果，到达理想的彼岸。

黄河边，一曲《花儿与少年》让心儿柔软叫一声孕妹妹呀，唤一声情哥哥，黄昏的日头哟，照亮东边长着芨芨草的土墙。

黄河边，唱一曲花儿，漫过滚烫的心房，拂过羞涩的脸庞。

想你时，漫一曲花儿，轻灵委婉的花儿顺着河水，穿城而过，一脉乡愁坐着羊皮筏缓缓流淌。

来到兰州城，一架架水车把城市点缀得风雅古朴，几千辆水车日夜欢唱赋予了城市蓬勃的生命力。是灵性，是诗情，是美妙的画意，是天籁的歌唱。

走近兰州城，一若江南水乡枕流水，日夜闻听黄河在喧唱，一曲《花儿与少年》，让心儿柔软。

（选自《散文诗世界》2016年第5期）

人间最美是孤独

沉酣一梦

昏暗、茶香、墨影、无序……陶醉在孤独的清光，世界依旧喧嚣，四壁空无一人。

无限的自由和快感，如星火袅袅冉冉。

扔包、甩鞋，不自禁地颤音呐喊；舒畅、开怀，光着脚丫翩翩起舞。

喜悦，在嗓子眼里痉挛，从心灵深处迸发，无须压抑，无须顾虑。

踱步镜前，自言诳语。

此刻，想干什么都可以，什么都不干也可以；想吃什么都可以，什么都不吃也可以；想穿什么都可以，什么都不穿也可以。

随心让酷爱的音乐流淌，音量无忌，时间此时被无情抛弃，享受着短暂而真实无序的自由落体，松弛地恢复人性的无知和本真。

松散、慵懒、迷悦、无虑、无拘；

无忧、无束、夯实、浅乐……

轻音乐弥漫四溢，深情地诵读着羞于面世的诗歌，感动自己，夸赞自己，怜悯自己。

扪心地吟唱着碰触灵魂的歌曲，细细品味，慢慢发音。

穿上皱巴的抚摸肌肤的宽衣，看陶醉星空的文字。

是昼？是夜？

困了睡，饿了醒。

太阳和星星相邀，却不敌这迷人的孤静。

拉上世俗的幕布，一书一茶一清弦，人间最美是孤独。

（选自《澳门月刊》2016 年冬季号）

湘 江（组章选一）

海 叶

每次想看看流水，不论天气是阴是晴，不论是疲倦还是亢奋，我总要沐浴夜色，漫步到湘江之滨。

泛潮的目光，一一打量岸边的石栏，好像只有铁石心肠，才可挽住一江柔情。

十年光阴亦匆匆，却沉淀得无比结实。

但我还是小心轻放。

许多看似坚硬的东西，往往比一粒沙更脆弱。

此刻静寂的湘江，我想在心中化为乌有。

曾濯过手足的月色，今夜酷似藏在风光带中，一只温柔的小兽。

倘若能抑制江水不再波动，不再向我的灵魂抵近；倘若高楼的灯火，不越过一桥再向记忆挺进——

我多么渴望自己是一叶小舟，被一朵浪永远依在一起。

（选自《橄榄叶》诗报 2016 年第 12 期）

我欠故乡一杯酒

谭词发

故乡柔软在内心深处。

我的父老乡亲都是故乡的王，他们各据三分薄田，视庄稼如命，春种夏长，秋收冬藏；他们修房建屋，养儿育女，对抗病痛，组合成我放不下的故乡。

他们嗜酒如命，男女老少都是酒的主人，酒是苞谷酿的，饱含汗水和心血。

他们把早晨与黄昏盛装在杯子里，把喜悦和伤痛盛装在杯子里，把细小的感动和寻常的幸福盛装在杯子里。面对酒，他们从不谈孤独和寂寞。

孤独和寂寞离他们很远，孤独和寂寞带来的伤痛离他们很远。

对于我的父老乡亲，酒是骨髓里的石头，是肉体里的山脉，是血液里的支流。

以酒代茶，以酒待客。一杯酒渗透的话题，很长；一杯酒盈满的日子，很长。有时，他们也将酒杯空着，空着的酒杯盛装什么？

一杯酒点燃的记忆很美。似醉非醉，很美。似醒非醒，也很美。

离开故乡，我饮酒时有谨慎，唯恐醉在信笺上，醉在电话中，醉在微信里。有时，我也想举着天空高深的杯子，饮尽故乡辽阔的风云。

今生，我注定欠故乡一杯酒。

（选自发《星星·散文诗》2016 年第 8 期）

禅 定 寺

阿　垅

肯定与佛有缘，与别处的不同。

几只鸣蝉，蛰伏一段矮墙的草丛间。

它们肯定在最小的寺院里打坐，身穿最小的袈裟，敲击最小的木鱼，也燃世上清苦的香火。

我想，它们齐声诵经，但内心已沉静如夜。

一阵阵凉爽的风吹来，使过往的朝拜者不再有夏日的炎热和郁闷。

当我的目光从阿米日公神山落下，夕照正越过寺院的金顶，在最低的尘埃中轮回。

（选自《湖州晚报·散文诗月刊》2016 年第 9 期）

记　事

王小忠

始终无法安静下来。对面人家的灯熄了，通钦桥上的嘈杂声也渐次消失。

再不能让那颗脆弱的心受到伤害，我不断告诫自己，可还是无法安静下来。

很想听你继续讲草原上的故事，讲荨麻咬伤那个善良女子的手背，讲那个男孩在陌生的街上找不见回家的路……

常常担忧着，把这一切带到梦里，带到不知名的地方隐藏起来。

这时候，我才是安静的。

隔壁的吵闹又传过来。那个南方口音很重的女人摔碎了花瓶，那个来自草原上的男人关上大门，走进夜晚深处。

简易的绿化带四周，路灯依然发出微弱的光。

要起风了——突然想起白天的那些麻雀，它们站在电线上，神态稳重而安详。

瞬间，我的内心有着深深的伤感。

（选自《散文诗月刊》2016 年 9 月）

黄河在这里拐了一道弯

荒原狼

白云的毛巾能拧出水来，我没有拧。清风的浪花上跑一朵鸟鸣，我没有抓。

轻轻伸出右手，我在流水的缝隙里，摸到一个民族从历史深处，递过来的温暖。

太阳在仰头时出现，历史在镜头开启时睁开双眼。

谁能面对？谁能承载？

我静静地来了，在一枚黄河面前。我把那杯叫作南归雁的中药一饮而下。

就是一拐弯的时间，那个叫作格萨尔的王，再不能在这里饮马，打磨剑刃，并且在酒的国度里与我探讨人性，战争，以及诗歌里的风声。

此时，煨起的桑烟，肆无忌惮地盛开，无遮无挡地相爱。而高鸣的钟声已将尘世漫漶。

抓一把黄河沙，轻轻填满走过的脚印。面对这条河，我疲惫的文字无法举起拯救的旗帜。

我只能在无边的夜空下点燃一盏酥油灯，温暖自己无处寄存的灵魂，也照亮黄皮肤的传说和寺顶金瓦的寂寞。

（选自《星星·散文诗》2016 年 2 期）

塔 之 鸣

霍楠楠

没有风干以前，那个未被雕琢的年代，她仿佛已经来过了。

褪了色的古宅凄清而冷寂，她在一盏萤灯的微光下掀开尘封的黄卷。

历史本该在这里驻足。如同弦弓抚按上乐器的期待，她用洁白的指尖触碰塔身，这座倒扣的编钟，眺望着上古的轰鸣。

有风驶入．温暖的梵音铮铮作响。

而今的她吟唱，轻和，跟随人们的脚步向前迈动。却品读出几百年的沉静，黯然于远逝的繁华。

四周肃穆。她呼唤着一束光，由上而落，奏响因为尘埃而喑哑的风铃。

那另外一部分隐约的轮廓，如同倒立的反光，和水晶似的折射，在五彩的云霓里，不停地交织、重叠，变幻着。

天籁，始终在尘世间流淌。不是吗？看那不被熄灭的篝火，亦如随身携带的碧绿的湖水。一点一点地渗透到，宋代形制与视觉风格的判断。

都来自，盛世时代的——涌动。

（选自《诗潮》第 2 期 2016 年）

火　车

莫　独（哈尼族）

接着，火车就来了

近代史亦才来，还未走稳脚跟

火车来了，长长的，像巨蟒，从长桥海边穿过

湖水感觉到了大地从未有过的战栗

那么急

火车突然出现在水边，长长的嘶鸣，第一次惊骇了栖在岸边水草里的鸟群

火车长长地跑过来，水边的村庄，感觉到大地的战栗

在火车长长的跑动中，水边的风，叫声陡增，跑得更快

带着火车的名字，带着长长的火车，横穿滇南大地的1910年，从长桥海边隆隆驶过

（选自《山东文学》下半月 2016 年第 6 期）

红 土 地

刘华珍

我惊讶，这一望无际的红土地，就像被中国红渲染过一样，给天南名地、海北名邦的雷州半岛铺上了一张硕大无比的红地毯。

或许是五千年前火山喷发留下的火种？或许是蓄积了一万年日光的能量？在这广袤的红土地上正蒸腾着七月流火般的热烈，散发着红高粱酒般的芳香。

教科书上说：红土酸性、板结、贫瘠？

年轻的农场场长，踩在绵软的红土地上，脸上写满了阳光般的自信。他右手一指，列队而来的剑麻方阵，挥舞着手臂，在蓝天下炫耀着得意；他左手一划，绿到天际的菠萝海泛起阵阵涟漪。从台湾引进的胖乎乎的金钻凤梨，调皮地欲藏还露；到天宫逛了一圈，吸收了宇宙精气的"太空香蕉"注定是个超重儿，还在胚胎中就压弯了妈妈的腰身……

现代农业科技为红土地注射了强身剂，红土地从骨感到丰腴。

远处走来了一群农垦人，戴着草帽，绾着裤腿，有着红土一般厚实的胸脯，有着红土一般的肤色，有着红土一般的灿烂笑容。

他们，才应该是走在红毯上的"明星"！

（选自《散文诗人》2016 年总第 41 期）

日子的正反面（外一章）

庞 白

鲜嫩的日子，像溪水流动，流到某个拐角，就停滞不前了。任由时光百般遮掩也遮掩不住的声音，平息下来，逐渐呈现水本来的面目。停滞的原因推给受制于环境的或者其他因素，有时候可以，有时候不行。因为我们所能记住的总是有限，而流散的却又太多。也可以借故白天没有时间回忆，晚上没有心情思想，一切无遮无拦，无动于衷。

但是如果假设现在可以看得见时光，像流水在眼前流过，一寸寸塞进生活裂缝的时候，时光也会看得见我们心安理得地坐地夜幕中，看黑暗降临，看风清气爽，看月明天高，不忧伤也不高兴。

这样的处世风格显然和少时的稻谷不太一样。稻谷有理想，有冲劲，甚至有邪念。它们要长高、长壮，颗粒饱满，漫山遍野。即使被镰刀糟蹋得疼痛，也要金黄地死亡。

白　　纸

夜晚变成白昼，树木变成煤炭，沧海变成桑田。月亮变成点亮世界的光，悬挂在天上，仍然永久。

它们在天上，映照天地间，更细微的本质的变化。

还有完全看不清晰的植物，居住在水中，滑翔的动物在空中，奔走的人类在世间；还有无边无际的玫瑰，开满干枯的河床；一根芦苇，在海湾，与辽阔对峙；吠叫声，从山顶传来，闪耀着看透世事的悲伤。

这时，自如或者仅是一张纸，白得不像颜色。

我们的目光，面对白纸，如面对命运的波动，轻松——愉悦——沉寂——悲凉——或者其他时，恍惚大悟。还有仇恨和爱，还有擦肩而过和相濡以沫……

　　一切都在白纸上推进、演变，如种子在泥土里发芽、开花、结果、拔节。这时的灵魂，更像鬼魂，以风的形式，挑着空洞，在这方寸之间，奔走相告。

　　尽管都没有声音，没有意义，所有颜色最终归隐于白。

　　即便如此，在白纸的任何一个拐角，我仍然

　　——沉醉。

（选自《山东文学》下半月 2016 年第 6 期）

青　春

李剑魂

　　人生的青春，自古以来千姿百态。

　　人生的青春，与世间万物不同，有着不一样的风采。

　　是的，豆蔻年华，亮丽容貌是美妙的青春；举止敏捷，肌腱壮硕是壮美的青春。

　　是的，无论是披着晨曦在书海苦泅，还是埋头灯下技术攻关；无论是在炎炎烈日之下筑路建桥，还是在冰天雪地之中，像鹰隼注视猎物一样盯住边关的动静，都是值得我们歌唱的美好的青春！

　　然而，在提倡竞争性生存的今天，在张扬个性化发展的今天，我仍然缅怀昨天追求理想激情燃烧的青春！

　　曾经有过这样的青春：当封建体制像腐朽的僵尸令人窒息，鉴湖女侠等一群民主自由的斗士横刀向天，是用生命书写凄美的青春！

　　曾经有过这样的青春：当我们民族心理的长城在倭寇武力的侵蚀之下摇摇欲坠，无数英烈是用自己的血肉去构筑壮烈的青春！

　　曾经有过这样的青春：当中国人民站立起来之后，发现面对着的，是一张白纸一样的疆土，一个百废待兴的贫瘠国家，亿万群众挺直腰杆鼓足干劲奋发图强，是用辛勤的汗水挥洒灿烂的青春！

人生美好的青春啊，有时候不仅仅属于短暂的时光，不仅仅属于亮丽的"颜值"，不仅仅属于纸醉金迷的欲望。人生还有一种形而上的真正青春——

比如商朝末期的姜太公，年过八十垂钓于渭水之滨，心中依然怀抱匡时济世的激情，终于帮助周武王彻底推翻商纣暴政。

比如南非黑人领袖曼德拉，为推翻种族隔离制度，在牢狱苦熬 27 年依然坚持奋斗，终于赢得民族独立的光辉岁月。

无论昨天今天还是明天，醉生梦死不是真正的青春，独善其身不是真正的青春，损人利己更不是真正的青春！真正的青春，属于爱国敬业的志向，属于诚信文明的品格，属于对平等公正以及自由民主的人类真理不懈的追求！

（选自《散文诗世界》2016 年第 4 期）

坐在桂花树下听风声

石文娟

迟钝的声浪，盘旋，低徊，呜咽……

坐在桂花树下听风声！听树叶交错，摩擦的沙沙声。更多的时候，翻开一本书，等花瓣坠落成书签。

浮尘云烟的过往，攫住了思想者的眉端。

鸟儿啾鸣着季节的狂欢，交替着用金线绣出平凡的生活。

从未理会过风筝的尺寸，却揪着手中的线，拉伸，再拉伸，看它遥遥地翱翔在碧空，犹如圣斗士般！

火龙的脊骨在荒原凸现。

月色在迁徙中遭遇孤僻的族群。

石化大致如此，一些细微却又冠冕堂皇的故事，不同架构地装帧！

坐在桂花树下听风声！紧致，舒缓，铺张有序……

思想者的天空，呈现无垠的麦田。

色彩明丽，删繁就简。然而，从历史的沼泽地带过渡到现代文明，咀嚼着"生命"这个词。

孱弱，疼痛的音浪覆盖过平原，大海，高山……

坐在桂花树下听风声！

听着指端的香烟嘶嘶着，袅袅着，叹息着，燃烧着佝偻的心房……

（选自《中国青年作家精品文选》2016 年）

桃 花（选章）

司　舜

三

一连几天，我没有想到我会这么红。

全身都是，满心都是。

现在是春天，我走在路上，路上都是诗，春意盎然的诗。

比如：匆匆赶路的人是，慢慢爬行的蚂蚁也是，鸟的鸣叫已经不是那些单音节，它的喉咙里全都是好听的语词，好闻的香味。

我的脚步那么轻盈，好似有了翅膀。风，吹得像是爱人的呼吸，香气扑鼻。

我想，我已经在爱的怀抱里呢。

我想，我故乡的桃花很快要盛开了，它们一朵一朵，慢慢红成那个十八

岁女孩的样子，

这一刻，我想红了。我的红是那桃花的红；火焰的红；心脏的红；鲜血的红。

四

越长越是我喜欢的模样。面对土地，她鞠躬，她露出全部的羞涩，溢出内心的所爱，她舞动旋律的身姿柔软、生动，一点也不做作，更不妖娆。

风一吹，她就唱起歌谣。
也许，她会惹上谁，可能是想与她媲美的女孩。

春天真好啊，放谁在上面，谁都美。
就像这几朵桃花，每一朵都在比赛似的往芬芳里开，直到纷纷将自己开破，撑都撑不住了，要多美就有多美，是喊也喊不住的美。

多么像幼儿园的小孩，我踮起脚尖，用喜爱向她们行注目礼。

（选自《山东文学》下半月 2016 年第 6 期）

村　姑

曾　平

女人，是花。
去年今日，倚立柴扉。人面桃花相映，是一幅精致的工笔画。
你则是一朵野山花，始终如一的风姿风韵，写在忽左忽右的春风里，骤大骤小的春雨里，时浓时淡的春云里。

你将童年用一截红头绳扎成短短的羊角辫；你将少女梦卷成头上五彩的蝴蝶结；青春之歌，在月色下如夜莺轻唱，一声短，一声长。

施粉则白，抹朱嫌赤。发不染而墨，唇不点而丹。你是一棵青橄榄，你是一只布谷鸟，你是一汪清澈的泉，你是一丛恬淡的兰。在故乡十月的阳光下，皴染出最绚丽的田园风光。

你想让梦想在贫瘠的土地上开花，让溜走的童谣在篱笆间飘荡。"山月不知心里事"，三月的桃花才是你粉红色的心事。

裁你一袭无邪的目光挂于门楣，剪你一串旋动的笑涡贴于窗前，轻抚如风，安然入眠，春夜里会有一个醉人的梦……

（选自《九连春秋》2016年第2期）

一个人的大街

陈平军

一个人的大街，一切与我无关。

车声，时近时远，不会为我而驻足，不会为我而打盹，所有有关目的地的猜想，没有人去考证，也不屑于毫无意义的探究。

小贩的叫卖声，一声长一声短，他不会在意我是否购买，实际上他也看不到我的囊中羞涩，这看起来，我在他们眼中依然富有。

拉面馆的师傅，肆意地把别人的城市的旧时光拉得老长，不会在意会被阴谋缠绕，他知道，总有像我这种饥肠辘辘的人把这些琐碎或者忧愁吞噬得不见踪影。

一对情侣，从我身旁各怀心思的走过去了，步伐不太一致，这于我，又有什么关系呢？长腿美女的索取，帅哥的给予都与我无关。

唯一与我有点关联的是这我叫不出名字的大街上肆意游走的如刀的风，不管我愿不愿意，他都要在我的日渐苍老的脸庞刻下印记，留下沧桑。

甚至，我路不路过这条大街，从何处来，到何处去，它都不会在意。

这一切，都将一如既往地安详。

只有我自己知道，一双不由自主的、不听使唤的双脚，为了追寻生活背面的爱情，曾经到这条大街上来过。

（选自《包头晚报》2016 年 3 月 1 日）

中年的莲花

风　荷

江南，是丝帛做的，易于绣古色古香的花。

现在整个夏天灌满了水。

梦也有水的形状。

聪慧，性灵，一朵莲在水里打开了自己。

一匹马寻来，蹄声在涟漪里拔节。

风声呼啸。

一匹马在人间打捞我的名字，那是我的虚名。真正的我如一株莲，在皎洁的月下。

开放，以悠远，以宁静……

我的青丝、裙袂翩然，可绣一个侧影给你，中年的莲瓣该有了皇后的风范。

半面妆，猜疑与卑怯都付了流水。

雕花笼，棉质的心在身体里微笑。

爱只爱，马蹄扬起的风声。

挂满词牌名的望江楼头，你的舌尖如剑，挑走我所有战栗。一条江的国度里有山，亦有英雄美人。

清水洗白乌云。

远处诵经，近处打坐之人都是我，我在自己的菩提树下修行。体内的庙宇渐渐溢满幸福的秘密。

针脚干净，丝线清爽，蜻蜓立于锦帛之上。

一朵中年的莲花，旷世弥香。

于其间。

（选自《散文诗》2016 年第 3 期）

海 之 歌

刘承伟

海之歌：这个世界，什么都诗意，只有山海，成永恒画卷。

有人说，在珠海，一年只有两个季节。半年夏暑，云白烟翠，走进淇澳岛湿地的猗猗绿野，于秋声中亦可惯看星光萤火；半岁春色，柳绿花红，闻罢北山玉堂春的百年芳香，冬未寒时便能阅尽春暖花开。

在珠海，与这季节仿若孪生的还有另两半，一半是山，一半是海。那山，近在海的面前；这海，远在山的尽头。海无声时，山诵细语；山色起时，海涌澜涛。山海相知的爱恋，是一篇最为雄浑的诗章。

横琴的华姿新曲，石溪的墨韵书香。宝镜湾，挂满远古云帆；伶仃洋，散落千年长叹。九洲灯塔，极目浩渺烟岚；万山渔歌，吟唱不老传说。牵一条飞越长虹的世纪之桥，连濠江、通香江、跨海洋……珠海之梦，正在通往更远的远方！

这就是珠海的山水长卷。横着看，是两轴"海澜云阔青山远"的壮丽图画；竖着看，是一部"丹青日月映天南"的厚重史书。

（选自《香洲作家》2016 年）

古　堡（外一首）

蔡曜阳（中国香港）

站立在历史的风云中，刀光剑影还缠绕在垛堞吗？

只有在光风霁月的年代，喋血伏尸才能化作花季鸟语，血肉厮杀才能化作欢声笑语。

争雄逐鹿，苦了千家万户；揭竿举旗，砸了皇权帝制？

古堡砖缝的小树野草，绿了又黄，黄了又绿，岁岁复年年，见证的了韶光的流述？见证的了沧桑的变迁？

把古堡留作历史的胎记，以校正时代的航向。

古堡，形态龙钟而心态年轻。

古堡，是岁月的老树，岁岁开花，年年结果，时时把一种警示和启迪，捧给人间。

古堡，是一本教科书，字里行间回响着天籁之音，回响着理智之音。古堡，把战争与和平，放进了人类良知的天平上。

渡　船

人生好比一只渡船。从此岸到彼岸，就是人的一生。其间的犁波剪浪，经风纬雨，就是人生的历程。

青春毅然走向渡口，乘上生命的渡船，谁不向希望和理想摆渡？

远处的帆影，在召唤着桨楫的展力；深邃的目光，策励着渡济的坚强意志。

优柔寡断和窃惧风波的悲吟苦叹，必须远抛在奋进的雄心之外。

渡船，不是雨巷中绾着愁怨的丁香，不是花丛中浪狂岁月的彩蝶，而是沙漠中勇毅跋涉的骆驼，而是风雨中奋力飞翔的海燕！

纤夫的号子，水手的船歌，在波涛间回旋，在渡济人的心中回旋。

握桨握楫之手，可以握瘦自己，可以握瘦岁月，切勿握瘦憧憬。

愿人们以智勇者的姿态，策渡船为骏马，驰骋在人生的航道！

（选自《香港文艺报》2016 年 8 月总 56 期上）

祖　先（外一章）

唐晓虹

祖先，从部落起立业，先立家后建国，先有姓氏后有名字。远古，祖先非常人，留下的尽是神人的行迹：钻燧取火，感应孕育，创制八卦，抟土造人，彩石补天……燧人与华胥，伏羲与女娲、神农与听诀，黄帝与嫘祖，夫外妻内，生命得以繁衍生息。

祖先，留下的祖业，化成历史的记忆：技艺发明，部落战争。黄帝与蚩尤之战，飞沙走石，烟雾笼罩，黄帝制作指南车。颛顼与共工之战，波涛滚滚，洪水成灾，共工怒撞不周山。祭祀祖先，缅怀血亲，供奉善神，人间崇尚贤良方正。背弃祖先，儿女斗父，依附凶神，人心魔控鬼鬼祟祟。

祖先崇拜——人生的镜子，以祖先的良善明辨错与对。苍天分道——善者辛勤，一分耕耘一分收获，利人利己；恶者迅捷，一分付出十分谋取，工于心计。历史长河，树木花朵远去，城市的高楼与车流化作围城。回顾远古，我追溯三皇五帝远祖，探寻人生命运的本质。想到，后辈砍下果树卖木头，却奇怪没有果实，是精明还是愚钝？人的一生，究竟依托什么，内心还是外力？

家　园

家园不仅是家室房前屋后的园子，更象征母亲的身体。未生时，家园是母亲的子宫，是我伸手踢腿的地方。小时候，家园是母亲的怀抱，是我吮吸乳汁的天堂。

我害怕，害怕没有家园相依，害怕没有家园惦记。我无惧，无惧因为有家园壮胆，有家园可回归。没有家园，我便没了里外，浪迹山野，人兽难辨。没有家园，我便没了乡愁，失去思念，成为浪子。

家园是人生长的摇篮，是外出归来的地方。长大后，家园把我托付给学校，学知识长技艺。成婚后，家园把我托付给爱人，开始营建新的家园。去旅行，家园是我安心之地，有终点有回程心底笃定。离弃后，家园是我疗伤之地，我调节直至伤愈。

我有家园，如同父母永在，宛若爱人不离不弃。我有家园，如同学校永在，宛若老师同学伴随。家园是我最初的草地，家园是我最早的公园，家园是我最温暖的港湾，家园在，我如同不倒翁。家乡的小河边、水井旁、木屋下，是儿时难忘的片断，是祖业遗产的传承。

（选自《香洲作家》2016 年）

玛 曲 草 原

陈旭明

从一开始，从此无限。

混沌，宿命的发祥地——天下黄河第一弯，一滴水，有着怎样的幅员广阔的灵魂之疼？不拘泥，即自由，从此一生跌宕。

这条雄性的大河，吞日吐月，手提光阴的灯盏，一路而行，所有生命的自由都裸裎偌大的蔚蓝，幻化空旷的虹彩。

传说在上游。时间，窈窕着……

传奇在开始。激情，奔涌着……

谁说洪荒永世？黄是精魂的结晶。浊是血液的升华。滔滔向东，朝向日出的地方，或泼天而下，或九曲回环，随物赋形的至柔之物打破僵硬的模式，纵然泥沙俱下，以抗争的姿态、苦难的美学昭示两岸的众生，生命，永远拒绝用泪水止渴。

牦牛遍地。马鞭挥响处，以十万长头、一壶青稞酒、传承千年的牧歌壮行。

灵魂只有一个故乡，叫远方。弯曲的河流，校正我们前行的路。从此，乡愁有了方向。

蜿蜒千里。一条东方之河，在地不是虫。在天即成龙。

黄河，任意一弯，都是一个民族腾空飞翔的姿势。

（选自《山东文学》下半月 2016 年第 11 期）

彼岸花（节选）

阿　土

二

谁说，你只生在三途河边，忘川彼岸？

谁说，你自佛教中来，是天界的接引之花？

我否认，在这箫声响彻的季节，我否认那些情节荒诞的神话，它们玄幻而脆弱，不值一提。

怀着一颗热情奔放的心，到哪里都会盛开得肆无忌惮。你想来就来，由着性子，在想落之处落了，扎下根，无论春秋，在该开花的日子自然开放，在该枯萎的时候无声谢去，这是否也是一种大彻大悟的释然？

我本没有刻意赞美的心，却不知不觉开了门，泄露了一些为你准备的词汇。

谁说，你的花和叶永生无法相见，便是绝情，便是得不到加被的爱？

聚是一种缘分，散也是一种缘分，不聚不散不也是人生需要的一种大智慧么！

你一生只钟情于惊艳的红，要知道，惊艳到了极致便是妖，妖到了极致就是绝，绝到了极致便是灼。你的红恰是惊艳的极致，妖的极致，灼人灼己的极致！

这极致，只有真正看透了人间的生死悲欢，才会对幻化的万象变得如此淡泊，如此决绝！

当淡泊和决绝达到极致，生命便可以轻松地抵达彼岸了！

我们的生命依旧紧张，在得不到沉淀的嚣嚷里，在自以为饱满的空虚里，如梦浮华。

（选自《读者文苑》2016 年第 4 期）

哲理散文诗（组章）

侯洁春

一

当你领悟到奉献是一种快乐之时，那正是你生命价值闪烁光芒之日。

索取是人生存本能的需要，奉献是人生灵魂的崇高，人生的价值不是索取，而是奉献！

人不能被物欲的横流淹没，不能被实用的观念俘虏，那样，就会丧失你对生命价值的追求。

无边的草海是苦，艳丽的花朵是甜，苦滋养着甜，甜离不开苦，在一片绿色的苦中，撷取一朵艳丽的香甜，那才是最珍贵的幸福。

二

时间给予生命的意义，行为给予生命的价值，自私的行为只能把生命的价值锁在个人的天地，随着死亡而消失。无私的行为才能把生命的价值投放在广阔天地，不论是活着还是离去，生命的价值和意义永远活在人们的记忆里。

夕阳下，一位老人感慨地说：如果我能重新活一次，我的人生会更精彩。

朝霞里，一只小鸟在树梢说：我时刻都珍惜每一天，不论过去还是现在。

三

母亲，耗尽妩媚，为我的路铺洒阳光，她从丰满走向干涸，用血脉的河流滋养着生活的芬芳。她从来不企盼回报，只管付出。所以，我没有选择，只有沿着孝道，把感恩挂在岁月的枝头，一心一意把圣洁的母爱回报。

四

清晨醒来，看见鬼还在推磨，我指问：大胆，太阳快出来了，还敢干黑夜的活儿！鬼冲着我龇牙一笑，用手指了指头上的金条，我无话可说。磨还在转，我看见一粒粒好粮掉进了磨眼儿，鲜红的教训，从磨盘里流出，一滴、一滴，砸疼了心的伤口……

（选自《通辽日报》2016 年 1 月 26 日）

耳　朵

周　伟

你知道吗？昨夜，我梦见了一地的耳朵。

我看见，你在满地找寻，找得那样认真，一只一只翻看，细细辨认，终于帮我捡回了我的耳朵。

回到了耳朵的世界里，回到了欢乐的天地中，回到了久违的童年和远方一看，我们几个细把戏，个个竖起耳朵，全神贯注，听山谷里的风，听树上的鸟叫，听田野中的蛙鸣，听禾苗拔节的声音……许久、许久地听着，有滋有味地听着。不晓得，牛走远了，走丢了，我们忙喊牛，牛呀，哞哞地喊……

牛可不能丢，牛是庄稼人的魂！我们几个细把戏一个个神色不对，赶忙匍匐在地上，把耳朵紧紧地贴着地面，再竖起耳朵，听，听，再听——不知，是谁先听到，一跳八尺高，嚷着听到了，牛到哪儿哪儿了！寻过去，果然，牛到了水塘边，牛到了青青的麦地里，牛蹒跚地走在血般的夕阳里……

在远方，在乡村，我们的耳朵很灵，也很受用，最能管事。

许多年后，我们都到了城里，城里的喧嚣和噪声让我们的耳朵失聪，陷在无声的世界里。

云雀叫了一整天，我也听了一整天。

我知道的，很多个黑的深的夜，你都在满世界帮我找寻我的耳朵。

其实，我想说，你就是我的耳朵！

（选自《散文诗》2016 年第 10 期）

瓷 乐

蔡 旭

九位穿着青花瓷的姑娘出现在瓷音水榭。

一阵阵仙乐就是从她们的手中传过来的。

令人惊讶的是，她们手中的乐器与一般的乐队大有不同。

哦，这些乐器都是瓷制的，全是瓷器。

瓷笛、瓷箫、瓷埙、瓷二胡、瓷编钟、瓷管钟、瓷编磬、瓷瓯、瓷鼓。有吹的，有拉的，有弹的，有敲的。十八般兵器齐全，十八般武艺精巧。

清脆，畅润，叮咚悦耳，委婉悠扬。

奏出了瓷器之美，奏出了世界瓷都景德镇之美。

等到演奏完毕，好奇的人们终于有了一睹芳颜的机会。

我走上台去，敲响了似是一堆碗碗碟碟的瓷瓯，敲响了喜悦的心跳。

轻轻地敲击，我生怕不小心会带来伤害。

其实经受过高温炉火的煅烧，它们的身躯与心理，绝对经得起千锤万打。

奏得出那么美妙的声音，也一定具有超尘拔俗的品质。

（选自菲律宾《世界日报》2016 年 7 月 14 日）

春日山中偶得（节选）

王慧骐

五

穿过村中的几条水巷，我们往后山去。后山上有一株三四个人才抱得过来的香樟。林业专家凭借可靠的科学参数，核定它的树龄为 720 岁。并在它的身上挂了个类似身份证的牌牌。

许多人慕名而来，抬起头仰望这位寿星。他当是我们爷爷的爷爷的爷爷。而他并没有老态龙钟，巨伞般撑开的枝枝叶叶，依旧悬吊着那么年轻和撩人的绿。

想同他说些什么，却找不到合适的切入角度。还不只是个年龄间的悬殊，更想探讨的或乃生命存在的意义。

站在他面前的我们，渺小是毋庸置疑的。但像他一般无所依傍又无所畏惧地立着，却是可以取一点真经的。

（选自《金陵晚报》2016 年 4 月 16 日）

活 着 （外一章）

白晓娟

何为活着，劳碌的人类，翱翔的飞禽，奔跑的动物，还是呼吸着的树木
花草

那么静止的大地，是死的吗
可知沉睡的土壤，正孕育着万物

还有静止的天空，那飘动的白云，游走的风，谁是死的，谁又活着

所有背道而驰，向东的羊，向西的牛，向北的河流，向南的大雁

他说他有天空可供退让，而我能往哪里
朝着光芒的方向，并没有金色的答案

大门的开启全被掌控，留一扇禁闭的窗
莫非命运能把痛幻化成风逃逸
还是苦难能避开门窗如雨落地

我需要从一朵花的怒放里学会坚强
我需要从一朵花的枯萎里学会的依然是坚强

如果不能拥有阳光明媚
也要在背阴的山梁残喘
以一片枯叶自由坠落

一滴泪，是否会成为最后的证供

风 和 雨

风雨一场，千年恩怨
也曾缠绵，也曾分裂

风欲留雨，一起天马行空
雨想挽风，一同回归大地

无形无踪的风，天空是它的逗留
有始有终的雨，大地是它的归宿

风带走尘土带来尘土
雨浇灌山川滋养万物

风说累，雨说苦
那就离吧，各自飘零

你是那阵风，你走
我是那滴雨，我留

当大地铺满落叶，我遗落落叶
当大地长满鲜花，我亲吻鲜花

如果大地被冰雪覆盖，我回归冰雪
如果大地被干涸吞噬，我回归干涸

（选自《中国文学》2016 年 1 期）

圣　柳

王力强

不得不躬下身子，那彻骨之殇，无法抵挡迎风之美。这痛，让我无法呼吸，并不是小我的体肤之痛，我所疼的，是耸立于沙漠深处的姿态。

匍匐于你的脚下，我不得不坚强地站立。尽管河床早已干枯，你就像大鹏之羽，展开伤痕累累，却不乏冲天之力！那种崇敬，让人肃穆！

其实，我从来就没有听到过你黑夜里的哭泣，但我无数次听到，风声冲刷声，还有砍伐声，我时常为这些声音失眠、叹息，我知道你内心的怒吼，你无援的抗争，枝叶繁茂，每个夜晚，都在你的梦里。

多舛的命运，给你最坚强的符号，你记录了教来河的咆哮，千奇百怪的身姿，让柳树的种子扎根、繁衍，如同一个民族，烈马嘶鸣，流淌于祖辈的血脉，神圣于子孙的心中！

（选自《通辽女作家精粹》2016 年 11 月）

辑四 网风的馨香

香炉湾絮语（节选）

钟建平

九十二

浮华尽处朴素轮回
残荷枯笔泼墨秋色

时光的野火劫掠而来
岁月的镰刀锋利无比

最卑微莫如那些小草小花
野火烧不尽春风却吹又生

石头因为沉重而沉落水底
木头因为轻浮而随水漂流

最柔弱的梦往土层深处扎根
开尽无数的花果一茬接一茬

繁华过后留给大地最后的温暖

只有那些至死也不挪移的根系

九十三

右手收拢是拳头
左手打开是莲花

我和梦想一起独行
让生命像流星划过

风可抵达任何高度
我感受自由的力量

大海以波涛竖起竖琴
音乐在风中抵达远方

读懂了生命的豪迈和飘逸
读懂了被时光击溃的无奈

在风雨中写下阳光和青草
在坎坷中写下梦想和远方

九十四

蝴蝶从不抱怨生命短暂
昙花从不后悔瞬间凋谢

在风抵达树木的内心之时
我也弯曲成波涛拍打心岸

我们灵魂的堕落和物欲的膨胀
没有什么比这些更能灭绝人类

忘记生死让生命精彩无与伦比
枯萎的生命在盈润中悄然复活

艺术家之手在灵魂的琴键上狂舞
思想者在深邃的宇宙里交响战栗

凡·高笔下的向日葵是母亲亲手栽种
沉甸甸的头颅就像母亲感恩的身姿

九十五

爱是优美的诗句
情是缠绵的夜曲

泥土怀抱着种子
种子梦想着秋天

与爱的人虚度光阴
与恨的事放马南山

一场秋雨一地思念
一个朝代一阕秋词

在生与死的对峙中
放下欲望放下妄念

扎根在道德经里的民族
栽培出温良恭俭让本性

九十七

澄澈的天地
轮回的光芒

木鱼声中的秋色
经书行间的禅思

遁入空门的秋意
千里之外的张望

像一棵小草扎根大地
像一条小溪汇入江河

夜空中流泻下来的月色
心上人寄自远方的思念

遥望着星空响应远方的召唤
俯身于大地聆听土地的心语

九十八

翅膀飞不出三尺高墙
蹄掌磨不过似水时光

残墙断壁颓废的狼烟
不能埋没故事的生长

目光温柔怕惊醒落花残梦
脚步轻盈怕践踏一地枯黄

不要被迷雾模糊你的双眼
不要被蔓藤缠住你的双足

沉默也阻止不了繁华的凋落
思念却散落一地灼目的沧桑

我伫立海边让目光化成渔网
试着打捞那沉淀千年的风情

（选自"凡夫微信平台"2016年）

科尔沁短调（节选）

柳成荫

有一种爱

只想静静地看着这样的画面。我的心，便会泛起一丝丝的温暖。

爱那骑着马儿看护羊群的姿势，多像一位父亲在照看着他的孩子啊。

而远远的山冈上，那座苍老的敖包，默默地守护着草原，多像慈祥的老祖母，在守护着她的老院子……

有一种爱，无处不在而常被忽略，如空气、如阳光。可是，谁能离得开呢？

阅读草原

春的氤氲，冬的静谧，一线之隔。

绿是草原的文字，灰也是草原的言语。

自然，是最高明的哲学家啊。而你，可以是最高明的修行者。

凝　望

是的，黑云乱卷，风暴逼近。

眼前，却出奇得平静。风车停止了张望，马儿打发着无聊。

呵呵，看透真相者都沉默不语。

而草原上的人，洗净了双手，仿佛正期待拥抱即将来临的风雨，以对待神一样的虔诚。

哦，草原上的人，那回首凝望的姿势，为何那么壮美？

草原的早晨

早晨的炊烟，打开草原一天的叙说。
草叶铺开绿色的纸笺，马儿储满扬蹄的抒情，机车等待轰鸣的议论。
而远方，是一个永远迷人的主题。

秋日的思念

那样一个晴朗的秋日，阳光像祖母一样慈祥。
仿佛闻到奶茶与炒米的香味、枫叶与秋草的芬芳。
多么开心的时光啊，令我重新回到童话里面！
油画一样的场景都是必须的，洁白的羊羔都是乖孩子。
素白的是你的衣裳，火红的是我的思念……

鹰

矫健的王者，傲然而飘逸。
长啸一声，风云突变，群雀惊慌。那双舒展的翅膀，比阳光更为闪亮。
云层远去，高山远去，在与秋草平行的高度上，尝试一次新的腾跃。
或许，那锐利的双爪，可以将大地从黄昏中挽起。

萨 日 朗

一个凄美的传说。
却以欢愉的容颜面对世人，始信大爱大恨可以凤凰涅槃。
婀娜多姿，是前世的美丽与今世的永生。热情似火，是个性的执着与灵
魂的善美。
啊，萨日朗，是唱在时光来处的长调，是舞在心灵深处的安代。
是举在孩子们手上的爱的祝福。

眺　　望

眺望一片云。

眺望一片云的下面，那一片草原。眺望一片草原深处，那个骑着五花马的人儿。

只有她的眼眸，能将天涯望穿，能将风雨望穿，能将黄昏望穿。

只有她身后的那个家，才是一生的所有的归程。

乃　林　河

乃林河，亘古流淌的蒙古文。

九曲十八弯，小试一章旖旎而又神秘的诗行。

难道你本来就是行吟万年的诗人，抑或是道行深厚的书家？

是的，潺潺清流是绵绵不绝的奇思妙想，漫漫游牧是度量万里的鸿制巨篇。

乃林河，一个斑斓在北方的梦想。

放　　牧

放牧风云，放牧心事。

放牧辽阔的视线，放牧激荡的岁月。

然而，在跌宕的光阴里，放牧又有着怎样的霜雪与痛疼。古老牧歌，流淌着欢乐，也诉说着忧伤。

青草没马蹄，不为春羁绊，只为生命留下坚守的希望。

那清脆的鞭响，总在提醒，前方还有一程。

母　　亲

倘若青春会毁褪为沟壑，倘若草原会老化为沙漠。

那一定是因为母亲，哺尽最后一滴奶汁，又献尽最后一滴鲜血。

后来，连呼吸与眼神，也已被思念所占据。

一只失去自由的羊羔

一截木桩，一根细绳，羁绊一朵本应自由的白云。

微翘的头颅，溢满挑战意味——多像一位倔强的孩子啊。

我们一生都在追逐自由。可是有谁知道，某些约束，却饱含着深深的情意。

路上羔羊

罕山在暮色苍茫处，那是视线所能达到的地方。

据说，神灵就住在那里。于是，好奇与幻想，成为俗世无可救药的病。

路上，有迷途羔羊。迷茫、无助的眼神，常打痛我的心。

哦我的羔羊，神灵的罕山似乎近在咫尺，却永远无法企及。

俗世的罕山，我们一直都视而不见。

还有一种美

放弃扬蹄追风，只在低处生活。

世界那样宁静，真好啊！似乎，这里只有青草呼吸的声音，轻脆的。

一举，一动，默契如一体。仿佛母子间的脐带，从未离分。

谢谢晨曦，将你们的美表达得那样的真实。

以至于一瞬间，完美地烙痛我的心灵。

辽阔絮语

辽阔，在视界之内，更在视界之外。

辽阔，在框框之内，更在框框之外。

辽阔是你的耳、你的眼、你的手指，是你的脚步、是你的心。

辽阔藏在大地与天空中，也藏在小草与沙砾里。

冷漠的血脉里，没有辽阔。

扎鲁特猜想

贝勒的封地，却自称为"扎鲁特"——仆人。

这是宦海的处世智慧，还是领主另有苦衷？

六百年漫漫，明清风雨已远，金戈铁马已逝。一个谜，留给后人细细揣度。

剩下一片旧山河，低处牛羊悠然，高处风电如旌，光景已不同。

马群的河流

马群的河流，涌动着。

每一条肌腱都绽放万物初生的气息，每一声嘶鸣都抒发天地的活力。

奔跑着，奔跑着。与霍林河碰撞，与呼伦贝尔碰撞，与阳光碰撞，浪花四溅。

惊醒茫茫的草原，打破安静的时光！

这是多么赏心悦目的画面啊，马蹄声声，雄浑辽远……

宝古图沙漠随想

沙做的波涛，沙做的海。

一种无法选择而令人坦然的宿命。是的，满目黄沙，我从未觉得苍凉。

在宝古图沙漠，我听到辽金的刀鸣，诺恩吉雅的歌唱，与千年柳林的心语。

我看见风儿留下的文字与一个行走灵魂的灼热。

当哪一天，驼铃从远处折返，我只想知道，一片风沙是否也会随岁月苍老？

在沙漠，遇见一抹斜晖

尽管转瞬将逝，我还是喜欢你此刻的美丽。

尘沙的舞，举着你最后的光亮，画成线，码成路——哦，我知道你想说什么。

而坡下暗淡的情绪，就让它沉默好了。

不再道别，我知道你暖和的手掌，还在抚慰着踉跄而行的骆驼。

走啦，当夜幕来临，且送你一串清脆的驼铃。

主角是人与骆驼

关于行走的戏剧，第一幕是澄蓝与旷远。

日头，落下或出来无关紧要。黑暗，让一切细节更显清晰，让故事更为可读。

白云照例休闲，像个旁观者。主角当然是人与骆驼，命运可以互换——"唉，生活如果可以卡通，多么简单！"

观众期待的伏笔，早在戏前埋下，只等机关触发。这些，"你懂的！"

明天，是阴是晴，请听天气预报。

一片青葱

敖包在最高处，生灵在天地间，青草与大地匍匐在底层。

一切信仰与美好，都离不开卑微与平凡默默地支撑。否则，镜花水月，自欺欺人罢了。

真正的法则，存在于低处，存在于鱼虫花鸟之中。

哞哞一声牛鸣，天清气朗。

去爱他们吧，世上会有另一片青葱：在你的心岸。

霍林河之冬

四季的骸骨，化为霍林河的灵魂。

洁白的灵魂，总给人以寒冷的想象。

放弃张扬与躁动，修炼为静，那是筚路蓝缕后的内敛。

凝固的跌宕起伏，那是霍林河曾经的舞姿与留言。

轻轻触摸，寒冷中仿佛听见，祖母在经堂虔诚地诵唱。

孝庄园之夜

神秘的花吐古拉镇，独坐暮色深处。

牌坊，翘檐，脊兽，画廊，连同泛黄的史册，借着霓光，述说一段由达尔罕亲王府走向孝庄故里的荣光与故事。

四百年坍废建修，四百年兴衰荣耻，如烟似幻，而又如此沉重。

篝火热烈，安代欢快，赞歌悠扬，却已不似旧时模样。

孝庄园的夜晚，更适合于沉思。寻找历史的双眼，观照未来的路途。

马头琴，大河的音乐

两把弓，是河流的弯。

一把黄河，一把西拉木伦河。

悠扬声里，远古的一叶木舟，自姬水出发，载着炎黄的希冀，顺流而下。

激昂之中，传说中的那匹白马，冲过了箭群，沿河而来，朝着归家的方向。

弹拨跳抖，蹄声急促；颤滑泛揉，长调委婉。

红山与仰韶，胡风与辽雨，在黄河亘远的涛声中，得到久久回响。

深情的马头琴，将河流拉得弯弯曲曲，也将希望传送到了远方。

（选自"中国散文诗研究中心微信平台"2016 年）

世 （外二章）

郑小琼

黄昏予我以苍莽，暮色守于一枝枯丫，冥世传递着祖先的气息，烟中的漂木顺流而下，光阴的箭镞奔梭制陶时代，历史的碎片从泥土的深处伸手，雏鸟啄破宇宙的壁障破卵而出，鹤鸣于沼泽，幽灵从远方望着故乡，光一闪一跃进入黑暗之间……

世事无相无形，它沿远山起伏于苍莽之间，从生死离合间溢出。

星辰愀然旷远，时间白驹蹄迹。

人，与万物，期会于旷世。

有人结草庐归隐，有人耕作浊世。

文字挽结着沧桑，在人生意象间，影子滑行于泥土的阴凉。

人世的喧哗，它玲珑的曲线似烟一样滑动，最后隐匿于虚无。

宿命的禁忌似滴露缓慢垂落，易惊的薄镜中，薄绸样的生命纵身于镜子。

旧日已似春风，在一夜之间，吹皱额头的河流。它们将与我共白头，在春天的盛宴里，鸟在证明天空的高度，有人把骨头藏进了泥土。

世　　事

世事飘浮在人群中，灰蒙蒙的雨季淋湿了拥挤的面孔。记忆蹀躞在关外的风沙中，我似春间的青蒿，一寸一寸地长大，青色的忧郁碧色的伤心涌满了整个身躯。

窗外，飘浮着巨大的星宿。

其光灼灼，照耀人世间的沧桑。

生于南方的乔木，因伤心而显得茂盛。

他在北方，因思念瘦成一副嶙峋的骨架。

我的青春随着想象一路奔逃，从古代的闺怨逃至现在，剩下一副残骸逃到今朝，有春风吹绿峨冠，头顶有白云，脚下有野蕨，暮晚的远方静静消失。

静静的。

我依旧像活着旧有朝代的阴影间，逃着，躲开世事，制度和官吏。

去遥远的地方寻找一块能埋藏自己的土地。

雪中垂钓的大江，荒野中的村舍，远僻的群山都纠缠在人事与制度的规则之下，它们被修剪的枝杈像无声的唱叹。

世事的暗示让我无法忍受，跟随起伏的季节潜逃。

有人在季节之外嘲笑，我注定只属于这饱含自由的汉字。

在它的细节中浪荡一生。在世事的尽头，看朋友们起身离去，潮水正在起落之间……我逃离着人世的喧嚣。

在逃离中我轮回成树木，飞鸟，昆虫，兽类。

自己十二个轮回间无穷无尽的变形。

世　间

爱着的，恨着的，他们来了又走了，他们在我身体里停留。

他们聚集着，他们离散着。他们成为我的生活却又瓦解着我的生活。

新的，旧的，思想的，活着的，脸上的青龙，背上的戏袍，唱着的，听着的。它们是我的影子，现实或者眺望。它们有着我少年的不幸。

它们正在转身！

它们的背后是长堤落日，醉醺醺的夜航船，一夜明月低于青草，两岸的潮声。嘉陵江水浑浊，浩大，剩下一段川江号子在叫，在喊，在心灵深处颤动。

堆满世间的情，爱，恩，仇，石头，钢铁，美梦。

堆满了油彩的夕光。时间在焚烧着陈旧的记忆。

世间在戏中唱着，戏外听着，戏后沉醉着。

时光在江边流着，逝着，消失着。

爱情在化蝶，肉体沉睡于棺木，命运像二胡一样拉着。

世间在闹着，在笑着，在哭着，在等待另一个落日来。

平静的落日收走白昼的喧哗，人生盛景，在江水的奔波中，沙粒成石，泥土化水，旧石新楼，古木新火。

它年复一年把时间的灰垢压在我们的命上，将我们压垮。

暮色里，青蝙蝠飞过，我们安息。

河水长流，洗净我们的肉体！

大地沉静，收藏了我们的内心！

（选自"郑小琼新浪博客"2016 年 10 月）

钢 炉（外一章）

周庆荣

1

感人的温度，应该是这只钢炉良好的内部环境。

一盘散沙不要紧，钢炉滚烫的怀抱足可以点石成金。它在，我便从不担心生命中会没有铮铮铁骨。

2

对钢铁最初的解读，先从钢铁般意志开始。

当我眼前的钢炉只是曾经的钢炉，北方的冬天，风吹得它身旁的杂草此起彼伏，我发现炉身的锈迹老人斑似的感叹着岁月。

天空干净，远处的烟囱矗立，如静物。

钢炉就是钢炉，它终于没像一位老人，愚蠢地否定新生事物。

它选择沉默地独处，任时光如流水啊。

3

我不敢轻易地把沸腾的钢水说成是火红的年代。

钢枪、坦克、大炮，或者向鬼子们头上砍去的大刀，我不去查阅关于这只钢炉的历史档案。

我只要岁月安好，说到英雄气概，我先拔光它四周的杂草，这些杂乱无章的事物，怎能允许它们荒芜掉钢炉的身躯？

有一种热爱

我知道，有一种声音不能忘记。

童年，我是那样迷恋村庄旁的小河，河水轻柔的呢喃是一支怎样的歌谣？

后来的记忆总是关于人在旅途，我在不断地行走中亲近生命，同许多人一样，完成自己的成长，需要一段长长的路程。

故乡的小河已然远去，亲人们说我像天空无根的云。

是的，有一种热爱只有云才能表达。我就是一片无根的云呀，我飘动在祖国的天空，清晨的露珠是我对草木的万千祝福，傍晚的霞霭可以成为装饰人间的风景，如果春雨霏霏，那是我爱到深处，滋润着泥土，那里是我根的归宿！

我知道，有一种声音不能忘记。就像有一种热爱，无边无际！

（选自"二马看天下微信公众平台"2016 年 11 月 28 日）

回声总在赴约的路上（外二章）

灵　焚

1

膨胀的声音慢慢松弛了，时间微风细雨般柔软。

纸篓里一团团被揉皱的细节，曾经从你音色饱满的峰峦松果般滚落。

剩下的夜晚平静了下来。

我们重新沐浴，在彼此的梦里召回零零碎碎的意识组装松散的记忆。等到了清晨，再用露水漱口，然后在餐桌上摆开盛满鸟鸣的盘子。

2

这是用花香调味的上午，太阳已经准备好足够的光芒。

让大地补充营养，植物养好精神，河流蓄积入海的力量。

白天，心情总被生活劈开两半，我们用来相遇的位置堵塞着玻璃的反光。中间消失在眩目的倒影里，左右关闭，眼前只有一条街道光滑的疤痕。

需要避开反光，我们不能成为伤口的一部分。

3

正午已过，我们各自退到边缘，根据影子辨认风的去向。

来，先让身体调好上下的纬度，以及双臂相互缠绕的斜角、弧线。还有，那凌空飞翔时呼吸的节奏、气温的冷热、气流的厚薄等等，都需要确认。

身体每一个部位都需要一一调整，根据白昼和声音的尺寸。

注意！若夕阳太沉，山峦已被晚霞压弯，不能让光线割破汗珠的皮肤，每一粒都必须是完整的，双目含情捧着，一直保留到夜色降临时，在呼吸里种下那些体温。

4

回声正在赴约的路上，夜晚过于辽阔。

别担心，星光即使单薄，那一片忠贞的蓝，足以让我辨别深处的景色。

还有角度，深藏在抵达的瞬间。当火苗从茂密的触觉里睁开眼睛，夜晚的入口将自然洞开。你打开镜子的湖面，让身体涂抹一层月光，照亮即将开始的旅程。

然后，在音乐吹动波纹之前，让亲昵先从语言的角度接触火焰、潮水、岩石，以及花朵。

并确认好彼此的呼吸与心跳。

（选自"二马看天下微信公众平台"2016 年 11 月 24 日）

最好的取暖方法

总是这样，用一个上午的祝福拥抱自己，直到把昨夜降温的那颗心捂热。

你寄来的拥抱直至中午源源不断地到达，你说，我们再用整个下午慢慢松开，让这个秋天得到足够的温度，补充那些红叶上不足的暖。

你说："然后，我们与夜晚和解。"

此时，与夜晚还有整个下午的距离。我收下你的文字，一笔一画地拆开，一点一撇一捺都不遗漏地放入杯中。

一个下午的手心握着一群滚烫的茶舞。

其实，即使远隔千里，你芳香的身体同样能在我的唇边溶解。

也许需要更具体一些，具体到你的每一个毛孔都能朝着我呼吸，每一个夜晚都要让梦从我的肩上启程。这是你要的？

然而你不说，只是躲在文字里羞涩地看着我，在回声里藏着，等待我表态的手势。

清晨，窗外的天却暗了下来，来自天边的那朵云已经到达京城。

我知道，此时的霞光在阴云之上，湛蓝在霞光之上，云只是为了带上你捎来的雨。

打开窗户，让雨进来，你的指尖微凉，比秋天的体温还低，使我明白你已经在夜幕下站了很久，连雨也动情了，即使跋涉千里的路途，也要捎上你伸向我的手，好让我用书斋里最干净的文字把你捂热。

既然来了，你要什么就说吧！只要我能给你的都会给你。比如一路的星光，一团取暖的火焰……甚至一座山的慈祥、一条溪流的童趣、一袭柔嫩洁白的云雨。

而这一场雨过后，秋色一定会把你的音域浣洗得比天空还要透蓝、深邃。

云上的那一片霞光呀！将让你不施脂粉也明媚娇艳，凝眸含黛，吐息如兰。

（选自"二马看天下微信公众平台"2016 年 9 月 22 日）

返　源

静下来了。我们深入那片水域里正在弥漫的白光，把那些声音的翅膀从高潮的天际收回，用尽可能悠长的姿势蜷伏在夜色边缘，目送万籁归鸟般撤离听觉。

向源头聚拢，就连大地的呼吸也不例外。那些奔跑的露水与大气交换了比重，任你把夜幕抬高，高到足以放飞成千上万的花瓣接住怒放的蹄声，直达生命的起点。

在源头，痉挛替代了风暴，被蠕动驯服的波涛，让天空绷紧大海的力度。

在源头，一个东方女子捧着一朵初冬的雪在颜色里受胎，用蓝，临摹繁星们的初夜。

想起那些玫瑰，总不断被情绪更改花期。

溯源的路途，植物不再关乎季节的命题。当阴阳携手之后，世界被诱人的色彩填满。此时，怎样的文字能为你的眼神命名？

用一千次沐浴为一袭芳香送行，迎面而来的还是花的气息。是谁，蛊惑那些业已收敛成露滴的潮水在意识里转身，跟随着芳香汹涌澎湃启程？

这是溯源的路途，你让桃花与玫瑰合谋，为每一种夜晚的险象环生埋下伏笔。

可你，却如此轻描淡写，告诉我，你只是盗来了阿尔卑斯峰顶的一朵新雪，在沿途种植一些星光蓄水，营造一次晶莹剔透的旅程。

（选自"二马看天下微信公众平台"2016年11月17日）

时间的蹄声

庄伟杰

一

时间的嗒嗒蹄声不息奔跑，
在我们来去匆匆的路上渐行渐远。
我们无从抵御，或者回避。
但流动的时间，是有弹性的。
一旦我们自如地紧攥它的缰绳，会变得
富有节律，舒缓而顺畅。

二

我们是骑马的主人。向东或向西，朝南或朝北，方向掌握在我们的手中。

在现实铺开的路上，穿行在时空交织的坐标轴上，我们起码拥有三种指向——

往前回溯，伸延到那些看不见的前尘往事；

往后前瞻，行进在尚未定型的未来图景中。

在前与后的夹缝间，呈现出在此的，或属于今天的秩序。然后

守望，等待，轮回，通往永生的道路。

我们只是过客，不是归人。路途尽管如此遥远。

三

我不止一次地臆想，应如何表达对时间的体味。

当我已渐渐习惯于平静淡然的生活，

当一个又一个的季节抛到身后，

并在内心激扬起风暴。

无法停住的步伐，让我倾心于艺术中的时光。

凝望大地的沧桑，仰观苍穹的辽阔；

注视无边的寂寞，星河沉降的声音。

铺开稿纸，时间便在艺术中、在文字中逶迤行走。

这种方式，可以驱使我们进入更为古老而悠久的地带，

或者，旋舞在旷古洪荒里与风解语，与神灵对话。

（选自"中国散文诗人微信公众平台"2016年11月13日）

花儿卓玛

龚学敏

卓玛，我的一个前世就是一朵花。卓玛，我所有的前世，就是你的花丛，你来了啊。

卓玛，我想你一次太阳就发出一丝的光芒。卓玛，你的名字已经被我念想成万丈霞光了啊。

蓝色的鸟鸣是你夏季的长裙。那些青春着的藏马鸡，是一条小溪，从你的眼睑深处流了过来。卓玛，我看见了我们的村寨在山谷里飞翔。

我闻到了栖在你腰肢的那缕香。那些和鱼儿一样，未嫁的长发。月光的念珠在你姣好的手上，卓玛，香，到哪里，花就开到哪里。绿松石的天鹅指路，我的今生，和你的名字就在那里。

卓玛，我的每一个来世就是一粒珊瑚。

卓玛，我所有的来世，就是你头上系着的那么多妩媚，你要给我收拾好了。

卓玛，在来世，你看见的每一朵花儿，都是我的命，是我那一生的名字。譬如白头翁，譬如断肠草。卓玛，在来世，如果你看见一片，今天这样开着的花儿，卓玛，那就是我的永生永世，是我的命。

（选自"大唐卓玛的微信平台"2016 年 1 月）

新 水 经 注

——丙申八月八日前列腺术后作

钟子美（中国香港）

这山山水水的腐败啊，山不容山，水不容水；山倾轧着山，水争流着水。大自然的准则呜咽为地下的潜流。

终于崩圮了，一切旧秩序，终于崩圮了，罪愆和美好。掌故不再掌故，传说不再传说——泥石流从天而降，堰塞湖堰塞了一切生机。

我因此普罗米修斯赎罪般躺在无影灯下，让改变一切的鹰隼来啄食我曾经的内涵。

风止云止，倾听着大时代严厉的变迁。

半麻的巉岩峭壁下，科技在横行，科技在狂欢，他们分明在高呼着，革命者的革命就是革命者的嘉年华。

革命过后，死寂。

重布山水的新路漫漫。

漫漫的长夜被痛苦分割得支离破碎，血色的淅沥夜雨饮泣着失去的光辉。

失忆的高峰下是记忆苦难的深谷。

新水经注写成后，山水是否清明，已是这个新注乏力的所在。

【注释】《水经注》是古代中国地理名著，共四十卷。作者是北魏晚期的郦道元。《水经注》看似为《水经》之注，实则以《水经》为纲，详细记载了一千多条大小河流及有关的历史遗迹、人物掌故、神话传说等，是中国古代最全面、最系统的综合性地理著作。

（选自"钟子美微信平台"2016年9月）

乡村的春天（组章）

冷先桥

山上的积雪，闪着寒光，娃子身上的厚棉袄，泛着油亮。

墙角的炉火边，老人唠叨的话语正浓，田埂上匆匆步行的人，已把锄头伸入地头。

路边的柳树开始冒绿，田野的小草，已从冬梦苏醒，布谷的叫声，回荡在村间的小路边。

女人们的脸上，红润早已布满，乡村的春天，在不经意间，已随着小牛咕咕的饮水声，来到了人间。

乡村的麦垛

傲立的田野。

锋芒直刺那个炎热的夏天，麦子以粮食的名义，支撑着曾经积弱的中国乡村。

麦垛堆积如山，堆满家乡的历史，密匝匝诉说着：

山野村夫血汗浇灌的人生，一茬一茬生长的麦子，一茬一茬演绎着黄土地的春秋。

一颗一颗的麦子，养育着我们的胃，养育着中国的脊梁骨，让我们壮实且坚强。

抵抗住一次次寒流的突袭，始终挺立在大地的东方。

坐在都市狭窄的阳台上，喝着乡下土灶上酿出的老酒。

每咽一口，就有一团火在燃烧。

将心中历年的积雪融化。

涓涓细流已潜入骨髓，而田野上绿意正浓。

乡下的哥哥

乡下的哥哥。

被扁担压弯的脊梁，在田野弓成犁的形状：

头颅向下，一点点地接近泥土。

山前山后的土地上，哥哥同父辈一样，洒下了无数的汗水，滋润着村庄的茁壮成长。

村前的老槐树，见证了他们。

耕种的姿势，以及庄稼拔节的声音，朴实而厚重的情感，在泥土里生根。

只有那头老黄牛知道。

父老乡亲超硬的脊梁，是怎么一点点地被岁月压弯。

怀念老屋

一座在时空隧道里沉浮了，几个世纪的老屋。

在春天的一场豪雨中，

轰然倒塌了。

连尘埃都不曾飞起，如一头吃饱了稻草的老牛，横卧在地。

我记得，那雕梁画栋上，曾经刻满我们童年的梦想，而当老屋里的年轻人，争先恐后地涌向了珠三角长三角。

当最后一位守屋的老人也老去后。

老屋的台阶、堂屋、屋脊上，先是长出星星点点的小草，继而小草们疯长得很茂盛，似乎在消耗着老屋。

数百年沉积的养分，到后来，连那只守宅多年的老狗，也不来光顾的时候，老屋便在一场春夏之交的雷雨中，轰然倒塌了。

在离它不远的公路两旁，正雨后春笋般冒出了许多，钢筋水泥的新楼房，而在天空中，传唱了数百年的俚歌。

仍是飘在故乡的大山深处。

远离乡村

跋涉在水泥丛林，远比挑着柴草，走在山间羊肠小道更身心疲惫，远离乡村远离炊烟。

远离鸡鸣狗跳远离熟识的山水，我的思想游离于这个城市之外，四处飘荡。

这的确是一个生机盎然的城市，连夜晚街市的霓虹灯，都那么风情万种。

很多时候，我试图将自己融入这座城市，披一袭岁月的风尘，成败于斯老死于斯。

我的目光在南方的河流漂泊，载满期望，穿越都市的风景。

找寻一种张扬的方式。

生动命运的必经过程。

看阳光长满花径，看春天在南方永远绽放，这块土地，无所谓风霜的袭击，商业的彩羽不朽的城雕。

随杯子的撞击声，深化许多期盼与向往。

但几行温暖过我的诗歌，总在夜深的时候，敲打我伤口里的骨头，停留在浮光之中的思绪。

向寒冷的高度爬去。

摇曳着乡村淳朴的影子，在看不见的速度里，蜿蜒成蛇，啃灭我的梦幻，我仿佛想起了什么。

一些事物正从窗前匆匆而过，白雪冰凌、山泉水塘、青砖灰瓦，以及铁犁深入泥土，秧歌响彻山花遍野的村落。

远离水草丰茂的乡村，我的思想日益贫血，生命的美丽遗落在别人的酒杯里，就这样东奔西荡。

这身臭皮囊，总该归还山歌嘹亮的土地吧！

临窗而伫，我怀着诗歌的伤痕，用目光收割一茬一茬，落满归途的花絮，为我单薄的诗歌，编织外衣。

远去的村庄

四月的尽头，随着水牛的尾巴，拖进池塘。布谷鸟的叫声，开始弥漫田野。唤起沉睡的心。

打铁匠拉着风箱，老篾匠缠绕着篾片，村姑挽起裤腿，雪白脚丫踩在油绿的大地。

一群麻雀在电线上讨论天气情况，一只狗倦卧在谷场边眯着眼看太阳。

母亲用针线，缝补着沧桑岁月，我与伙伴爬上屋后一棵大松树，拆喜鹊的房子。

被扛着锄头回来的父亲，狠扇了一记耳光。

如今，我漂泊到一座石屎丛林，已整整十年。

乡村的歌韵已远离。

欢笑已消逝。

隐隐一声苍凉的回声，正穿透千年岁月，刺进我的心脏和骨头。

（选自《中国诗歌网》2016 年 6 月 29 日）

天眼，发出太空之约

江　涌

中国建造世界最大 500 米口径球面射电望远镜（简称 FAST），2016 年 9 月 25 日在贵州平塘建成运营。这里将成为国际天文学术中心，FAST 有助解开宇宙起源之谜。

——题记

一

用思想之笔蘸上意念之墨，将视线无限延长。

连接浩宇天庭，发现玉皇大帝、太上老君、释迦牟尼正在把盏言欢；连接崇山密林，红冠绿羽的鸟雀正在溪边枝头呢喃拌嘴；连接冥冥灵界，看亡魂野鬼飘曳狂舞；连接恶人内心，可以窥见灿烂笑脸后面藏着的利刃；连接时间的隐秘深处，可以知道八百年前的因八百年后的果。

人是一个世界，世界是一个人。只要目力能及，世界的每一个痛点都可以用目光深情抚摸。

人类尤其是宗教人士，一直期盼拥有智慧之眼、神奇之眼，这就是天眼。

二

2016年9月25日，一个巨人站在东方大地，站在高原之巅，睁开了500米口径球面的大眼睛。

眨眼之间，他看见了天的边沿，看见了太阳系的外缘，看见了天外之天；他看见了7000多颗脉冲星在茫茫星空穿梭闪现（眨眼为十分之一秒，一纳秒为十亿分之一秒，脉冲星到达时间为30纳秒）。

东方巨人乍开"天眼"。天眼的视线可以无限延长，用若干光年连接宇宙的起源，我们可以看到初生的宇宙"呱呱坠地"，可以听到宇宙初生的第一声"啼哭"；用意念连接无形，我们可以寻找到宇宙太空中的暗物质、暗能量。

人是一个宇宙，宇宙是一个人。

宇宙向何处去？人类向何处去？

打开天眼，一看便知。

三

东方巨人睁开天眼，睁开智慧之眼，睁开神奇之眼，让地球人瞩目，让外星人瞩目！

东方巨人睁开天眼，向太空发出电波，发出太空之约。

（选自"常青藤公众微信平台"2016年10月25日）

我 的 故 乡

谭仲池

一

冬天，大雪纷飞，一片圣洁无尘的世界，挂着晶莹冰柱的枝头，绽开了万缕银色的相思。相思如缕，如丝，如帘，如瀑，如琴声依依，如泉水潺潺，撩拨着我不眠的心，一夜就这样醒着，不曾入梦。

梦仍在远方跋涉，肩负着父母的期待，故土的叮嘱。那重重关山，那条条江河，那天低云暗，那月缺花残，那古道、箫声、蹄鸣、夕照，那荒漠孤烟，边塞胡杨，沙丘泉井，怎么都如我一样老了，疲倦了，支撑着自己蹒跚的步子，在丈量天地的苍茫和宇宙的无限。如斯的惆怅凄情，最终却铸成了岁月的惊叹！

二

醒来的那个早晨，孙女还在梦中微笑，脸上浮起天真的云彩。窗外阳光格外明亮，光芒爬上高桉，朝我挥洒一片明媚的霞彩。鸟声把片片翠叶染绿、芭蕉叶张开飞翔的翅膀。日复一日，年复一年，我也曾像芭蕉叶一样在时空里摇曳飞翔。飞翔呵，飞翔，可不知为什么总是挣不断慈母的手中线，飞翔呵，飞翔，可总是离不开父亲编织的那张网，把我生命的波澜束缚在他的身旁。终于有一天，在我老屋的阁楼找到了那把宝剑和那把梧桐琴。于是我身上突然生长出丰盈的羽毛，羽毛里还夹着沉沉的雷声。就这样我朝高天飞去。翅膀拍着风浪，发出铿锵的声响，也像琴鸣，也像龙吟。我飞过那片漫漫长夜的沼泽地；飞过那耸立着巍峨长城的起伏山岭；飞过那无底的悬岩深渊；飞过那诗情画意和牛羊悠闲自由的桃花源。我抚摸着广袤大地的冷热肝肠，我知道每棵树的绿荫都有我故乡的清凉，每一株小草的露珠，都有我故乡的目光，每一瓣花蕾的笑靥都有我故乡的芬芳。

　　故乡在我的袖口呼吸，

　　故乡在我的耳边歌唱，

　　故乡在我的心中温暖，

　　故乡在我的血脉流淌，

　　故乡在我的脚下延长。

（选自"谭仲池新浪博客"2016 年 4 月 13 日）

引力波幻想曲（外一章）

钟国辉

　　我有一个美丽的名字，那是地球人赞美的引力波，亘古都难言，唯有当今智慧人。

　　我生在哪里，宇宙说不清，风雨不知道，雷电跑开了，只有那满山遍野的杜鹃含情脉脉。

　　我长得怎么样，有人善意谎言告诉你，那是五彩缤纷万花筒，其实连我自己都朦胧。

　　我有多大的力，外太空说能够宇宙轮回，地面上讲足可以超越时空，但我从来都在默默无闻。

　　我存在到底有多久，科学家说有五十亿年，与地球太阳同步长，其实我从来就没有时间，我与物质一样没有起源。

　　宇宙漫漫，时空灿烂，多少物质眼花缭乱，时光远远，变化万千，我的瞬间被你们发现，从此有的人荣耀万千，可我永远不得安宁！

情　了　了

色彩斑斓心在燃烧，情未了，那是时光的错漏。

天地停转，万物枯燥，一把匕首刺向空茫万事妖娆。

说一声，绿色没有起点，春意只是无奈的益然。看遍蒙蒙辽阔，山岚风情万种，一缕思念，吹拂青春年华。

多少情思渺渺漫步，谁那是昨天的影子，看过了不记得酸甜苦辣，只知道浩渺没有回头。道一句，白色烧红，热浪从缝隙穿透，要把空茫颠倒。是谁主宰强光，问遍大地，沉寂得如电流穿过。

谁不知道，太阳就是头上的神，从地球脚下刮起风尘，来一个痛快，把江山闹腾，催化燃烧能量过天。问一下，秋色妩媚，层林梦幻，空茫中飘出断层彩色，把大千世界装扮得人鬼变妖。

难道真有魔力法条，让春的细胞疯狂，让夏的光芒魔乱。看不透的色彩，是那样的惊澜，吐一口气，闭眼后全是瞎子的世界。看一遍，寒风凋零，白的没有世界，针线穿不到头和尾。冷风扫过，知觉麻木遍地，虽是狂乱白色野盲，但深处仍然篝火缥缈。是谁相信圣洁长存。

那是掩盖了的土地，就连南北极都是骗子的乐园。

再回首，风在旷野，一缕青春划过江面，哭喊着对面的姑娘。

不是我，不是你，统统都不是。

听到了回响，别走，我爱你。

再往前，一点露珠飘拂着生命，一串晶莹造化着灵魂。

时间本无性，只是一段情，青春本无价，只是穷苍天，笑看前半生，未来茫然都是癫！

（选自"钟国辉微信平台"2016 年 9 月 28 日）

一段三月的旋律

蔡照波

一

阳春三月，彩云之南的普洱市。

游历，辗转多个少数民族古村落。

穿越千家寨，见过拉祜族的苦聪人；在酒井乡老达保寨，加入拉祜族人自娱自乐的歌舞中。

二

一曲曲拉祜族姑娘唱出的民歌，喝下了一杯杯暖心窝的美酒；晚霞就在天边，月亮升起来；村寨里的拉祜族老人、大人与小孩，情不自禁地围在空旷地方，吹起芦笙，打起腰鼓，跳起了来自生活的舞蹈：插秧、收割、播种、砍柴……

日常劳作的一幕幕，成了一个个鲜活的舞姿，简单明快接地气，轻松愉快地自然流露。也踩着鼓点学着跳起来。

一个爱唱歌、爱跳舞、无忧无虑的民族。

据说土生土长的拉祜族人近年还上过央视的星光大道，集体亮相唱民歌。其实只要能自由自在地歌唱，是不是歌唱家又有什么关系呢？

这与功名利禄不相干。找个宽敞的地方唱歌去！

目光所及的晚霞是一种旋律，晚风是一种音乐，朦胧的夜色是一种氛围。

仰望寰宇，俯察万类，何处没有旋律？何处没有音乐？放声唱吧！

拉祜族的民歌柔情似水，歌声伴着鼓点和芦笙，悠扬时有如寨子边轻轻流动的小溪的流水声，溶进了春夜爱吵闹的虫鸣声里。唱着跳着，似有一种奇异的芬芳在静静的月色中，随着歌舞声四处弥漫开来，这一夜我欣欣然。

（选自"蔡照波微信平台"2016年10月）

临湖而居（外一章）

刘海潮

那么，临湖而居或是退而结网。

沙滩是命中注定。眉心的痣。
推不开鸥鹭，流云。百步之外。
一遍又一遍，环湖的饥饿时断，时续。
时隐，时现。35，或者36。
三楼，或者五楼，一切隐匿手心。

那么，临湖而居或是退而结网。

最后一条路通向湖心，通向十指。
斗和簸箕瞬间转换，瞬间。
湖水经纬颠倒，黑白轮回。
三个月，三天，或者更短。短过一滴水，短过沙的缝隙。

那么，临湖而居或是退而结网。

临湖的窗子都被视线钉死，光在抗争，撕裂，渗透，而又无奈。
抓一把风取暖，风已打成死结。

鱼自由地从网中穿过，只一下，就击中我的命门。

（备：本文写家乡兰考泡桐）

在 路 上

一会儿工夫，就在路上。说不定现在就在路上。

说不定风扯捞着风就在路上，说不定，月光，星辰，团雾，小雨，一股脑就在路上。

在路上，会遇到新乡安阳，会遇到邯郸石家庄。会遇到运煤的大车，九十吨重。会遇到高铁动车。

和京珠高速平行相伴却永远不能交会不能厮守如初。

会看到收割后的庄稼地，淹没在夜的深处。会看到狼烟从秋天的边缘袅袅四散，会心一笑。

（炊烟也从豫东乡下一路向北）

在路上，还会有音符和方言一起取暖，还会有菊香满城，鸭汤暖心，汴西湖红蓼绽放。在路上，疼痛的疼痛，忧伤的忧伤。

一觉醒来，天，还是没有亮。

（选自"开封市诗歌学会微信公众平台"2016 年 9 月 12 日）

大禹渡掠影（组章选二）

郝子奇

谁也无法改变一条河流的走向

之前。数千年。
先人来过。这黄土垒高的河岸，
先人之前，多少年，
这黄色的河流走到这个地方，并没有在意岸上的人，兀自流着，属于自己的远方。

现在。我站在岸边。
黄昏。天穹垂下沉重的云朵。细碎的小雨落在辽阔的河床。
缓慢的黄河，并没有加快流动，仍然像沉重的历史，漫不经心地走过我的凝眸。

一条河流有着自己的固执和远方。
它的流动，不会因为山峦和平原而改变。
改变河流的人，最终都被河流所改变。
数千年前，先人站在岸边，懂得了河流的固执，
让泥土回归大地，把低处的路，递给了河的奔流。

之后。多少年。
岸，在。
河流，在。
而晚来的后人，会不会像我，明白了先人大禹对河流的理解。

谁也无法改变一条河流的走向，
而低下身子，去收取河流举起的庄稼和花朵。

大禹渡，留住傍晚的光

点燃云霞的夕阳，也点燃了抱着泥沙的河流。
碎开的火苗，在宽阔的河床跳动，熄灭。让四千年岁月，在明灭之间，
涉过河流。

涉河而过的祖先，并没有回家，带着光走向了远方。
只把背影留给了河流。

胸怀河流的人，注定属于远方。所以没有在意自己的小院的门开着。
岸边。黄沙纷纷落下。河流里的鲤鱼划动着翅膀。风把河流里的光一点
点吹灭，只留下渡口，
成为历史。

而我，在历史的河床，看到夕阳点燃的河流，在沉默中燃烧。
仿佛带着光芒的先人举着火把，带着黑暗中的河流走向远方，
这样走着，已经四千多年，他没有回头，河流也没有回头。

（选自"中国散文诗研究中心公众微信平台"2016 年 4 月 15 日）

江南雨（外一章）

虞锦贵

江南的雨，飘于烟波之上。
在碧绿的柳叶上挂着，远山在朦胧中失去了本色。

一呼一吸中，雨珠与荷叶达成协议。
让我在踏入流水倒影的河堤时，忽然心绪平静。

寂静的深夜，在雨声中失眠。
幻想雨打芭蕉的意境，弥漫。
渗入我诗歌的内部，在词藻里自由欢畅。
搁置在语言的音符上，流向梦的长河。

江南的雨，剔透晶莹。
在老屋的檐前，打探。
听雨的语言，不同凡响。
说给云听，给过往的季节听。
在浮世的喧嚣里，滴出几朵清心寡欲的花，守望时间。

（选自"冯站长之家微信公众平台"2016 年 7 月 12 日）

走出雨巷

踩着小巷卵石，你徘徊雨巷。
淅沥的雨丝，天穹灰暗。
翠绿的伞，是否能撑起这个凄婉的主题？
倾诉不尽的惆怅。

这个雨巷，不属于你结满愁绪的丁香。
记忆像夜一般深沉。
你的相思在百合花瓣上颤动，秀发飞扬。
铺一地温暖的蓝色。

为找寻失落的抒情诗行，你又回到小巷。
雨已停止，天空如此晴朗。
脚步在巷口的柳树下，回荡。
枝条仍在摆动，任凛冽的风，抽打往昔时光。
你的故事装满了怀想，身影划出生命的波浪。
我在日月迷雾中辨认你的形象。

小巷太短，思绪太长。

你站在巷口，何人读懂你回眸的忧伤？

虔诚寻找心灵振颤，休戚与共的风雨里，品尝生活甘苦。

为你点一盏灯，那里有爱的分量。

（选自"冯站长之家微信公众平台"2016 年 7 月 11 日）

黄河流经黄土高坡的时光

汪志鑫

时光把岁月变成一些残存或片段的记忆。

一流黄皮肤的淤泥，染了耕作者的脊梁。沉淀在岁月河底的黄土，长出高原人的倔强。牛粪被粪铲捡起，在一个背篓里团结成炭火的力量，将农家的炊烟赋予大地的灵魂，映红了少女的脸颊。

一曲信天游在黄河边飞流直下。站在山顶的牧童，把梯田的绿色望穿。在盛夏的清晨，农人收割大山的心事，一穗穗麦子高傲的头颅，接受主人的检阅后，安躺在大地的心窝里。一颗不安分的麦粒跳进季节的河流逆行而上，成了春夏的景色。

喜鹊在树梢上眺望自己的思维。期待、渴望、盼许，或收获满满或竹篮一空。

其实，我并未亲临黄河。只是黄色的奔腾穿流北国风光，让我的骨子变得清瘦而坚硬。窑洞与我是一个渐融的肤色，养育与被养育之间，丰满黄土地铿锵的情感。

离开时的脚步沉重却无力。我在懵懂的雨季，成了断线的风筝，飘在黑土地的大街。一个从秦地求索的阿土，怀揣一瓶源自黄河的水，此刻：我闻到了乳脂的馨香，泛黄的泥沙发酵着我的乡愁，在一个寒冷的雪夜，我逃离关东，一路向西——

我不知道，走失的灵魂能何时静立？在精神层面，我贫困如物质的裤兜，除了进门需要的钥匙，别无其他，连乘车需要的一枚硬币也弃我而去，直到迪化的历史袭我而来——

而今，我混迹在西域行进的人群中书写、吟唱，那条流淌黄土高坡的根蔓会延至何方？

窑洞延伸远方的纪年，铸就黄土高坡的成长史。

一个人的河流，是父疼与母爱交织的蹒跚与驼背的山地。梯田夏的绿与秋的黄是黄土高坡最后的根脉。

我再未看到"麦客子"挥动镰刀收割炎热和生活。汗水在黄昏后睡在大地上，听地虫的鸣叫！

个羊倌的爱情，在山沟沟对面开成一朵娇艳的玫瑰。属于高原的午夜，婴儿的呱哭为羊倌添了人丁，我听到黄河奔走的声音如此高亢，如此脆耳——

在塔克拉玛干腹地，我抓不住一粒沙子，奋力地抓起，扬在空中，想起麦场上扬起麦粒的木锨，已如耄耋的油灯，在角落与尘土为伍。激情燃烧的盛夏，沟壑缩略在汉子黝黑的脸颊上，笑容的穿透力如黑夜猫头鹰的眼睛，刻在高崖上，积淀流经的时光！

一棵树，在洪水过后露出与黄土缠绵的根须，几个世纪的情感被无情撕裂，过早的落叶，过早经历沧桑，唯有透过云层的阳光向一个黑暗的角落，倔强地延伸！

一个跳跃的土豆，用若干吃法注解自己的价值。而我，尝遍这种价值带来的成长！这个鸡鸣蛙叫犬吠与婴儿啼哭的村落，被匆匆的外界皈依成偏僻！屈指可数的高坡汉子，在宁静中争相逃离！

门前的深沟里，清凉的泉水曾在哥哥扁担的两头欢舞！而今，一沟的蹉跎与干涸。在这个维度，我宁愿守着"偏僻"！

残垣在麦农弯腰捡拾岁月里遁形成无影的历史，另一端正从栖凤山迈出，讲述朝那文化的古今。

黄河的根系在我的脑海与现实中逐步萎缩，我惧怕"几"字扭曲变形，心慌地站在思想的渡口眺望，却看不到完美的全貌。

一首豪迈的歌曲，从我的童年一直唱到今天！

是的，"我家住在黄土高坡，大风从坡上刮过"，一枚"红脸蛋"杏子，引领遍野熟透的军队一路开进！在长城塬挨家挨户的灯光里，你会听到杏熟蒂落的分娩与母亲亲切的唤儿声相映交错，黄土高坡的夜：比霓虹灯下的浮华更接地气！

羊皮筏子和水车被岁月刻成文字，令西夏王陵在晚霞中尽显魅力。黄河的湍流孕育了一粒思想的种子，从金戈铁马的凯旋声中，我分明看到爱情河谷绽放着西夏王内心的姹紫嫣红！

一次乡愁。一段记忆。一种品味。在黄土高坡流经的岁月里，侧目远看一个黄河女人，行走在古道上，细润如脂的肌肤，柔和了千年的时光——

（选自"一起回彭阳微信平台"2016年1月18日）

灵　渠（外一章）

田景丰

灵渠，一个从历史深处风尘仆仆走来的秦川汉子，牵手湘水，奔向漓江，经历了二千二百多年的穿越，至今依然在这里与游人一起悠然漫步。

阳光下，漫过拦河坝的水帘，洒满耀眼的光辉和欢声笑语。古榕覆荫的南渠，渠壁沾满绿色的苔藓，平静的渠水载着游船款款前行。女导游在船头抚动古琴，堤岸婆娑的树影在悠扬的琴声中摇曳……

一条为征战而构筑的人工运河，承载过秦军浩浩荡荡的船队，承载过秦皇一统天下的壮志豪情。如今，那雄浑悲壮的鼓角声早已消散，厮杀的刀光剑影也被流淌的岁月冲刷馨尽。然而，这奔流不息中却凝固了一个古老民族智慧的丰碑，凝固了子孙后代永远的景仰与赞许。

生命价值论

有的人无论活着或者死去，都犹如天上的星辰，或明或暗地闪烁在历史的星空。

有些人像风雨中的草木，有过花开的靓丽和枝繁叶茂的荣华，之后便悄然枯萎。

更多的人生或死都无声无痕，如同微尘，默默地随风而来，又默默地随风而去。

人类的文明史就是一座生命的金字塔，是无数无价值的生命，托举着与日月同辉的尖顶，像无垠的夜空，以浩瀚的暗淡反映着星辰的光辉。

（选自《中国散文诗人》微信平台 2016 年 11 月 13 日）

秦 汉 残 简

邹业本

一

帐篷外，时光飞翔，稍纵即千年。

城墙之下，年少的你。秦砖汉瓦，叹息之后，堆叠叹息。

岁月碾压辉煌，质朴的遐想在山谷回荡。

你的温柔依然像刀，收割我的迷茫。

我常常昼夜考古，每天清理残简。

我希望有一天，你能穿越秦砖汉瓦。

藐视时光，轻轻地拥抱我的忧伤。

轻轻地，走过来，如羽毛。

哪怕骨骸，尘土，空气，微弱的光，残简里，有你生命的气息。

二

时光如箭，你应该在你的年代，追求你的爱情。

亘古的声音，等候春天的到来。是仰韶古曲跟随楼兰古城的风沙，扑入我的眼睛。

我迷失了方向，迷失了。

相距两千年的时光，没有图片，只有残简断章。

你可知道，对于爱情，我早已绝望。

就如同这人生，我已不抱幻想。不去思考，生命从哪里来，到哪去。

所有的卑微和伟大，都被风沙掩埋吧。

没有你，活着的意义不大，就算让我为王。

考古，挖掘，清理现场。

最后，把自己埋葬。

三

长城万里，多少爱恨情仇付诸东流。

古巴比伦走向衰亡，中国，却在残简丛中走向蓬勃。

秦汉之前，城墙之上，你的心，安放在哪里？

粗布，胡服，无法遮盖你的温柔。

你属于苍茫大地，或秦，或汉。

在那浩瀚的历史变迁中，我愿陪你一起孤独。

长城之下，洪荒之中，我们老去。

（选自"邹业本微信平台"2016年10月）

太行山之巅

徐金秋

水非水

女青年营养严重缺失，浮肿的脸。

筋骨绷凸。紧握铁锥。男人女人的手，劳动人民的手。

被单是房顶，山洞是温床，身体是工具，精神是食粮。

山开，石劈。

故事从 1960 年开始，还没有讲完，水接上，一路叙述。

一次次苦难收藏到老泡眼里，一个个鲜活的人物风干到岩壁上。

每走一步都有故事，每走一步都是一幅画。突然急转弯，坚硬的石头，低头，让路。又一急转弯，碰疼了一座大山。

水，比山高，比石硬。它推翻了一座座山，竖起另一座山。它破碎一块块石头，又团结了另一种石头。

山好壮观，石如巨龙。

清亮亮的水，柔韧的水；爬山上树，攀岩走壁；青春藤一样蔓延，穿越。从漳河，向河南安阳林州。从人民的渴望，向祖国大江南北。

田园疯长，林木激荡，人心沸腾。

土布鞋、铁锥、棒锤、一只破洋瓷碗、苍老的容颜、斑驳的岁月、一个穷酸的年代和整个尴尬的祖国，跟着一起骄傲。

红旗渠！水非水！

郭亮村

提到万仙山，都会想到郭亮村。

这里的石头，几乎都是有形象的。比如像马、像虎、像龙、像人、像仙。

没有形象的都砌成墙，墙有了温度便成村。村有了生活味，便开始塑造形象。

大导演都奔这个村来。来后从这里搬走几十部不朽的影视剧，成就了"中华影视第一村"。其实就是郭亮村。

有没有拍到郭亮，很难说，郭亮很可能就是立在一旁作衬的石头吧。导游已经重复万万遍：郭亮是从这里起义的农民。除此，再没有过多的描述。是的，火了那么多人，至今他还是农民。

柿子树在此，记得年年画它想要的圆。山楂树也不例外。是火红和紫红。天很蓝。

有人从谢晋居，郭亮旧居和不管有无标识的房子间，毫无目的寻找，寻找村的一点记忆，瓦、石磨、石臼、扁担、箩筐、高粱穗和玉米秆儿。

突然来一阵雨雾，有人正在湿漉漉处奔跑，他的狼狈使村子又加深一层真实和寂寞。有旅客说，快拍，好一幅画！

没看其中，也知其不在拍人，是在捕捉村子剩下的一点灵魂。

只要郭亮在，村子就一定要像个村子。

（选自"徐金秋新浪博客"2016年）

感　恩

王　垄

成年以后，芦苇在嘴唇上和下巴下生长。头顶，杂草丛生。辽阔的野滩，恰好等于一百亩的往事。

柳堡，始终走不出柳堡的风。那些又薄又软的春天，够不够换一颗少女的心。

阳光，被一只蜜蜂刺伤。

河流，除以光阴，结果为零。

墓地之下是一片海，墓地之上也是一片海。海和海，有着生与死的两面。

在柳堡，感恩像一篇错别字和病句层出不穷的表扬稿。谁能算得清，要用多少的乳汁，才能让一个村庄人丁兴旺？要用多少的音符，才能谱出柳堡的乡音？

沉默，终生的沉默。如同村头上了年纪的柳树、槐树、榆树，摸一摸，也能感受到祖先的体温。

歌，落地。

故事，生根。

一朵云，会将游子绊倒。

一片叶子，和我们的生命一样值钱。

（选自"王垄QQ"2016年10月）

心中那片海

甲骨文

我想悄悄靠近那岛礁，去探寻建设者的足迹。漂洋过海，越过南大门，门铃久久地响起，似乎能听见整个华夏齐声欢呼。岛上的花草奔放热烈，燃烧着生命的姿态。我仰首看了看天空，霞彩，正往那片海集结。

我昨夜梦随郑和舰队，几度征服这片海洋。我又梦战西方列强，眼睁睁看着这片海被割让。也不知——多少渔火曾在这片海域闪烁，多少战火曾让这片海域着魔？那里没有北国风光，也没有江南氤氲；那里四季如夏：有的是骄阳似火，有的是礁砂如霜，还有无尽海景和绝地而起的城堡。我记得最苦的是，建设者们把汗水揉成砂，凝固成墙……

烈日巴不得化海为沙漠，花儿恨不得疯长成绿洲，最是灯光和月影的温柔，温柔里一声声机械轰鸣，还有那一阵阵欢声腾跃，像冲锋陷阵的嘶吼，像疯狂连连的炮火。我庆幸体会到这岛礁的火和热，欣赏到花和蜂，铭记下风和月。我多么希望，自己是钢筋混凝土：在祖国的最南端，筑成美丽的城堡，筑成广阔的机场。在多少个朝和暮，度过无数春与秋，只和着滔滔浪声，携日月星斗，闪烁沸腾的思想。为四海为家，为固我海疆，信念根深蒂固，愿梦如花绽放，不管芳菲已歇，芳菲已歇！

谁以皎皎月彩为灯，谁以满天星宿做伴，像飞鱼跃起搏击海浪，像海鸥滑翔迎向旮旯。丹心，恋魂，挥汗如雨，建设者们踏上义无反顾的征途，也不知付出了多少青春年华。

嘘！我哼着歌向云浪袒露，叩问何时能闭合漂泊之门？刹那间的悲欢离合，昙花一样涌现，转瞬的两行泪痕，一似山水田庐的静谧，一似鹃鸟泣血的愤懑。幽叹，呐喊，电掣般驰骋，纵然理想的云帆无风助航，可惶惑的人生也绝不沉闷！渴盼袒露的，还不止是霞焰，是灵潮；渴盼袒露的，还不止是草木荣败，是啸响波涛。那分明还有你的浮生过往，又分明还有我的尘埃飘摇！

野菊想保持怒放的姿态，他们想定格骄傲的青春，在有生之年不留遗憾。那岛上总会有一阵阵呼唤远方的风和一抹抹满怀心事的霞彩，没有哀伤，也没有眼泪。四季用碧海蓝天憧憬美好的未来，而他们，则用汗水让南中国海愈加有味，愈加甜美！

真想化作灯塔上那只海鸟，停止飞翔，也停止漂泊。就守在这里，度过余生。此时，风雨偷袭了大海，天边出现了迷人的彩虹。我在那片岛礁上自弹自唱，心里藏着无尽的美和深情。

（选自"甲骨文新浪博客"2016年10月）

西 湖 情 思

林宏书

风含情，水含笑。

今夜的风如湖水般温存，而水却似处女般含羞。我沿着这带有灵性的曲径，涉水而上抚栏击节——

九曲回桥依旧，昔日那携手漫步观花赏月的情调却不再？

忆往昔，你那小鸟依人的神韵。我携你穿柳踏歌，赏尽西湖的俊秀飘逸，无限风光给我痴情似酒；你拥我观灯望月访遍古今风流，现代都市的繁华与古远文化的悠长，给我活泼的诗情……

今夜，也许你已在安静的港湾尽享人间温情。而我，却独自徜徉在这幽深的波光之上，寻觅已往的灵感。情悠悠，心如梦……只有那顽皮的柳絮戏水弄波在痴痴地诉说满腹衷情。

（选自"林宏书微信"2016 年 10 月）

爱 有 温 度

舒　婷

你的十月，当是秋已深种，十里红枫，黄叶铺地，冷霜入冬；我的十月，仍是万里苍穹，青山远黛，斜阳入画，姹紫嫣红。

一棵树有一棵树的使命，一朵花有一朵花的信仰，一个人有一个人的祈求，如野渡之于扁舟，河床之于水流，世人之于缘分，各有各的坚守。

相信缘分的。我总想：每个人都是自带密码和磁场来这世间的吧？寻找密码相同磁场相似的人。人与人之间的每一场相遇，不管繁华还是冷清，必是一个解码和碰撞的过程，有的人擦肩而过，有的人相伴一程，而真正的知己，不是在你如花的顺境中陪着你笑，而是你在晦暗的泥泞跋涉时痛惜你哭的那个人。志趣相投秉性相近心灵契合，不管冷暖几何，不问谁对谁错，陪你蹉跎到老。

红尘深处的一脉对视，恰似一场黑白电影的无声演绎，仿如突见夕阳下远山的半缕炊烟，邂逅台阶转角处的几声风起，瞥见屋檐下飘散的几丝细雨，平凡况味中的烟火，都是深深浅浅的欢喜。而我深知，所有不经意的过往都是必不可少的注脚，只为在这样的一个日子在这样一个地方以这样一种方式与你相遇，谱写一页平凡世间的相识相知。如水满山涧月泻松林野渡横舟花香满径，无关风与月，最是两相宜。

因是果的深种，果是因的期许。无须收留我的足迹。山高水深，何须问是过场还是风景？让沮丧、彷徨、泪水、绝望，各安天命，如萍散终会相聚，离别找到皈依，我的人生恰好有你。

坐在纵深岁月，笑与时光对视，山水两两相望，星月唇齿相依，生命慈悲且充满暖意。

（选自"舒婷（广州）QQ"2016 年 9 月）

情牵江汉，武大赏樱

许昭华（中国香港）

因为盼春，想起了樱子，她是爱情与希望的象征。
因为樱子，想起了富士山，她是东瀛赏樱的圣岳。
是她，最先把春天的气息带给人们！
是她，热烈、纯洁、高尚、淡泊，
严冬过后的妩媚娇艳，灿烂过后的不污不染，毅然凋谢的壮烈！
"欲问大和魂，朝阳底下看山樱"……
樱花，被赋予日本精神，被尊为东瀛国花。

富士山樱花名扬遐迩，但始终乏兴涉足。
赏樱缘起，我和江城有个约会！
鄂地名医，世纪伊始几度香江公务，不忘拨冗小岛中访友。
楚荆俊彦情深谊重，扬子江水滔滔一片至诚，
于是，天子脚下雪丫（丽君）南飞，海隅同窗相携赶赴江城……

于是，见识了武大樱花，知晓了这东方神秘！
于是，花景人事留下难以忘怀的种种美好回忆。

名校樱园、樱顶、樱花大道、鲲鹏广场，
一树树的樱花，一团团的粉红的云，飘着，
在山坡上，在庭院中，在田野沟沟壑壑之间。
早樱、晚樱和垂枝樱等共6种10余个佳品：
早樱开放花色丰嫩；晚樱开放渐成花海；垂枝樱等绚丽多彩。
淡淡的香，目不暇给的红、白、粉红云霞布满宇空，
成千上万慕名而至的游客，流连观赏，如醉如痴……
"三月赏樱，唯有武大"，确名不虚传！

赏樱在武大，
平看一片片，花枝招展；
仰望不见天，异彩纷纭的世界。
落樱散见草地，红白相间，阶前院后，
花骨朵儿高挂楼台，亭亭的，
最高名学府处处琉璃瓦，蓝蓝的，
一群群的学子席地写生，悠悠的。

可惜错过了春樱冬雪！
早日江汉瞬间雨雪交加，
珞樱变幻出罕见的美景。
百年一遇"樱吹雪"，
另一番风情，另一种壮观，
犹梦幻，犹入蓬莱仙境，
千里之外，看蒙了网客！羡煞了爱樱人！

樱花一丛丛一簇簇千姿百媚，
笑靥甜美的花仙子并非东瀛樱花族独有。
日学者专著《樱大鉴》记载着樱花源自中华喜马拉雅山脉，
宛如生物一样呈放射性传播，先滇樱后传东洋。
明于若瀛诗："三月雨声细，樱花疑杏花"。
唐白居易诗："小园新种红樱树，闲绕花枝便当游"，

千年之前在圣域在中州得窥樱花仅存的点滴芳踪。

樱花一生一世永不放弃，
命运的法则就是循环。
当忆斯年日军侵华于此种上日本樱花的悲痛，
战后周揆接受日本屡赠的樱花树苗在此广植……
因为恋春，想起了樱子，
因为情重如山，江城有个美丽约会，
武大三月赏樱，除你之外别无他爱！

（选自"许昭华新浪博客"2016年8月）

海珠湿地

张远环

一边是滚滚车流，一边是珠江外航道。

在秋日里，我来到一万七千亩的海珠湿地。

在这里，几多的理智，几多的远见，给了我联翩浮想。为了保护广州市民的"南肺"，政府慷慨买下这片土地，于是这里有了碧波荡漾、鱼傲浅底、花红果绿、鸟雀蹁跹；这是告别浮躁、告别金钱指数的杰作；这是迎接阳光，迎接赞誉的乐园；这是世界都市生态的楷模、环境和谐的领先。

水草、鲜花、果林，河涌、小桥、游船；情侣、学生、老人，文友、画师、舞伴。这就是如诗如画的万亩湿地，连结着八方纵横的水网，四季飘香的果园。桥有桥的韵味，花有花的缤纷，船有船的迷恋。哪怕是一只粉蝶，也会引来一片惊艳、照相追赶。

广州人，对水的审美有着别样的情怀；河涌流淌着纸醉金迷的诱惑，湖泊荡漾着红尘暧昧的欲望，江河承载着繁衍生息的祈盼。海珠湿地蕴藏着怎样清雅的情怀？谁都可以忽略一滴水形成消失的历程，但无法忽略广州人奉献的史诗流丹。

最宜人的环境是：绿树相拥，碧水相伴。那么你来海珠湿地吧。一缕缕清风吹来、一阵阵欢歌笑语传来，它们为谁而高兴、为谁而褒扬、为谁礼赞？

清澈的水网，波光亮闪，游船来往。茂密的花草，赤橙红绿，交替鲜美。圆了城里人清净悠闲的梦想。在这里，你可以漫步于湖畔柳荫，赏菊观荷；可以启程于花洲古渡，寻找岭南古老的印记；可以泛舟于湖漾烟诸，观曲殇飞绫，赏古荫帆影；可以徜徉于都市田园，怡然自乐，感叹造物者之尽藏。

啊，海珠湿地：你是水乡、花乡、果乡，你呈献树的情怀、水的柔性、花的芬芳，除了都市里悠闲的市民，你还会向谁开敞。

你满园的嘉树名木，慷慨地奉献阴凉，让夏天的太阳收藏锋芒；水草的种子贮藏着生命的密码，鱼蛙的后代在河湾里蛰伏，期待着来年温暖的春光。

不同季节的绿风、河风、香风，增添了游人脸上的光泽；同一蓝天下的追求、奉献，换来了海珠名片的更加鲜亮。

秋日里品读海珠湿地，上空骄阳高悬，并不炎热；地面清风阵阵，并无寒意；阡陌间游人如鲫，并不拥挤。激活我对生命理解的重新定义，为民请命、为民立业，圆民所想。

我打开心灵的笔记，记下一首小诗的初稿、构思下一次的探访。

（选自"张远怀微信平台"2016 年 7 月）

蒙 古 长 调

张继炼

没有歌手，人人都是歌手；没有舞伴，人人都是舞伴。

长调像无数痒痒虫钻进了我的魂灵、我的血管、我的情感、我的初恋，几十年也没有出来，我成了长调的俘虏和情人。

不喝酒的我，被感染喝了不少；不唱歌的我，也依稀学会了几段旋律。

这里的许多人在许多地方的许多时候，都可以随意、随时演唱蒙古长调，就像他们随意、随时喝奶茶、吃羊肉那样。

唱长调的许多人是汉族，许多汉族人是优秀的蒙古长调歌手。

我被震撼了。

蒙古长调字少腔长、辽阔悠远、舒缓自由，宜于叙事，长于抒情。草原、戈壁、沙漠、山川、骏马、骆驼、牛羊、蓝天、白云、江河、湖泊……尽在其中。

我喜欢长调的悠扬与细腻，沉醉长调的抒情与哲理，迷恋长调的纯真与质朴，抚摸长调的音符与曲调，感受长调的辽远与优雅，聆听长调的委婉与倾诉……

你可以不懂蒙语，却无法不为蒙古长调动容。那是一种心灵对心灵的倾诉，是离自然、离生态最近的一种声音，是一幅美丽的自然生态画卷。

（选自"作家在线微信公众平台"2016年2月29日）

半 梦 半 醒

沈阿红

台风拿着一只蓝色的喇叭，连续多日播送暴雨试图吞没宇宙。而宇宙被我装进梦乡的口袋，并且把袋口扎紧。

一滴眼泪，在梦魇与黎明的边缘游荡，似乎在一呼一吸之间就被现实风干。

一夜冷雨，在天亮之前似乎跑不动了，鸣锣收兵。而妈妈那双手依旧摁住月亮和漫天星斗，不肯把我放出梦境。凯撒，李杜，木兰，侠客，妹妹以及前世爱过的人，头戴皇冠的上海诗人默默和那些无名的造访者：像潮水般退去。

心灵的孤岛湿漉漉地打着冷战，那些剃光头的石头用裸色的情话堆成香格里拉。爬上去，进入梦中的撒娇诗苑，看看那个国王一样神圣的默默是如何建造诗歌的皇宫？那些臣子嫔妃笔下的灯红酒绿！哇！在这里夸父也累了、睡了！在撒娇诗院做了一个关于抢劫信仰的梦！

醒来之后，写下一句话：撒娇的诗人够狠：不动一枪一炮就把灵魂高地炸得狼烟四起！

（选自"阿红微信平台"2016年10月30日）

沉香从这里走过

于芝春

沉香从这里走过。

沉香的传说让人憧憬，而古道的时光让人心悸，曾经的喧闹和繁盛，成为我眼前不忍卒读的一片荒芜。

已残碎成泥的阶石，踏上去还是疼痛于它们的尖锐，是叹息古道太长，还是执着希望太远。那些湮没在岁月深处的茶亭驿站，抚摩过多少匆匆经过的脚步；那些岚雾中羞涩的黄枝子，慰勉过多少游子的遐想。

断垣、沉寺、星散山间的村庄，荒芜在了五桂山脉的褶皱里，被烈烈的太阳风干，静默不言。当年鲜红的界碑，在开满茶花的树下，被一柄生锈的镰刀封住。

落叶，一片追逐着另一片；日子，一个追逐着另一个，如秋风，从我身心穿过。一条古老的商道，连同幽远而辉煌的历史，一起被淹没在黄叶枯枝中，让我再也说不出，那些矫情的惊喜和微不足道的疼痛。

（选自"中国当下诗歌现场微信平台"2016年）

灯　塔

许均铨（中国澳门）

夜色笼罩住窗外的一切，已是午夜，没有丝毫睡意的我，独自坐在沙发上，我默默地望着对面山顶上的灯塔，那座灯塔正在慷慨地用强光驱散黑暗，给大海一个光明的信息。

这灯塔与我朝夕相处已大半个月，尤其是在静静的午夜，在病房里只有邻床中风病友均匀的鼻鼾声之时，唯有这座灯塔在默默地陪伴我。（室友）不分昼夜地沉睡，像是命运之神赏赐于他长年累月熬夜的奖励。

明天是个好日子，在我出院前夕，又在午夜，我凝视那座灯塔，有点依依不舍，像是一位即将分别的挚友。

2006 年 1 月，命运之神也跟我开了一个大玩笑，让我脑血管中 30 毫升的血液溢出，流到不应该去的地方。三星期前我非常强劲的右手右脚，一下子变得软弱无力。我不知发生什么事，我在半清醒状态下，被救护车送到这座建在山顶的医院，长达 36 小时的空腹治疗，我与生俱来的强大消化系统早已集中全部兵马向我示威，要摊牌，对我下最后通牒。我已浑身无力，以轻微的声音对疲惫不堪的妻子说："我马上要昏过去了。"

在半昏迷状态下，有护士在帮我量血压，我听到有女性在说：70 - 40。半昏迷中的我，仍然感到这是一串恐怖的数字，血压居高不下已多年，我的血压怎能像股票一样下跌呢？

我被注射，有液体注入我嘴中，是水，不，是甘露，犹如久旱逢甘霖般地流入我的嘴巴、食管、胃，消化系统的焰火在甘露注入后慢慢熄灭，消化系统的示威在解散之时我听到一女声小声地说："捡回一条命，叫他不要做那么多的工作，最多做现在工作的三成。"应该是对妻子说。

一个不大不小的玩笑，送我到鬼门关外徘徊一阵，这一切全是命运之神的恶作剧，心虽有不甘，我也只有忍气吞声地接受。

我告别鬼门关，留下一句话：拜拜！我还有很多事要做。

窗外，还是那灯塔，我在心里说："灯塔，我的第一本微型小说集，要用你做封面，报答你陪伴我大半个月。"

半年后我实现了诺言，这是我的个性，说到做到。

在鬼门关前，我悟出：健康第一，余下的：都是芝麻小事。灯塔，我向你学习，付出，无私地付出。对天地间的一切：一笑置之。

中风十年来，一切都是：芝麻小事！一切都可以：一笑置之！我做到了。

（选自"许均铨微信平台"2006 年 8 月）

穿行在紫荆花下

赖宝华（中国香港）

春的跫音近了。

挽着理想的梦，我走过罗湖桥。

一抹绿意从桥的彼岸传来，我循着这绿意走向洋紫荆盛开的芳馨。

看一朵朵紫荆花，在寒风中盛开，枝头团团燃烧的火焰，似乎有意在蔑视着寒冬。

看一朵朵紫荆花，在寒风中摇曳，飘飘悠悠地落下来，仿佛为我铺开一条鲜红的地毯。

在走过山路遥遥的路面，在曲折脚印的前方。绚丽的紫荆花，正向我绽露出久违的笑脸。

崇云阁的缕缕春风，吹开我散文诗创作的蓓蕾。殷殷热土的草地上，泛起了星星点点的绿，小草从泥土中伸出头来。

久封的心，瞬间跳跃起来了。我的心随春风而舞。

是在紫荆花盛开的季节，也就是在紫荆花扎根的地方。

我嗅着紫荆的花香穿行。那是一段段无与伦比的心语。

是的，你的铮铮风骨，浸润了我的思想，染绿了我的生命。你那片片绿荫，遮掩着我创作的春天。

春深了，碧绿的心湖荡起层层波澜。感悟词长风韵，思泉点点滴滴地涌流出来。呼吸清新的空气，在紫荆花下，在希望的坦途。

绿浓了，一群引路人，相互辉映在一起，徜徉在织就的乐园，翩翩起舞。我们有共同理想，不停在紫荆的花丛中舒展、碰撞……

散文诗，一朵自由自在的花。我爱这朵花，就伴你一起去绽放，泻成一望无垠。

还望昨日脚步，我的心灵，跌落在昏沉的灰烬中。犹如一帆小船，始终在瀚海中漂泊。我追逐的创作梦，也如同这心灵。

今天，紫荆花开在人生的四季里。就在这春夏秋冬的季节，花韵悠悠的精魂，芬芳了我的心灵，也芬芳了我创作的路。

春风不断抖动着小草，小草便幻想作波澜起伏的绿浪了。

是崇云阁的魅力么？

【注】崇云阁，香港散文诗诗人钟子美的书斋名。

（选自"赖宝华微信平台"2016 年 9 月）

东　江 （节选）

杨立谦

是一条充满诗情画意的河流。在朝阳映照下，波光粼粼，五光十色，像是"天女散花"分外耀眼。

微风轻轻地吹拂着，抚摸着，拍打着柔软的东江水，像是母亲温柔的手，充满温情和爱意，江水像孩子似的在舒缓的节拍中慢慢地转动着身体，仿佛刚从春梦里醒来。

东江的黄昏，彩霞满天，流光溢彩。

伫立江边，凭栏远眺，看那夕阳映红了江面，往来的船只点缀在波光粼粼中，像裹了一条金黄色的纱巾。

渐渐地，晚霞将天空染成了橘红，江水也被映衬得淡红。晚风习习，杨柳树点头哈腰，哗哗作响的树叶好像拍着手掌在欢迎每一个悠闲的人们前来观光。

东江的夜又是另一番景象。她袒露着胸襟，让辛劳了一天的人们带着家人，携着情侣，来这里放松身心。

感受着雾的滋润、花的幽香、草的芬芳、风的凉爽，就有种特别清爽、特别雅韵的感觉。

情侣们躺着赏月色，数星星，看流星飞逝，说东道西，谈古论今，让时光在浪漫中度过，让爱情在甜蜜中酿成，两情相悦。

（选自"中国作家网"2016 年 6 月 21 日）

香港昂坪宝莲寺、天坛大佛

——启迪身心之旅

朱祖仁（中国香港）

拂开秋日上空的迷雾，避开"苦海无边"的水路。通向佛国的"昂平360"缆车时高时低，抑扬顿挫，如佛经朗朗，顿有把三千烦恼丝决绝抛入大海边之感。

缆车越过东涌湾，掠过机场岛，攀登大屿山，沿着郊野公园攀升，朝昂坪高原……

极目远眺，苍翠的小岛在迷离的梵音中随意串成一串串佛珠。

俯瞰梦幻的乐园，连成昂坪宝莲寺与大屿山天坛大佛，把心揉进佛国净土。

在"梦幻庭院"里，始于神圣的菩提树荫下，跟随释迦牟尼的脚步，去追寻佛祖不断省悟的得道过程。

　　这不是来去无影无踪的神仙，也非玄想出来的上帝。佛陀从茫茫的人海中走来。生育他的父母、出生的时间、地点，便是他凡人的胎记。多年茹苦含辛的修行，终成一位大智大觉的完人。

　　隐约的梵音，是慈悲的诱惑，是涅槃的传颂，在佛坛前缭绕；佛陀以慈祥平等的目光俯视众生。

　　大雄殿寂静、肃穆，袅袅轻烟在沉思中晃动，莲台上禅坐的玄衣飘逸含蓄，心底的话随缭绕的清香，进入救苦救难观世音的耳里，祈点亮一盏心灯，让天地澄明、人心澄明。

（选自"朱祖仁新浪博客" 2016 年 9 月）

崖 门 放 歌

黎少雅

　　那是崖门渡口么？

　　几个方正的窗口，几眼紫色的炮筒，正在寂寞地、警惕地盯视着如缎的江面。褐色的城墙，挂满了冷漠和迷惑。而身边，两棵高大的木棉树，摇曳着迷人的绿云，与温煦的江风私语。它们是否在谈论着，这宽阔海面上永远谈论不完的时光流转、春花秋月、人间悲欢？

　　往事伴着江水，踏歌而来……

　　谁会读懂，这大江连海的无垠之波，晃动着波澜壮阔战争场景的描绘，流荡着几多叹息、几多悲欢，几多敬仰，几多批判……一个历史悠久的汉民族皇朝，就在这里，就在这里，被一个游牧民族覆灭了。从蒙古大草原呼啸奔来的铁蹄和弓弩，变成了林立的帆樯和火炮，把宋朝的皇权大厦，炸成了碎片。连同象征政权的玉玺，也在海底深处流浪、漂泊而无法寻觅。

这里，曾是宋朝皇室无数行宫、忠心的百官和数十万将士驻跸、喘息、流血的地方。一个衰弱的皇朝。尽管文天祥、陆秀夫、张世杰们的忠义精神可以感动得崖门天际淌泪，却终于无力铺展重生的朝霞。

野蛮的山石、泥土，可以覆没大树，却覆灭不了一个民族的文化，她，像崖门边的海风和千树万草一样顽强生长，成为旺盛的青山和深邃的大海。

眼前，葱绿如画的古兜山，伴着一江浩渺的柔情，无垠的平和，向我宣示着汉民族的顽强。

繁忙的货轮，牵引着悠闲的渔舟，书写着生活多彩的韵律。

现代文明的巨手，驱遣崖门大桥，凌空飞架，穿山造路。密集高挂的大桥钢丝，依偎着白云青山，挽起了一个时代的希望和未来，恍如五线谱，在不断抒写着，时代的灵动乐章。

不远处，我看见，一股生态经济、现代文化之潮，汇入海浪，向我浩荡奔来……

珠海、新会，珠江、崖门，那是母亲的血液，在生机盎然的肌体上，永不停息地奔流啊……

五彩的憧憬和希望，正在珠江口变幻，流泻着异彩。

（选自"黎少雅微信平台"2016 年 6 月）

低　　处

花　盛（藏族）

处的云渐次散开又聚集像在高原的一场爱恋，在聚散之后恢复平静，返回生活的真实　近处是忙碌的身影，奔波在生活的边缘一边是心怀梦想，一边低到尘埃里不悲也不喜，像一枚茶叶在杯中慢慢淡去　我喜欢平静，喜欢自己成为一枚茶叶逃开世俗利欲的眼睛和聒噪在自己小小的杯中苦涩、起伏、沉淀

（选自"花盛微信平台"2016 年 9 月 27 日，发表《甘南文学 > 2016 年）.

回到一盏茶里

骆心慧

铁观音

季节越来越瘦。回到一盏茶里。隐匿之心，融于水。倒出云雾、溪水和铁观音。开盖夺香，覆盖所有的光阴。

呼吸终于像明月一样。清透。欢喜。

凤凰单枞

最好的相处方式：他喜欢饮茶。

他慢慢煮水，温烫茶具、冲泡、闻香浅尝。茶是亮色的，人是浑浊的。我们暂且抛开时间，用生命的荒谬，阐释过往与未来。

大红袍

宽大的衫，明抢明夺。

迷雾沛雨——好茶。

就像人，高处，不胜寒。它脱掉红袍，露出最干净的心。它离我的舌尖这么近，全是烫帖和温暖。

桂花

两个字读出来，有一种清香。

那耀眼的金黄花蕊，不动声色的真气。喉韵是证明，像爱一个人，身体是证明。它气质幽微在八十度的水中，慢慢伸展。

这舒卷的人生，就在伸缩间吧。

菊花

这凋败得让人绝望的花，每日三朵，加枸杞和冰糖，服下。想起陶渊明，寄情于这荒凉之物。归去来兮，田园将芜。

我已踏山路远去，难觅千里。

（选自《河源日报》2016 年 2 月 19 日）

北 江 怀 想

汤惠群

白练自东而西，鸟群从北向南。秋水萦萦，鸟鸣咋咋。

阳光，有稻的馥、草的醇。秋，一阵，紧似一阵。

高的天，丝丝云烟，信步闲庭，自北而南。

山，一层层，一叠叠，曲曲弯弯，伸延远方。

近处的草，卉，莽莽苍苍，一片金黄。

城市的噪音，城市的烟尘，城市的霓虹，锁在远处，锁在云外，锁在天外。

天蓝，云白，风清，阳暖，一重亮似一重。

流水，野菊，丹枫，原野，一层艳似一层。

流水的清音，秋风的柔美，夕阳的恬静神经，再也不必弦般蹦紧。

一隅江边，一片草坪，一片宁静。

沸水的大脑，黑铁石的心怀，弦一样的神经，冷了，软了，松弛了。

还有太多的路要奔突，还有太多的雾要驱散，还有太多的梦要实现。

江水柔媚宁馨，汩汩而来唱着欢歌。

天蓝，山青，水绿，土黄，一草一木，这些写在自然中的诗句。

水清，心静。风凉，心亮。

听得见时间的脚步在寂静中滴嗒。

听得见那北江之水。

风　景

徐成淼

赤地千里，长河枯涸；怎能回首？雪峰愁白了头，雪线将时空腰斩；冰川断流之处，伤口古老而又新鲜。

雪莲没有消息，多汁的仙人掌握紧拳头，和砾石一样乌黑而沉默，其间大雾弥漫。

没有仪式，没有许诺和预约。只有一个毅然离去的背影，毅然，而且决绝。

涛声何来依旧？月落之后没听见一声乌啼。空握着旧船票，何处寻觅那记忆中的客船？只留下瘪了气的羊皮筏子，在荒滩上黝黑地搁浅。

梦见暴雨，梦见山洪在干渴的季节拔地而起，又一次倾泻，又一次高涨，漩涡把往事卷到了水中央。死角倒塌了，堆积的时间分崩离析，沉船被冲出泥淖，骸骨重新拼接，龟裂的音符组合为又一部合唱曲。

想回到那个夏天，回到蛙鸣如鼓的子夜；臂弯里恨重如山，金蔷薇的影子在窗上动荡到天明。

想让背影转过身来，让残垣上扭曲的藤蔓重新奋起，久违了的窗口探出一张若即若离的笑脸，浅浅的倩笑似曾相识……

梦断之后，哨声响起，一只灰鸽子斜着翅膀缓缓飞回；只衔来一枚没有叶子的枯枝，说方舟杳无踪迹，雨季也没有到来。荒漠上有几株红柳，火焰般地，枝枝杈杈，直指向难以企及的天空……

（选自"徐成淼新浪博客"，文选入《小拇指》诗刊十年精选，2016 年 8 月）

发似秋叶纷纷落

咖　如

一条自由欢畅的鱼，被滔天巨浪摔在无人的荒岛。

粗砾，疼痛，绝望。

声带断裂。四周是可怕的寂静。

海，我要海，我要重回海的怀抱！

咫尺之外，海，悬到半空。

曾经饱满的红唇早已失去光泽，一寸寸走向枯萎。

神智在半梦半醒中游离。

前方，有金色的祥云在天空飘浮。

会有祈盼的甘霖从天而降嘛？

山坡上，芦苇一夜间白了头。

一棵陌生的树，开满紫色的花朵。

何人亲吻我风霜日渐的额？

一场没有硝烟的战争在梦境之外上演。

较量，以三比一的惨烈代价守住生命绿色的城堡。

黑色的魔影发出狰狞的嚎叫，有神秘的蓝光划破重叠的乌云。

那是生的意志，那是爱的力量。

来吧，任毒液在我的血脉中奔涌。

来吧，任灼热的火焰在肺腑里横冲直撞。

来吧，任难忍的焦渴无情抽干我越来越单薄的元神。

坚持，坚持，坚持。

我要让光洁的头颅，发光发电：

不灭的灯盏，照亮一条通向柳暗花明的路！

（选自"天涯有岸微信公众平台"2016 年）

道路是时间的一截创口

张　雷

朝霞穿透薄雾，秘境渐次消失。

脚步声声，决定着晨昏的秩序。

残月拉开夜的大幕，鸟鸣越来越稀疏。

月盈月亏，混沌了理智与情感的界限。

一些溪流和沟渠饱受干涸之苦，迷失了走向的雨水在狂风的裹挟下怅然若失。

一条道路和另一条道路会不会不期而遇？沥青水泥与细碎的石子偷偷结成牢不可破的联盟？

一棵树和另一棵树正在经历生离死别的阵痛。道路无休止延伸，树木生存的领地在一寸寸锐减。

一缕风和另一缕风结伴迁徙。畅通无阻的道路，失去了倾听风儿喘息的闲情逸致。

一位盲人在用拐杖试探道路的体温。喧嚣的车流，惊扰了听力的精准判断。

世上原本真的是没有路的吗？

道路是不是脚步的身影抑或重生？

道路践踏秘境，秘境没有了淡定与从容。

道路蛮横地将溪流和沟渠整饬为坦途，坦途之上寻觅不到淙淙流水声。

无精打采的树木装点着道路的风景，道路的风景缺失了原始的生机与风情。

漫不经心的风儿荡涤着车流的尾气，尾气浑浊了道路原本淳朴的泥土气息。

盲人看不到道路的宽阔与拥堵，拥堵的道路有没有另辟蹊径的企图？

道路是时间的一截创口，一些思绪在没有时间概念的道路上举棋不定。

（选自"张雷QQ空间"2016年10月）

在大禹渡观黄河

黄恩鹏

一

我站在大禹渡黄河酒店二楼露台。

在这个可以远眺黄河的露台上，一切变得阔绰，就连阳光也气宇轩昂。我站在那里倾听：那是黄河汽垫船螺旋桨的声音——我没有听到黄河的涛声。

不远处的黄河，不是想像的九十九道弯的汪洋恣肆、九十九个漩涡的澎湃激荡。它平静地向远处铺开、蜿蜒。

我试图看清那些闪着细密阳光的涟漪。

苍穹之下的这一段中游黄河，柔软得难以察觉它的波浪。

它先是自北向南，然后拐弯，再自西向东流淌。

大禹渡，东边是河南，西边是陕西。

而三门峡，近在咫尺。它在大禹渡黄河的东南。

二

除了早餐，中餐和晚餐，都有黄河鲤鱼。清蒸、糖醋、红烧、水煮、干炸鱼骨。吃时总觉得有一股子浑浊泥水的味道。

一条大河与人的生活联系紧密。

人与河流有着天然的依附。一部《诗经》，从古至今，从未断过河流悦耳的吟唱。

因此，我们今天歌唱黄河，就不要匪夷所思。

睡在大地果核里的黄河，此时安静流淌。它握紧墓碑，拒绝平庸；它不怕曲折，阅尽风流。而面对这样一条大河，人真的如同可怜的蜉蝣。

逝者如川。

黄河自由自在，它不受缚于强权，它只尊重自己的成长史。

大禹。黄帝的玄孙、颛顼的孙子、鲧的儿子、夏朝的开国君王，或许清楚地知道这些。

三

黄河浑浊，空气清澈。

每个清晨，我都要从露台的一侧走到另一侧，选择角度，寻找可以拍摄的镜像。

比如斯时河流之上出现的云霞：白黑。淡浓。红黄。或似层峦叠嶂的蒸腾，如列子大块噫气。或是彼岸与河心洲渚映现的农事稼穑。

但若走近黄河，就会让人蓦然惊悚。我在一个傍晚独自沿着被茅草掩映的山坡隙道深入，抵近河岸，才发觉那巨大的渊薮正在慢慢移动，整个大地慢慢移动。

我想把马匹赠给黄河，让它们撞击奔跃，上下横溢，丘陵崩裂；我想把羊群赠给黄河，让它们柔顺安详，无忧无虑，过着幸福的好日子。

可是黄河不这么想。它潜藏洞悉与明鉴，隐匿沉重与殇痛。它不在乎人的意愿，只循着自己的航道流淌。河水里藏着月亮刀子，一大片，又一大片。

我在这里摔了一跤。有一个声音说：不要害怕肉体暴乱，让你的光芒闪射出去占据。

这是人的不自量力。它扼住了我的喉嗓，不让我歌唱。我和它对峙，注定被它打败。

四

我把刀子扔掉，捡起月光。但这时，我被拒之门外了。

我总是在意物质忽略精神。

我和黄河对视。突然发现，自己是茫茫中的孤岛，四面大水围困，我无路可逃。而干涸了的泥沙，也同样剿杀我的梦境。

谁谓河广，不值得追问；一苇航之，不值得骄傲。

我躲过了畅饮和啸歌正酣的人群，像一只被迫噤了声的蛐蛐，踽踽行走月下土崖山路。滩涂苍苍，大河茫茫。寂静的夜晚，没有灰尘咬噬神经。只有头戴照明灯、手拿钳子和瓶子的捕蝎老人，还在山坡踯躅，为小孙子的学费，整夜寻找可以换来银两的小小虫豸。

扳船拉纤的老水手和唱情歌的山妹子，不在这里。

我们离熟悉的黄河那般遥远，我们离陌生的黄河那般接近。

所有的一切都是黄河给的：欢乐的秘密、思念的悲伤、爱情的颤栗、灵魂的安顿。

（选自"我们公众微信平台"2016 年 9 月 8 日）

黄梅一曲动天地

熊　亮

一

青衣。水袖。

你从十月的乡戏场子上走来，社鼓声声哟乡民在唱和起动听的黄梅调。

一句平实如话的唱词，拉近戏台上下的距离，那写进乡亲心坎的家常话，惹得多少白发泪。

一折生动真实的戏文，演绎了人间多少烟火的精彩与落寞，那些正旦、老生，那些老丑、小生，分明是折射了你我的前世今生的影子。

在黄梅戏的腔调里，我听见了底层的红尘呐喊。

在转换的戏文里，我分明看见了山河在月光下生辉。

二

源于乡村的沃土，源于家长里短的悲欢，我总是在曲曲戏文里感怀。

感怀与严凤英的命运，感怀于黄梅戏的根深叶茂。

三

流转的时光，《打猪草》《蓝桥会》横空出世，扬名异域。

时光流转，黄梅戏的芳华如昨。

明朗的花腔，唱不尽春色与秋光。

情趣各异的"三腔"，多变的旋律，扩张了黄梅戏的抒情与叙事。

戏幕，拉开。

戏幕，合上。

开合之间哟，逝去多少时光？

四

幻梦还是现实？

一个舞台，一个动作，鲜活了天上人间。

戏的表演在乡亲们的眼前，乡亲们的音容在戏中。

高胡响起，花腔开启，那魂牵梦绕的一曲黄梅哟，展现的是哪一村庄的天仙佳配……

（选自"《散文诗作家报》微信公众平台"2016年第133期）

一个废话连篇的人

方文竹

一个废话连篇的人，整天说着多余的冗文，删除的病句，下一句话永远是上一句话的遗产，一种语态是一种语态的孝子孝孙。

一个废话连篇的人，摆弄起语言的颜色和形状，说话的嘴巴动起来却有点像鸟类的翅膀，拥有一块言语的磨刀石。

在会议上，生意场，电话里，交往中，家庭内，……一个废话连篇的人，说话时激溅着小火苗，讨人厌，说着的语句没有窗户纸，像拆迁的砖块，再也砌不成一座大厦。又像一块巨石松动，一场秋雨连绵，一次百花盛开，一个词的意思永远没有自己的边疆。

絮絮叨叨——

黎明前的公鸡，丛林深处的母狼，河边不停的水车，连绵的秋雨。

在粗生活的副词、介词、连词和状语之间日夜溜达，一个废话连篇的人，有着不知疲倦的内心，整天说着的话像音乐，没有主题，自己是自己的俱乐部。自己是自己的垃圾堆。

一个废话连篇的人——
在天地间涂鸦，在人世间郊游。

（选自"方文竹新浪博客"2016年7月24日）

我对春天言听计从

潘志远

刚和冬天翻脸，不能再与春天闹僵。

去年，我与夏天坦诚相见，打得异常火热，不想他乘我不备，泼我一身凉水，让我感冒了很久。

而秋天，那个小妖妇，一向与我投缘。她可着性子，讨我欢心：今天给我一顶蓝天的高帽，明天给我一朵菊魂，后天又赠我一枚绚烂的枫红。可一过秋分，她态度渐渐冷淡，我们僵持了很久，终于在一场薄霜之后，分道扬镳。

想到我对他们的信任、忠诚和付出，不免寒心。

现在，唯剩下春天，我不能再与她闹僵。否则，我将成为孤家寡人。

容忍她的任性，迁就她的慵懒，总是哄着，捧着。甚至不惜放纵她的虚荣、多变和浪荡。

立春到雨水，再到惊蛰，到清明、谷雨，我与春天的缘分快到尽头。

可我已豁然，发誓将春天扶上马，再送一程。

（选自"潘志远新浪博客"发在《大沽河》2016年第2期）

托格拉艾日克

马东旭

不测会降临于我们。

譬如沙尘暴，可以吹破草缮的屋顶，令葡萄树停止生长。没有人知道我们的白昼是如何度过的。身体里犹如装着炉子，必须忍受它的烧灼。也没有人知道我们的黑夜该如何度过。

蚊虫轰鸣。

而明月，恰好悬在思乡的位置，如镜。三亩枣园是我尘世的生命。在五月，它长出绿胳膊，高举甜蜜的花朵，歌唱晨露，照耀我们黝黑的皮肤。和朴实的脸颊，沾满尘土。

哦，在卷起的尘土中。

看不出我们的悲与欢。

与孤独。

与无助。

这几个词语快要把我的肉身涨破了。

注：托格拉艾日克是新疆和田市洛浦县的一个村庄。

(选自"散文诗人微信公众平台"2016年11月4日)

秦岭以南

三色堇

这可是凡·高的秋日？有着腐叶浓烈的气息，又像是内心的悲歌扑向苍茫的大地。

风吹着摇摇晃晃的栾树，也吹着赶路的秋雨，我耳边的鸟鸣已传递出破碎的声音。我不知道秦岭以南会是怎样的情景？

暮晚，是否会有衣着华美的歌声穿过金色的烟尘，是否会有我的亲人提着被忧伤所覆盖的旧事，在被砍掉头颅的葵花地里奔跑。是否会有人像低微的草木可有可无地活着。是否会有西厢的明月，摇曳着落幕后满地归寂。

秋天就要结束了，我不再关心那些花开花落的事，不再关心季节之外的另一个时代的记忆。

我只想在秦岭以南，在冷冷的铁里，挖出那些从体内开始慢慢下沉的光阴。

（选自"三色堇微信平台"文发表《诗潮》2016 年第 10 期）

散文诗观

文艺评论家，中国当代文学研究会副会长谢冕：一百年的美丽。经过几代散文诗作者的坚持和锤炼，近百年的实践已经形成了散文诗别有新意的、无可替代的文体特征，这就是：诗式的散文，散文式的诗。通常都把散文诗称之为两栖的文体，这并不错，它介乎诗与散文之间。把它说成诗，它比诗灵动；把它说成散文，它简约而轻松，却又充盈着诗的精神。散文是它的形态，但它要比散文更精练；诗是它的灵魂，但它要比诗更自由而随性，它把诗从格律的桎梏中解放了出来：它使散文具有了诗美，又使诗具有了散文美。

好的散文诗，当然是好的诗。散文诗被邀请加入诗的行列，是散文诗的光荣，也是诗的光荣。它们原先是一家，谁也不能拒绝谁。

散文诗是一个文体形成、完成并获得独立的过程。文体的自觉从鲁迅开始。坚持自身特点，继续为完善文体而努力。保持原样，不设边界，可以拓展，可以深刻，也可以凝重、厚重、沉重，但永远的清浅不是它的耻辱。重申一句，这是青春的文体，青春的感受是所有人的永远的需要。

河南省散文诗学会会长，享受国务院特殊津贴专家王幅明：失去独特的审美特征，也就失去了文体存在的价值。散文诗属于混血文体，能够同时给人以诗美和散文美的双重美感。因此，我戏称她为"美丽的混血儿"。她在寂寞中坚守高雅的天性，带给人慰藉、温暖、疼痛和理性，让梦想和良知在灵性的文学里复活、飞翔。如果以审美特征分类，散文诗是独立文体。如果以大的文学类别划分，她的词根为"诗"，应当是诗家族的一员。

散文诗是世界性的文体。波德莱尔、泰戈尔、屠格涅夫、纪伯伦、鲁迅等大师都有传世的名著。这些经典显示出散文诗独特的审美价值和所能达到的文学高度。

当下的散文诗创作呈现出令人欣喜的局面，优秀作品不断涌现。但也存在某些问题：表现领域，一些作品缺少社会担当意识和深邃感，一味沉醉于自我欣赏的小情调、小格局。文本上，一些作品有过于诗化和模式化的倾向，与通常的自由诗相比，只是句子稍长而已。这是需要警惕的：失去了独特的审美特征，也就失去了文体存在的价值。

著名散文诗作家，《人民日报》高级编辑刘虔：为散文诗祝福。祝福坚持了一百年的美丽。什么是散文诗？我想用这样一句话表达我的理解：一颗被生活激荡着的心，在诗的广场散步时的歌与沉思……

散文诗是心灵的奇葩。

需要用心灵去感受，用心灵去理解，用心灵去浇灌与培育！

著名散文诗作家，评论家耿林莽：大视野来自大胸怀。是什么呢？是感觉，是印象，是情绪，是思想与情感的波动的流，是外部世界与心灵世界的汇聚点，是音乐与画的集合部，是现实与梦幻凝聚在一起形成的一座美的宫殿。

这，就是散文诗了。

大视野来自大胸怀。不关注社会现实与人生疾苦，不肯为弱势群体喊疼，不敢向邪恶现象说不，也难写出有血有肉、闪现人文精神的优秀诗篇。

著名散文诗作家李耕：诗的独异与诗人的人品。寓极味于平淡，寓时代个性于个体个性，寓独异于自己诗的构思。

天赋、气质、学养、感悟生活的灵慧之气及表达方式的独异都是作为一个优秀的散文诗作家不可或缺的因素，但人品的高下却是制约作品的无形"语言"，因为作品的精髓，应出自诗人的本真，诸如作品的境界或品味，无不出自作家心灵人格力量的释放与抒发。

内蒙古作家协会名誉副主席，著名散文诗作家许淇：散文诗的旗帜上写着未来。在中国，散文诗独立存在已经90多年了，有书为证。在世界范围内，比如天才少年兰波的散文诗，风靡一时，远胜过同时代的诗歌与小说。散文诗不是诗歌和散文的附庸。也许其文本的边界模糊，我认为，文艺发展到现代，边界模糊是趋势。油画用综合材料，贴上布料和铁丝；毕加索的雕塑是自行车坐垫；米兰·昆德拉的小说里夹杂哲学论文，而他的美学著作又有小说的叙述；"纪德文体"尤其是他的《地粮》和《新粮》不是散文诗是什么？尼采的《如是说》是非常精彩的长篇哲理散文诗。所以，散文诗具有广宽的包容性，我曾说"散文诗的旗帜上写着未来"，散文诗的前途无量。

中外散文诗学会副主席王成钊：散文诗作胜如雨后春笋之际，如何着手于大题材，显现时代气息，反映社会热点，是散文诗摆脱"小我"、讴歌"大我"，成为人民大众喜爱的文学形式的新课题。吟风弄月、浅吟低唱于自我陶醉的散文诗，无疑属孤芳独赏，难与读者共鸣。而充满时代激情、家国情怀、民族气节，敢于纵横"大我"，抒发大爱的散文诗，才能与时俱进，使作者与读者心灵相通，热血相融。

著名散文诗人，"我们"北土城散文诗群发起人之一周庆荣：让自己的发现尽量不会被替代。在诗歌意义下，散文诗独立性的确立，仅靠以往缘起论与传统的要素论一定是不够的。所谓的边缘化只是我们过分看重其在社会学范畴的地位，我们已经忽视自己太多太久，应该到了内心坚定和从容表达的时候！

我不知道最初的土地是什么摸样，但自人类始，它的上面一定长着各种植物包括今天依然养活我们的庄稼。比如麦子比如玉米，今天我们望向土地，麦子和玉米早已忘却它们最初的种子，它们理直气壮地生长，直到丰收，直到完成对人类的贡献。散文诗写作亦如此，写作者如果介意劳动的价值，首先要问问自己我们究竟劳动出什么？是浅表的抒情还是事物魅力的文字呈现？我们的现实由于我们的参与而产生烙下我们独特印记的存在，我们的存在是否有所作为？我们做的梦，现实究竟怎样让我们有叹息和忧虑？我们喜悦的理由悲伤的理由何在？纷纭的世界始终纷纭，此阶段的复杂和遗憾由何而起？

是的，我们写作，是因为我们面对外部，有些话要说，说什么？如果我们的话只是寻常的重复，我们用散文诗的方式说，恐怕会一起继续被怠慢与忽视。

写散文诗已逾三十年，早期的惟美和情感抒发虽然有岁月的意义，但随着年岁增长，我越来越要求自己对世界对外在不仅不能无动于衷，而且还要让自己的发现由于哲学的历史的连接，更兼自己的血性和责任，让文章有我的体温，让文字背后有重量。

《散文诗》杂志主编皇泯：诗人的个体写作与诗歌的社会性。散文诗人的个体写作，是散文诗人的自觉写作，远非一般意义上所理解的"自我表现"。这种自觉的写作，之所以越来越强烈地将散文诗人的内心世界、个体情感、生活经验诉诸于字里行间，是因为有一种精神的自身存在所致。散文诗人从个体出发，介入生存、生命，介入社会、时代，以一种独立的话语姿态，行使个人话语的权力，承担人类的命运和文学的诉求，它不是狭隘的个体的写作实践，而是广泛意义上的对群体的个人感受力和想象力的话语实践。进入新世纪，越来越凸显的散文诗人独立的声音、语感、风格甚至独特的词汇和句式，都是对上世纪六、七十年代政治诗、口号诗的深层次的彻底的反叛。从诗为心声，诗言志等传统意义上来看，一个散文诗人自觉的、自然的、真实的呈现，是一种写作的必然，亦是真正意义上的诗歌写作。在当下，散文诗人的个体写作，已形成一个主要的不可或缺的创作态势。

在网络时代，已经很少有人热衷于诗歌的社会性了。诗歌的社会性在长期以来作为一种为政治服务的工具，于假大空的诗歌垃圾堆中发酵、变味，以至散文诗人们不屑也不敢去面对社会最彻底的拷问，或者是最真诚的省察。

关于散文诗人的个体写作和诗歌的社会性，结合当下的散文诗创作，我以为主要表现在以下三个方面：

内心世界的自觉呈现，自觉附带诗歌的社会性。

个体情感的自然抒发，自然传达诗歌的社会性。

生活经验的真实表述，真实反映诗歌的社会性。

在当下，虽然看似个体写作的凸显导致诗歌的社会性弱化，但是对真正的写作而言，个体写作是对诗歌的社会性的更深层次的强化，也是写作的真谛。

著名散文诗评论家陈志泽：散文诗微语（节选）。

1. 散文诗是自我心灵的律动，是客观世界在心灵的投影，是稍纵即逝的灵感在心灵的对应。除了心灵，还是心灵，散文诗是从心灵里涌流出来的泉水。

4. 如果把一篇散文诗分行排列，与诗一个样，如果把一篇散文诗打散，像小散文，那么这样的"散文诗"是不是散文诗就很清楚了。这个笨办法还真是屡试不爽。

24. 不仅仅是哲理散文诗需要哲理——即使是抒情散文诗（或称为想象型散文诗）、叙事散文诗，以及其它类型的散文诗——一言以蔽之所有的散文诗都需要有不同程度的哲理的支撑。没有哲理散文诗立不起来。

哲理是散文诗之魂。

30. 有些散文诗其实是抒情短章，道理很简单，就是不见诗手法的运用，而诗手法，我以为首推化实为虚的艺术想象（当然还有其它），不见这一条，再优美、再抒情都不是散文诗。

著名儿童文学作家饶远：散文诗让我在写作时，不再局促，不再自缚，我会写得非常用心，不，是我的心在自己吟诵，是我的心自己飞翔，是我的心引导诗情诗意随意驰骋。

写作散文诗时，才知道自己在真正地创作——散文诗句不是在写，而是自己在流动，从心里向书面流动。不像写童话，要把想写的东西折射、变形，要寻找另一个人物作形象，要编写夸张了的故事，虽说是在描绘自己构思的形象，却不是心灵直接的倾泻。也不像写诗时那种戴着脚镣跳舞的感觉，在自己设定的圈子里，跳一种处处自我限制的文字舞蹈。

散文诗是诗的意蕴穿着长短不一、色彩各异的外衣自由的语言舞蹈。因此，她不拘泥于篇幅的长短，风格的雄逸，文字的多少，语言的深浅，形式的变化。只有一个原则不变——坚守诗性质地。

散文诗，让我舒展开惬意的翅膀，在各种题材的领域自由自在地飞翔！

——摘自饶远著《迷恋散文诗》

中国散文诗研究中心主任萧风：关于散文诗发展走向的几点思考（节选）。我们也要清醒看到"繁荣"背后的隐忧。比如，在创作上，虽然散文诗作者和作品越来越多，但读后令人怦然心动、让人眼睛发亮的精品并不多，更缺少影响深远、可以传世的力作；在研究上也不容乐观，虽然研讨活动不少，但大多重"活动"轻研究，且偏重于对历史文本的研究，缺乏对当下创作实践的关注和批评，理论滞后创作的状况并没有显著改观。

真正做到"雅俗共赏"才能称得上"精品"，才能经得住读者的检验和时间的筛选。

我想特别说明的是，散文诗本来就是一个现代性的文学新品种，无论是中国散文诗，还是外国散文诗，其传统的精髓都是现代性。坚持中西融合，最重要的是追求散文诗现代性与民族性的深度融合，从而使我们的作品既具有强烈的现代色彩，又具有浓厚的民族特色，进一步彰显当代散文诗的中国气派。

《星星》杂志编辑干海兵：散文诗写作应避免同质化。散文诗相对分行诗而言，应当具有更加自由的舒展度（内容）和张力（形式），它呈现的诗性特征更丰富、更宽广、更深远。但近年来散文诗写作出现的同质化倾向，暗示了写作者在审美趣味上的单调空泛、表达上的拘谨守旧。只有在模式化被打破之后，散文诗写作才能出现新的气象，包括跨文体的诗意探索、抒情语言的革新和改良等，都值得尝试。

《山东文学》《大沽河》散文诗栏目主持栾承舟：她是散文诗。是火之交响，鹰之嘹亮，也是心之彩虹，鸟之穿越。是思想之痛，也是形象之美，自你心灵或艺术星空，骤然划过的一道闪电，飘然而落的一个雨滴，悠然斜飞的一朵雪花……她是美，是文化力量，是批判，也是人文关怀，精神向导。她，就是散文诗！

清远广播电视台《清远新闻》栏目主编，80 年后青年散文诗人严正散文

诗观：散文诗不应该也不可能是一个封闭的三角形，它应该是一个旋涡，只有当你掉下水去，才能感受到散文诗的特有魅力。散文诗除了要有情与境外，我更喜欢尝试在情节上制造冲突性和荒诞色彩，或者说是一种反常规的先锋实验性。

北京解放军艺术学院黄恩鹏：当下散文诗创作存在的问题及创新。散文诗创作的意义我认为要与现实结合，或通过历史事件映显当下社会问题。而社会生活的复杂性与共知性，能给文本创作带来活力和多元。比如批判现实主义作品，通过隐喻性的指证、讽刺、批驳、辨别、判断，形成一种对现实存在问题的揭示，弥补集体性的失声。这种对"社会剧情"的有效跟踪、介入、评判的作品，让散文诗文本体现出价值和意义。而这恰恰是当下散文诗创作所缺失的。当然，我们当下的散文诗创作普遍的还有如下之弊：一是对物象或地域风情简单描摹、缺少思考；二是有些作品盲目追求长篇或大结构。后一种比较突出。我在《长章不一定是大散文诗》中强调："散文诗之大，若没有历史的或者现实的宏大事件或者关涉自然、人类大精神的整体意义指向作主题支撑，就不是大散文诗。那种把个人小情绪、小感慨、小心思写成絮絮叨叨的情绪铺张、无休止的语言拖沓、有意抻长句子结构、延宕情绪，即便再长，也不是大散文诗。"这一观点，无疑是对当下散文诗创作者的一个提醒。大散文诗不是以长而论，是以"人类整体大精神意义指向"之核心价值观而论的。散文诗应该向着"小中见大"之思想价值方向发展。散文诗文本的创新空间很大，我们完全可以将小说、戏剧的笔法融进散文诗文本。比如，魔幻现实主义、黑色幽默、借指性的喻说、意识流、戏剧性对话，等等。

西师范大学博士，西南师大中国新诗研究所教授、研究生导师、所长，《中外诗歌研究》编辑部主编将登科：散文诗是自由的精灵。散文诗真正成为一种文体的历史并不长。在中国，散文诗和新诗的历史几乎相当，同属于现代诗的大家庭。相比而言，主要从事散文诗创作的人群比新诗诗人少得多，但兼事散文诗和其他文体创作的诗人、作家却不少。

散文诗是人类追求自由的产物，也把自己塑造成为了自由的精灵。从内容看，散文诗主要抒写诗人对于人生的多维体悟，是诗人心灵的舒放，适合现代人追求自由、自我的心灵渴求。就体式看，为了适应这种表达的需要，散文诗打破了诗的格律，使用舒放、自由、跳跃的语言和结构方式表达诗人的自由情怀，抒写他们的人生感悟和梦想。二者相辅相成，也相得益彰。

现代人特别追求自由，尤其是心灵的自由、表达的自由以及艺术探索的自由等等。这样的追求，在散文诗这种诗体中都能够得到较为完善的表现。可以说，散文诗不但是最适合现代人创作和探索的文体之一，也是读者最容易接受的诗体之一。

但是，因为散文诗不太喜欢口号式的表达，所以在诗歌最热潮的时代，它受到的重视并不多，长期处于边缘。不过，在诗歌走向低谷、被社会和读者忽视甚至抛弃的时候，散文诗的创作、研究却活跃起来，为诗歌赢得了良好的名声。散文诗的探索者大多摈弃了浮躁的心态，坚守艺术和人生的纯净，坚持艺术探索的超功利原则，远离功名利禄，只享属于诗人自己的人生体验。大多数散文诗写作者不玩弄技巧，不堆砌花哨的甚至令人费解的语词，不用华丽的躯壳遮蔽空虚的内涵，为文学的发展引领了一种健康的、活泼的，具有强大生命力的方向。

我相信，只要我们坚持抒写真实、深刻、独特的人生体验，只要我们对人生、对艺术、对语言怀有足够的敬畏，只要不把散文诗看成是"心灵鸡汤"的同义词，我们的散文诗一定会出现更多的好作品、大作品，成为中国新诗中不可或缺的样式，也会为其他文体的发展提供艺术性方面的启示。

近 90 后青年散文诗人黎金文：散文诗与我，就好像初恋，一见钟情。从她华丽的诞生，近一个世纪，我才有缘与她牵手，对话，共听风雨。我相信，她和我一样年轻，活力迸发；我相信，她和我一样拥有如火的梦想，会随着时代风云变幻，在文坛舞台上，不断地绽放出不朽的奇葩！